Un léger MALENTENDU

Ce livre est une fiction. Les noms, caractères, professions, lieux, événements ou incidents sont les produits de l'imagination de l'auteur utilisés de manière fictive. Toute ressemblance avec des personnages réels, vivants ou morts, serait totalement fortuite.

Image de couverture : Unsplash © Shea Rouda
Couverture : Ariane Galateau

Collection dirigée par Arthur de Saint Vincent
Ouvrage dirigé par Marine Flour
34-36, rue La Pérouse, 75116 Paris

ISBN : 9782755669787
Dépôt légal : juillet 2023
Imprimé en Espagne en septembre 2023 par CPI Black Print

Rose Mia

Un léger MALENTENDU

Hugo Poche

NEW ROMANCE®

Un immense merci
à Maëva et Grégory,
sans qui ce livre n'aurait jamais
pu voir le jour.

Un merci au moins aussi énorme
à la communauté Bookstagram.
Et à vous, lecteurs !

PROLOGUE

TOM

Je n'avais pas prévu de passer ma vie à scruter les éléments. Guetter les nuages, le vent, en attendant la meilleure vague. On ne planifie jamais de passer sa vie à chasser des monstres à travers le globe. Mais une fois qu'on a goûté à cette adrénaline, on reste à jamais obsédé par la nature et ses défis. On l'observe sans cesse, on la ressent, on pense la comprendre… Jusqu'à ce qu'elle nous rappelle qu'elle reste souveraine. Indomptable.

CHAPITRE 1

TOM

– Dis aux organisateurs que tu te retires, personne ne te le reprochera ! Ils sont déjà trois à avoir jeté l'éponge !

– Non, rétorqué-je simplement.

Diana perd son temps, c'est hors de question. J'ai dompté *Jaws*[1] la semaine dernière, la vague monstrueuse d'Hawaï, haute de quinze mètres, aiguisée comme une lame, prête à me broyer contre les coraux. Je suis revenu avec un trophée splendide et un chèque qui me permettra d'acheter à ma petite amie tout ce qu'elle veut. Je ne vois pas pourquoi je poserais un genou à terre aujourd'hui devant Mavericks.

– Tom, si tu ne renonces pas, je te jure que je te quitte ! rugit Diana avec une voix qui déraille légèrement. Je refuse de te soutenir alors que tu fonces droit vers la mort.

1. « Mâchoire », en anglais.

– Arrête, soupiré-je. Il ne va rien m'arriver.

Un froid glacial s'infiltre sous les pans de la tente en toile plastique, qui battent violemment sous l'effet des rafales. Mavericks est un spot du nord de la Californie, actif uniquement l'hiver. Entre les manches de la compétition, on s'enveloppe dans des doudounes et les organisateurs mettent le chauffage dans les barnums.

On oublie ce genre d'endroits quand on fait des reportages sur le surf. On ne parle que de la Polynésie et de son sable doré. Pourtant, ils existent. Et Mavericks est le monstre glacé que je préfère. Le plus dangereux, celui qui exige le plus de maîtrise pour ne pas finir pulvérisé contre les rochers. Nous ne sommes qu'une poignée à être capables de surfer la bête lorsqu'elle est dans une telle rage.

Des caméras du monde entier sont braquées sur nous, dix surfeurs complètement drogués à l'adrénaline. Elles sont venues immortaliser ces instants où on réalisera l'impossible. Et c'est le moment que choisit Diana pour me gonfler avec ses états d'âme.

– Tom, j'ai l'impression que tu n'entends pas ce que je te dis, insiste-t-elle d'une voix qui descend dans les graves. Si tu montes sur cette planche, je m'en vais. Maintenant. Je prends ma voiture, je rentre à Los Angeles et tu ne me reverras jamais, tu m'entends ?

Je l'entends, mais je compte bien brandir cette coupe ce soir, et ce à n'importe quel prix. Tant que la compétition n'est pas annulée, c'est qu'on peut surfer.

Diana me fixe du regard et lève le menton, les sourcils froncés, l'air accusateur, puis ses défenses cèdent et ses yeux s'embuent de larmes.

– Tom, je t'en supplie ! La mer n'est pas comme d'habitude aujourd'hui. Même moi, je le sens. Demande à Kyle ! Ton coach aussi pense que tu vas te noyer !

Je m'approche d'elle et la saisis doucement par les épaules.

– Tout va bien se passer.

J'essaie de me montrer rassurant, mais j'ai en réalité beaucoup de mal à contenir mon agacement. J'ai vraiment autre chose à faire que de gérer ses angoisses. Après être resté trois heures dans une eau à douze degrés sans trouver d'entrée à cette foutue vague, je suis crevé, énervé. Sans compter que la houle hyper-agressive a déjà mis deux concurrents sur le carreau. Je n'ai pas le temps pour cette scène, d'autant qu'elle se répète à chaque compétition.

– Je vais chercher Kyle, annonce-t-elle avant de faire demi-tour.

Profitant de ce moment de répit, j'attrape une bouteille de boisson énergisante et me jette dans un fauteuil.

Malgré les rafales, je tends l'oreille pour essayer d'entendre les commentaires des organisateurs dans les haut-parleurs, mais c'est peine perdue.

Il faut que je me reconcentre. Que je récupère. Mavericks m'a provoqué pendant des heures et m'a coûté énormément d'énergie. Même suréquipés pour le froid, on doit constamment lutter contre l'hypothermie en attendant la bonne vague. Si j'y retourne, il faudra faire vite, sinon je risque l'accident, et je détesterais donner raison à Diana. Je suis peut-être légèrement arrogant, mais pas suicidaire.

Diana jaillit de nouveau dans la tente, Kyle sur ses talons. Il vient se planter devant moi tandis que ma copine, retranchée dans un coin, croise les bras sur sa poitrine et baisse la tête en essayant de retenir ses larmes.

– On rentre, annonce mon coach.

Je me dresse brusquement face à celui qui est aussi mon frère.

– Pardon ?

– Diana a raison, l'océan ne veut de personne aujourd'hui, ça ne sert à rien. Jason vient de jeter l'éponge, on va faire pareil.

Au lieu de m'inciter à abandonner, cette annonce ne fait que m'encourager un peu plus. Le prestige sera encore plus important si nous ne sommes que sept à avoir le cran de nous jeter à l'eau.

– Quelle heure il est ? demandé-je d'une voix fébrile.

– Treize heures, pourquoi ?

– C'est bientôt à moi.

– Tu te fous de moi ? explose Diana. Tom, je ne plaisante pas, si tu y vas, c'est fini ! C'est Mavericks ou moi. C'est clair ?

Les yeux dans le vague, je me vois déjà dressé sur cette planche, la main effleurant l'eau tandis que je bâtis ma légende. Mon frère me saisit par le bras et me fait redescendre brusquement sur terre. Il me scrute d'un air orageux qui ne m'impressionne pas. C'est moi qui décide si j'y vais ou non. Et, surprise ! J'y vais.

Diana fonce sur moi comme un boulet de canon et lève le menton pour affronter mon regard.

– Très bien. Va la gagner, ta médaille débile. Mais ne compte pas sur moi pour la suite. Maintenant, tu es tout seul. Bonne chance.

Elle fait volte-face et quitte la tente, en rage.

Je suis tellement cassé par mes dernières tentatives que j'ai du mal à prendre conscience de ce que ça signifie réellement. On se retrouvera, Diana et moi. On se retrouve toujours. Je vais y aller malgré tout, gagner cette compétition, et quand on m'annoncera vainqueur, elle versera une larme et viendra se blottir contre moi, rassurée. Alors pourquoi une petite voix me souffle-t-elle que les choses pourraient être différentes cette fois ? Quoi qu'il en soit, je ne peux pas briser ma concentration pour une énième dispute avec ma copine.

Je me retourne et prends appui sur la table en bois où s'entassent mes affaires, la tête baissée. Mon coach reste planté derrière moi comme un vigile à l'air sévère, ce qui ne lui ressemble pas. Il n'y a pas plus drôle et enjoué que Kyle, d'ordinaire. Aujourd'hui, je ne lui donne pas vraiment envie de rire.

Tant pis.

Je me remets en mouvement et retire la doudoune que j'avais enfilée sur mon torse nu, avant de la jeter sur le fauteuil.

– Tom, tu es sérieux ? lance Kyle derrière moi.

– Tout à fait.

J'attrape ma combinaison, la retrousse au niveau du genou sur les deux jambes et y glisse mes mollets, avant de commencer à tirer dessus avec application. Elle est comme une seconde peau pour moi, une enveloppe familière dans laquelle je me sens bien. Je gesticule à la manière de quelqu'un qui essaierait d'enfiler un jean trop petit et le Lycra vient se plaquer sur mon corps.

– Diana ne pensait pas ce qu'elle a dit, tente-t-il de me rassurer, elle a simplement peur pour toi... Ne t'inquiète pas, ça va s'arranger.

– Je ne m'inquiète pas. Si elle veut partir, qu'elle parte. On m'attend.

Kyle se fige, choqué par ce que j'ose dire au sujet de la femme que j'aime. Et je l'aime profondément, même si j'ai pris l'habitude de me comporter comme un sacré abruti avec elle. Je balaie systématiquement ses peines et m'obstine à monter sur cette planche pour remporter un maximum de prix.

Je veux boucler une série de succès dantesque, marquer les esprits. Et ce ne sera sans doute possible que cette année. Je ne suis pas certain de pouvoir de nouveau cumuler autant de victoires d'affilée dans ma carrière. *C'est maintenant ou jamais.*

Je dépasse mon frère sans le regarder et sors à mon tour de la tente. Le vent me surprend et me déséquilibre. Mavericks hurle et se brise dans un grand fracas quelques centaines de mètres devant moi.

Un léger frisson remonte le long de mon dos, et une pointe d'hésitation m'assaille pour la première fois. *Est-ce vraiment une si bonne idée ?*

– Tu peux encore changer d'avis, Tom, ça ne choquera personne, plaide Kyle, juste à côté de moi.

Il suffisait d'une remarque de ce type pour me donner l'envie d'en découdre. *Merci, coach !*

– Non, c'est bon. J'y vais.

Je me remets en marche, direction la falaise. Les tentes des organisateurs se dressent comme des champignons de toutes les couleurs, tandis que la foule de spectateurs s'entasse le long de la paroi abrupte. Leurs clameurs me parviennent à peine, à travers le vent tourbillonnant.

Je hâte le pas, me concentre sur ma planche, qui m'attend sagement sur son support, à côté de celles de mes concurrents. Une organisatrice me la tend et le haut-parleur crache mon nom en grésillant.

« Tom Harper, 4e session ! »

L'adrénaline pulse de plus en plus dans mes veines, mes oreilles bourdonnent. Mon cœur menace d'exploser. Je ne vois plus rien d'autre que l'océan, le monstre qui s'élève avant de se briser dans un fracas étourdissant. *Mavericks, tu es à moi, j'arrive.*

Dan, un concurrent et ami, remonte le long de la falaise et s'arrête à ma hauteur.

– C'est trop dur, souffle-t-il, épuisé. Elle ne veut pas de nous, aujourd'hui.

Voyant que je ne réponds rien, il me serre le bras un instant, avant de poursuivre son chemin.

Dan et moi sommes assez proches, on se côtoie depuis des années dans les compétitions. Il est plus qu'un simple rival, j'ai confiance en lui. Et cette fois-ci, il n'a pas pu. Il a beau être talentueux, il a dû faire demi-tour.

Il m'est arrivé la même chose, ce matin, je comprends donc ce qu'il vient de vivre. Mais je n'ai pas l'intention d'abandonner. S'il n'a pas su comment dompter la bête, moi, je trouverai un moyen.

– Mets ton bracelet GPS, ordonne Kyle en me le plaquant contre la poitrine. Si tu es assez dingue pour entrer là-dedans, fais au moins en sorte qu'on puisse venir te chercher.

– Vous n'aurez pas besoin de venir me chercher.

– C'est ce qu'on verra.

Je saisis le bracelet et l'attache autour de mon poignet, avant de me diriger vers la falaise qu'il faut descendre pour accéder à l'océan. Normalement, je descends seul sur le sable, mais mon frère ne peut pas se résoudre à me regarder me jeter dans la gueule du loup sans m'accompagner.

Concentré, j'emprunte prudemment la pente escarpée, tout en respirant le plus calmement possible.

Une fois parvenu sur la minuscule plage, je prends plusieurs minutes pour faire le vide, tandis que mon binôme en jet-ski m'attend à quelques dizaines de mètres.

Je sens une énergie que je connais bien me traverser, une sorte de fluide qui parcourt mon corps dès que je m'approche de l'eau. Je suis né sur la terre, mais c'est sur cette planche que je suis véritablement dans mon élément. Le vent ne m'effraie plus, tout à coup. Mavericks me fera une place dans ses bras, et dans quelques minutes, je danserai sur elle.

Juste avant d'y aller, je jette un dernier regard à mon frère. Les bourrasques balaient nos cheveux, tandis que l'on s'accroche l'un à l'autre avec une intensité déconcertante.

– Reviens-moi vivant, ordonne-t-il, les mâchoires serrées.

– Bien entendu, le rassuré-je avec un demi-sourire. À tout à l'heure.

Je m'élance à petites foulées jusqu'au jet-ski. Je m'assieds à l'arrière, fixe ma planche pour qu'elle glisse derrière nous, et mon pilote forme un ample arc de cercle pour m'approcher du *line-up*, l'endroit où la vague commence à déferler, à près d'un kilomètre au large.

Je détache ma planche et me jette à l'eau sans réfléchir, tandis que mon binôme repart avec une expression inquiète sur le visage. *Allez, ayez un peu confiance. Tout va bien se passer !*

C'est du moins ce que j'espère, tandis que je me hisse sur ma planche. J'enfonce les bras dans l'eau glacée et rame avec des mouvements féroces.

Je connais Mavericks par cœur, je m'entraîne ici plusieurs semaines par an. Même si, c'est vrai, à cet instant, j'ai du mal à la reconnaître… Il n'est plus temps de reculer. Je ne suis pas aussi serein qu'habituellement, mais je mets ça sur le compte de la houle déchaînée et de ce vent qui me transperce.

Contrairement à ce matin, je ne pourrai pas attendre des heures, je ne tiendrai pas physiquement. Dans moins d'un quart d'heure, je serai sûrement épuisé. En être conscient est une force, même si cela risque de hâter mes prises de décision. Je dois agir vite.

Je laisse passer une première vague, dont l'angle active toutes mes alarmes internes. Mettre un pied là-dedans, c'est la mort assurée. Non, je dois attendre… Encore un peu…

Près de moi, la houle se lève tout à coup. Mavericks arrive. Ce sera une belle série, je le sens. De toute façon, je n'ai pas besoin de quatre ou cinq vagues, une seule me suffira. Et ce sera celle-là.

Allongé sur ma planche, je me mets à nager à toute vitesse. Je la sens se soulever alors que le monstre s'élève à quinze mètres de haut. La sensation est vertigineuse.

Au sommet, sur le *peak*, je n'ai qu'un dixième de seconde pour prendre ma décision. Si je bascule de quelques degrés en arrière, je mets fin à tout ça. Je pourrais même faire demi-tour et, en quelques minutes, être de nouveau en sécurité sur la plage. Mais si je bascule en avant et que je me redresse… je serai le maître. J'aurai réussi.

Tout se passe en un instant. L'écume effleure ma planche et j'inspire un grand bol d'air, avant de plonger. Je me dresse d'un bond, puis descends en pente raide. La décharge d'adrénaline est si puissante que j'ai l'impression de voler. Tout mon être se tend et se concentre sur la trajectoire irréprochable que je dois emprunter. Plusieurs centaines de mètres à parcourir et au bout, le bonheur. Le triomphe.

Je prends énormément de vitesse, tandis que le mur se fend derrière moi. En se brisant, la vague fait le même bruit qu'un immeuble qui s'effondrerait. Je suis dans la gueule du monstre. Sans pitié, prêt à me tuer à la moindre erreur en m'écrasant dans son poing.

Quelques secondes me suffisent pour me rendre compte que je suis en retard sur cette vague. Mon cœur se met à battre à toute vitesse. *Elle est en train de se refermer sur moi.* La lèvre qui devrait traîner derrière moi gagne du terrain et passe au-dessus de ma tête, comme des dents acérées. L'eau est si près. Bien trop près. Je comprends instantanément ce qui m'attend et la peur me tétanise. *Je n'en sortirai pas vivant.*

La terreur pulse tout à coup dans mes veines, rend ma vision floue. *Je vais mourir. Ici. Maintenant.*

Dans ce genre de situation, la panique tue un surfeur en quelques secondes, alors je m'assène une claque mentale et reste rivé sur mon objectif : filer en avant et quitter ce tube, retrouver l'air libre. Je me penche au maximum, les deux mains touchant presque la planche. Je plie les genoux pour gagner quelques précieuses secondes, pendant que la lèvre se rapproche de ma tête, me donnant l'impression que le ciel est en train de m'écraser.

Je ne dois pas réfléchir à ce qui va arriver, seulement faire appel à mes réflexes.

Je sens l'océan vibrer sous moi, gronder, essayer de me faire tomber. Je pense à Diana. *Je suis tellement désolé.*

Soudain, loin devant moi, la vague s'effondre. Il n'y a plus de sortie possible. Il fait complètement noir. Il n'y a plus qu'un mur, et douze mètres de chute libre.

À cette vitesse, l'eau est aussi dure que du béton. Je risque d'être broyé, alors je tente le tout pour le tout. Je repousse ma planche, ferme les yeux de toutes mes forces et mets une épaule dans l'océan. Je veux au moins maîtriser la manière dont j'entre dans cet enfer.

Je me laisse tomber et Mavericks m'avale. Sous la surface, la houle arrive à pleine vitesse et me propulse droit sur Boneyard, le massif de rochers qui attend les surfeurs en bout de course. Malmené par les courants, je ne suis plus qu'un pantin désarticulé. Juste un homme dont l'arrogance lui a fait croire qu'il pouvait dompter la bête.

J'ouvre la bouche sous le coup de la panique et avale une grande goulée d'eau. La vague, comme un calamar géant, me tire sur au moins deux cents mètres avant de me projeter sur les rochers. Mon genou et mon abdomen heurtent la pierre. Tout l'air dont je disposais encore s'échappe de mes poumons et j'inspire en échange un grand bol d'eau salée. Mon *leash*[2] n'est plus relié à rien, ma planche a dû se briser sur Boneyard. Je suis seul.

Secoué dans tous les sens, je m'éloigne un moment des rochers avant qu'une autre vague m'y écrase de nouveau, encore plus violemment. Trop épuisé, je ne parviens pas à m'y cramponner. Je glisse sous la surface et me mets à couler doucement.

Les rayons de soleil fendent l'eau comme des couteaux. Tandis que je sombre, la lumière disparaît.

---

2. Fil qui relie le surfeur et sa planche.

CHAPITRE 2

MEI

Huit mois plus tard

– Chaud devant !

Je sursaute lorsque la pile de dossiers qui accompagne cette exclamation s'écrase sur mon bureau. Il y en a encore plus qu'hier, et vu mon ardeur à la tâche, ça n'a pas fini de s'entasser. Si les assurés continuent d'emboutir leurs voitures avec la même régularité, d'ici un an, ma montagne de retard touchera sûrement le plafond.

– Merci, marmonné-je.

– Avec plaisir, répond Josh en se penchant pour ramasser une feuille tombée au sol. Tiens, un formulaire 4639B, t'as eu chaud. Un peu plus et on se retrouvait avec un dossier incomplet.

– Ouais… t'imagines ? déclaré-je, faussement horrifiée.

Je suis une professionnelle pour perdre des formulaires. Je n'y peux rien, ils se ressemblent tous, et comme en vérifier le contenu ne me passionne pas, j'ai tendance à les tamponner un peu au hasard et à les classer en pensant à autre chose. Il arrive donc fréquemment que certains s'égarent entre leur passage par mes mains et leur traitement par mes collègues du bâtiment voisin.

Je lance un regard désespéré à Josh. On est tous les deux coincés depuis neuf mois dans cet endroit sinistre, tout droit venu des années soixante. C'est quand même dommage d'habiter en Californie, à trois cents mètres d'une des plages mythiques de Los Angeles, et de passer toutes ses matinées les pieds posés sur une moquette verdâtre (oui, j'enlève mes tongs au travail, question de confort).

En plus, l'architecte a placé les fenêtres juste au-dessus de mes yeux, comme des vasistas réservés à un public de plus d'un mètre quatre-vingt. Ce n'est pas vraiment mon cas, alors si je veux voir l'extérieur, je dois monter sur une caisse de formulaires en attente de traitement, ou sur le dos de Josh.

À quel moment ma vie est-elle partie en vrille, exactement ? Le jour où j'ai signé mon contrat chez Les Assureurs de la dernière chance ? Non, c'était plus tôt que ça… Le jour où j'ai laissé tomber le lycée ? Non, ça a plutôt ressemblé à une délivrance, à l'époque. Peut-être le jour où Lorelei Moore, la reine des abeilles, a failli me noyer dans la cuvette des toilettes. Hmm… Oui, je pense que c'était ce jour-là… La vie est forcément différente une fois qu'on a eu dans les poumons de l'eau senteur Javel. Ça remet en perspective sa position sur l'échelle de valeur des êtres humains.

– T'as fait du thé glacé pour la pause ? me questionne Josh avec un sourire.

Je reviens doucement à la réalité. Il faut dire que mon esprit a tendance à fuir cet open-space et sa chaleur étouffante dès que la situation le permet.

– Évidemment, le rassuré-je d'un air entendu.

Josh est mon seul ami au boulot, alors je le chouchoute. D'autant que les néons ont beau nous donner à tous un teint un peu maladif, il faudrait beaucoup plus que ça pour atténuer le charme de mon collègue. Vingt-deux ans, asiatique, les cheveux coiffés décoiffés, des muscles parfaitement dessinés sous un T-shirt blanc d'une taille trop petit pour lui… Il ferait craquer n'importe quelle fille. Rectification, il *fait* craquer n'importe quelle fille ! D'ailleurs, il les enchaîne aussi vite que ses séries d'abdos.

Ça ne me dérange pas qu'il collectionne les nanas, nos relations sont d'un autre ordre. Je trouve même ça intéressant, d'un point de vue scientifique. Pour quelqu'un qui a mon expérience dans le domaine – soit absolument aucune –, étudier quotidiennement un spécimen tel que Josh donne des tas de clés pour décrypter la parade amoureuse. À force de côtoyer le grand maître en la matière, j'ai par exemple cerné que lorsque le mec mignon qui tient le pressing me demande mon numéro, il n'évoque pas ma place dans la file d'attente, mais mon portable. Et qu'un type qui fait des haltères sur Venice Beach et qui me propose de lui appliquer du monoï attend de moi un massage sensuel, pas une couche d'écran total épaisse et blanche.

Je suis vraiment au degré zéro du flirt. Je ne comprends pas les signaux qu'on m'envoie. Et quand je crois les saisir, en général, je me plante. Je suis peut-être adorable selon Josh, mais le reste du monde me qualifierait plutôt de complètement à l'ouest.

– Rendez-vous à la pause de 10 heures sur le toit ? propose mon collègue avec un sourire enjôleur.

– Ça marche !

Il s'apprête à partir, les deux mains sur le guidon du chariot qu'il pousse, mais il se ravise.

– Au fait, très joli, ton haut, constate-t-il avec un clin d'œil.

Je baisse les yeux sur mon T-shirt *Star Wars*, que j'ai déjà dû mettre des dizaines de fois.

– Euh… merci.

– Allez, à tout à l'heure.

Le départ de Josh me laisse face à une montagne de papiers, dont la simple vue me donne des palpitations. Je ne compte même plus le nombre de fois où c'est le contact de mon front avec les touches de mon clavier qui m'a réveillée d'une sieste bien méritée.

Abattue, je regarde autour de moi pour trouver l'énergie de tamponner ce tas de formulaires.

Mes collègues les plus proches, Jocelyn et Michelle, toutes les deux dans la cinquantaine, mettent une ardeur à la tâche surprenante. Les dossiers ont à peine le temps d'arriver qu'elles les ouvrent, en vérifient le contenu, indiquent les documents manquants ou transmettent l'ensemble au maillon suivant de la chaîne… Elles font leur boulot, en résumé. Mais avec le sourire ! Elles se félicitent même mutuellement lorsqu'elles ont fini leur pile du jour avec un peu d'avance.

Tout ça pour impressionner Gloria, j'en suis sûre. Notre gardienne de goulag officielle. Glori, pour les intimes, n'est ni manager ni chef de quoi que ce soit. C'est juste une employée modèle, ultra-investie et efficace. Elle est obsédée par les performances de notre service, ce qui pour moi n'a aucun sens. Le mois dernier, elle a carrément organisé un tournoi avec les filles de l'étage pour booster la productivité et la cohésion de l'équipe. La gagnante a remporté un paquet de bonbons à la menthe. J'ai prétexté une tendinite au poignet pour ne pas participer, mais je n'ai rien raté de l'événement pour autant. Josh a lancé des paris en douce auprès de nos collègues et j'ai de mon côté découpé puis colorié au Stabilo une médaille en carton. J'en ai profité pour alimenter la compétition avec mes propres dossiers, l'occasion était trop belle !

Je repense à cette matinée un peu plus sympa que les autres avec un soupir de nostalgie. Malheureusement, aujourd'hui, il n'y a pas de compétition prévue et il n'est que 8 h 36, alors il va falloir s'y mettre.

***

À l'instant où l'aiguille des secondes atteint 10 heures pile sur l'horloge – que je ne lâche pas du regard depuis cinq bonnes minutes –, je bondis en direction de l'issue de secours au bout de l'open-space. Le seul chemin pour rejoindre le toit du bâtiment. Les autres n'ont même pas encore poussé leur fauteuil. *Il faut être plus réactifs, les gars ! Un quart d'heure, ça passe vite !* Chaque seconde où mes fesses ne sont pas en contact avec cette chaise est un moment de félicité dans ma journée, je ne veux pas en rater une seule.

Au moment où j'appuie sur la barre métallique de la porte, une voix rocailleuse tonne derrière moi.

– Miss Bradley !

Je suis suffisamment loin pour qu'il soit crédible que je n'aie pas entendu mon nom retentir. Je fais encore un demi-pas en avant, lorsqu'une collègue me hèle.

– Mei ! Le patron t'appelle !

Quelle fayote, celle-là… Je ferme les yeux, crispée, et fais lentement demi-tour.

– Oui ?

– Dans mon bureau !

Je suis encore convoquée chez le patron… Ça devient une habitude, ma parole.

Les quinze minutes que je passe sur le toit avec Josh chaque jour sont le rayon de soleil de ma matinée, et ce chef dégarni me les vole sans état d'âme ! Je le pousse mentalement dans ma fosse à zombies, un endroit sinistre où atterrissent tous les gens contre lesquels j'ai une dent. Il sera en bonne compagnie, aux côtés de Lorelei, la capitaine des pom-pom girls de mon ancien lycée, ou encore de M. Flicker, mon banquier.

Je rejoins son bureau le plus doucement possible, avec l'impression d'être un condamné en route pour la potence. C'est clair, cette fois, je suis virée. Je ne vois pas comment il pourrait en être autrement, je suis la pire employée de cette boîte.

– Asseyez-vous, m'intime le boss, debout face à la seule fenêtre panoramique du bâtiment.

Évidemment, la sienne est à la bonne hauteur, quand nous autres, on doit se contenter des reflets de l'océan sur le plafond en liège. Je note cependant que ce n'est pas le meilleur moment pour les revendications syndicales.

– Mei, savez-vous combien vos collègues traitent de dossiers en moyenne au quotidien ? demande-t-il en se tournant vers moi.

– Euh… non.

– Vingt-trois. Et vous, à votre avis, combien en transmettez-vous à nos conseillers-experts ?

« Conseillers-experts », on ne va pas non plus s'emballer. Ce sont des esclaves, comme nous.

Leur seul privilège est d'avoir droit à la lumière du soleil dans leur bâtiment tout en verre.

– Un peu moins ?

– Quatre. Les bons jours.

– Oh !

Franchement, même moi, ça me choque.

– Miss Bradley, je vais être clair : soit vous vous décidez à travailler, soit c'est la porte !

– Je suis désolée, c'est juste que j'oublie tout le temps mes lunettes et…

Je ne prends pas la peine de terminer ma phrase, ce serait gaspiller mon énergie. M. Grant a toujours été totalement insensible à mon charme et à mes supplications. C'est vraiment dommage… Malgré l'ennui mortel de ce job, il n'est pas si simple de trouver un emploi à mi-temps dont les horaires correspondent aux cours que je suis en parallèle, tous les après-midi. Et puis j'aime bien travailler avec Josh. D'autant qu'avec mon déménagement, prévu demain en plein cœur de Santa Monica, je rajoute des kilomètres entre nous. On se voit rarement en dehors du boulot, mais il m'a proposé d'aller faire un tour à la plage avec lui à moto, une fois.

– Vous avez compris, Miss Bradley ? tonne mon patron.

Je sors brusquement de mes réflexions. Oh ! Bon sang, j'étais encore en train de penser à autre chose, pendant qu'il parlait ! Je n'imaginais pas que ça pouvait être important… Seulement des commentaires sur mes performances désolantes, rien que je n'aie déjà entendu des milliers de fois.

– Euh… oui ?

– Très bien. Alors je compte sur vous pour aider Gloria à déplacer ses affaires. Je suis sûr que vous formerez une très bonne équipe.

Une vague d'effroi me prend à la gorge. *Qu'est-ce qui s'est passé ?* Je viens de tomber dans une faille spatiotemporelle et, dans ce monde parallèle, mon patron a l'air de suggérer que je vais collaborer avec l'employée de l'année. Impossible !

– Gloria a un sens inné du leadership, elle n'hésitera pas à vous remotiver si elle détecte une petite baisse de régime !

Je le scrute sans bouger. Mon cerveau est en état de choc, du coup, mon corps refuse de se remettre en marche.

– Qu'est-ce que vous en pensez ? Il sera agréable d'avoir un mentor, n'est-ce pas ?

– Je n'ai pas les mots, couiné-je finalement.

– Formidable ! Je n'étais pas sûr que l'idée vous enthousiasme, mais vous verrez, vous ferez un duo détonant.

Non mais je ne peux pas rester concentrée deux minutes ? J'aurais certainement pu négocier, protester, trouver une solution si j'avais entendu sa proposition ! Maintenant, je suis cuite.

– Je… je peux y aller ? demandé-je en mettant les mains sur les accoudoirs, prête à filer.

M. Grant a désormais l'air doux comme un agneau. Il est sans doute convaincu d'avoir réglé un vrai problème de ressources humaines, alors qu'il a seulement gâché le temps que je passais ici, à peu près au calme, cachée derrière mes piles de dossiers, sans rien demander à personne.

– Et prenez donc une pause, Miss Bradley, vous en aurez besoin pour vous donner à fond ensuite.

Ça, c'est clair.

Je quitte le bureau et rejoins le plateau *via* un long couloir grisâtre. Plutôt allergique à ce genre de lieu, je hâte le pas, pressée de retrouver la présence rassurante de Jocelyn, Michelle et leurs cinquante clones, en train de tamponner leurs dossiers comme des automates.

Le corridor me semble interminable. À chaque foulée, j'ai l'impression que l'issue s'éloigne. Je me mets donc à courir, jusqu'à ressurgir brusquement dans l'open-space, où tout le monde s'affaire, la tête baissée.

Je ferme les yeux et souffle un coup pour étouffer ma claustrophobie. Lorsque la noirceur tente de s'insinuer en moi, je lui barre le passage. J'ai décidé d'être heureuse, alors les crises de panique, c'est niet.

Tandis que ma frayeur s'éloigne, je monte les marches de l'escalier de secours deux par deux pour rejoindre enfin le toit. L'océan se dessine comme un vaste miroir brillant et je me sens immédiatement mieux. Le vent chaud de Los Angeles caresse mes cheveux. Tout près, Josh profite de sa pause pour faire des pompes, comme souvent. Il se relève en me voyant et tape dans ses mains pour en chasser la poussière.

– Qu'est-ce que tu faisais ? J'ai presque fini ma série !

– Désolée, dis-je avec un faible sourire, j'ai encore été convoquée chez le patron. En plus, j'ai oublié le thé glacé…

– Pas grave. Allez, viens !

Je me dépêche d'aller le retrouver et il se remet en position. Josh reste un instant sans bouger, les mains au sol, le temps que je m'installe en tailleur sur ses lombaires, puis il reprend ses pompes. Je pèse cinquante kilos toute mouillée et mon collègue adore m'utiliser comme poids pour augmenter la difficulté de ses exercices.

– Ça va ? me questionne-t-il, même pas essoufflé. Grant ne t'a pas fait passer un trop sale quart d'heure ?

– Oh ! Non. Ne t'inquiète pas.

M. Grant peut me fliquer, ça m'est égal. Demain, je déménage, et dans quelque temps je pourrai dire adieu à ce job pourri. Je supporterai bien Gloria quelques semaines…

– Au fait, Mei, reprend Josh, je me demandais si tu avais besoin d'aide pour ton déménagement. Je pourrais t'aider à porter tes meubles et…

– C'est gentil mais l'appartement est déjà meublé.

Il prend une minute pour finir sa série avec une aisance déconcertante, tandis que je monte et descends à allure régulière.

– D'accord. En tout cas, si je peux te filer un coup de main, je suis là.

Il s'immobilise finalement et je saute sur le sol.

– Merci, mais la situation est sous contrôle. J'ai peu d'affaires, je vais gérer comme une pro !

Il réfléchit un moment.

– Sinon, un soir, je pourrais…

– Ne t'inquiète pas, ça va aller vite. Je vais m'occuper de ça en un après-midi ! Mais merci, j'ai de la chance d'avoir un ami comme toi, toujours là pour rendre service !

CHAPITRE 3

MEI

Ma vieille Honda s'immobilise devant chez mes parents dans un nuage sorti du pot d'échappement. Il y a près d'une heure trente de trajet pour relier Los Angeles et Ventura, où j'ai grandi, une bonne excuse pour sauter quelques repas de famille, mais cela rend chaque aller-retour plutôt risqué, avec une voiture à bout de souffle.

Mon instinct me répète que je devrais faire un saut chez le garagiste, mais je n'ai pas de quoi régler la note, alors pour l'instant, je fais abstraction des voyants lumineux qui clignotent. Ça me divertit en attendant que le feu passe au vert et ça ajoute un peu de suspense à mes déplacements !

Je claque la portière avec un bruit strident. J'ai grandi ici, sur les hauteurs de Ventura Beach, dans cette maison de poupée dont les volets battent au gré du vent. C'est un pavillon qui ne paie pas de mine, du moins côté rue. Il a cependant un atout extraordinaire : il donne sur la mer. Les fenêtres de la cuisine et, au premier étage, de ma chambre, s'ouvrent directement sur l'océan. C'est une petite maison blanche aux volets bleus, rien à voir avec les demeures luxueuses et les hôtels extravagants du coin.

Le portillon en bois à l'entrée du terrain grince sur mon passage. C'est un son familier de mon enfance, comme celui de ma mère tapotant son tamis pour égoutter le riz, de ma sœur fredonnant sous la douche, ou du chat des voisins qui bondit sur notre toit et fait des petits *tap*, *tap* en redescendant.

Tout est calme. J'inspire profondément et profite de cet instant de félicité, car je sais qu'il ne va pas durer. Mon père est assis sous le porche, un roman à la main. Lui aussi savoure ses dernières minutes de tranquillité avant l'arrivée de sa belle-mère. Il se balance doucement sur son rocking-chair. Je me penche pour l'embrasser.

– Oh ! C'est toi ! s'étonne-t-il. Il est déjà midi ?

– Il est 11 heures, mais oui, c'est bien moi, m'amusé-je. Salut papa.

– Salut ma chérie.

Mon père… Éternellement dans la lune, jamais très connecté à ce qui se passe sur terre. Il connaît tout Steinbeck par cœur et pourrait citer n'importe quel passage de l'*Odyssée*, en revanche il est incapable de détartrer une bouilloire. Sa culture n'a d'égal que son inconfort en société. Un peu comme moi finalement, mais sans la culture.

– Maman est là ?

Un gong répond à ma question.

– Oui, elle fait le tour de la maison. Il y a du monde ce midi, ça prend un peu de temps.

Je ris et entre. Ainsi que je m'y attendais, ma mère est au milieu du salon, complètement nue, en train de frapper sur un gong.

– Ô puissance majestueuse ! Bénis notre foyer ! crie-t-elle avec ferveur.

– Maman, Mamy-Raksa va bientôt arriver, tu ne veux pas te préparer, plutôt ?

– J'ai presque fini ! Pousse-toi, je vais m'installer dans le coin de la pièce.

Elle me bouscule et se plaque contre le mur du fond, avant de donner un nouveau coup sur le gong, qui résonne longuement dans mes tympans.

– Maman ! Ce serait bien que tu ailles au moins enfiler une culotte !

– Oh ! Détends-toi, il faut être fière de son corps ! Il résonne avec la terre. Tu sens combien elle vibre à travers toi ?

Elle donne un autre coup de gong pour me montrer que je résonne, moi aussi.

– Euh… ouais, je sais pas. En tout cas, Acha ne va pas aimer que tu « résonnes » toute nue devant Gary. Tu sais comment ça s'est terminé la dernière fois.

Elle serre son instrument de torture contre elle, comme s'il était le seul à pouvoir la comprendre.

– Comment ai-je fait avec ton père pour engendrer des enfants tels que toi et ta sœur ? Vous êtes si étriquées d'esprit !

Les Cambodgiens sont majoritairement bouddhistes, mais on n'est pas plus nudistes ou accros au gong que la moyenne. Ma mère, elle, est… un peu de tout. Un peu bouddhiste, un peu protestante par moments, mais la plupart du temps, surtout branchée ondes positives et pensée magique.

Pour faire simple, la pensée magique est le fait d'interpréter un événement comme étant la cause d'un autre, sans avoir aucune preuve qu'il existe un lien entre eux. De la même façon que quand un enfant évite de marcher sur les joints de carrelage en se disant : « Si je vais jusqu'à la fenêtre sans les toucher, demain j'aurai une bonne note à mon contrôle de maths. » C'est normal, à cet âge, d'imaginer qu'un carreau puisse influer sur un examen, mais ce type de comportement est censé disparaître vers sept ou huit ans. Maximum. Sauf qu'à cinquante-cinq ans, ma mère n'a toujours pas franchi le cap. Elle souffle sur les feux de signalisation pour qu'ils passent au vert, donne des coups de gong dans chaque pièce le matin pour que tout le monde reste en bonne santé, et elle est convaincue que si on déchire la photo de quelqu'un, il lui arrivera quelque chose de terrible. Ça vaut aussi pour les magazines people. Et elle adooore les magazines people. Elle nous a donc appris à les déposer religieusement à plat dans le bac de recyclage, quand ils sont obsolètes. Il ne s'agirait pas que Meghan Markle se casse un ongle parce que ma mère a balancé un tabloïd sans faire attention !

– Maman, mettre des vêtements pour recevoir du monde, c'est le minimum, quand même… Et si Mamy-Raksa te voit comme ça…

– Un jour, vous aurez le mauvais œil à force de dire à chacun ce qu'il doit faire ! rétorque-t-elle avant de quitter la pièce, la tête haute.

La sonnette de la porte retentit. *Si c'est Mamy-Raksa, on est foutus.* Puisque je suis juste devant, j'ouvre en tremblant, mais découvre heureusement ma sœur, son bébé dans les bras, et son copain me tournant le dos. Je me détends aussitôt.

– Tu sonnes avant d'entrer, maintenant ?

– Je préfère m'assurer que tout le monde est visible, explique-t-elle en faisant les gros yeux. Maman est habillée ?

Achariya regarde par-dessus mon épaule d'un air méfiant et y trouve ma mère dans son plus simple appareil.

– Oh ! Ma fille chérie ! Entre ! s'enthousiasme celle-ci.

Ma sœur resserre l'étreinte autour de son bébé et murmure à mon attention :

– Elle sait que Mamy vient manger ?

– Je lui ai demandé de s'habiller, mais elle dit qu'on est « étriquées d'esprit ».

Ma mère disparaît dans une autre pièce et Acha entre en laissant Gary, toujours de dos, sur le pas de la porte.

– C'est fou quand même ! Elle sait qu'elle va avoir de la visite et elle se trimballe toute nue. Même devant son gendre ! C'est de plus en plus fréquent, je trouve.

Pour le saluer, je saisis l'épaule de Gary, mon beau-frère, qui tapote ma main en retour.

– Salut Mei.

– Salut Gary. Tu devrais entrer, il fait très chaud.

– Il n'entrera pas tant qu'elle ne sera pas décente ! cingle Achariya, qui cherche notre mère des yeux. Où est-ce qu'elle est passée, encore ?

– Je retourne lui parler…

Je m'apprête à argumenter avec celle qui nous a mises au monde, quand elle revient vers nous, enfin vêtue d'un paréo beaucoup trop fin pour ne pas être transparent.

– Voilà ! Voilà ! Vous êtes contentes ? J'ai couvert ma nudité !

Acha la regarde sans ciller.

– C'est super, maman, mais avec quelque chose en dessous, ce serait encore mieux.

– Oooooh, râle-t-elle en montant finalement à l'étage. Vous êtes pires que votre grand-mère, toutes les deux.

Pires que Mamy-Raksa ? Cette fois, elle a perdu tout sens des réalités.

Acha finit par faire entrer Gary, ainsi que mon père, qui a posé son roman.

– Elle doit être un peu stressée par la venue de Mamy, explique-t-il avec indulgence.

– On est tous stressés par la venue de Mamy, et on n'est pas tous à poil ! s'écrie Acha, exaspérée.

Ma jolie grande sœur, d'ordinaire d'humeur égale, confie leur bébé à Gary et dépose ses affaires sur une desserte avec un certain agacement. Elle est belle comme le jour, avec ses longs cheveux bruns et son maquillage qui met en valeur ses traits, et elle est plutôt grande, de surcroît. Un bon mètre soixante-dix, elle doit tenir ça de mon père.

Il y a neuf mois, elle a donné naissance à Wyatt, un adorable poupon dodu qui a fait ses nuits immédiatement, permettant à ma sœur de retrouver son teint frais et reposé en quinze jours à peine, après un accouchement mené avec brio en six heures et seulement trois poussées.

Wyatt est le mariage parfait entre nos traits asiatiques et un bel et robuste Américain d'un mètre quatre-vingt-dix, doux comme un agneau. En plus d'être adorable, Gary est protecteur et charmant, ce qui ne gâche rien. Acha et lui travaillent tous les deux dans l'informatique et en sont passionnés.

J'adore ma sœur. J'ai unc chance inouïe d'avoir grandi à ses côtés. C'est une personne douce et empathique, avec le cœur sur la main. J'aimerais juste que ma vie ressemble un peu plus à la sienne.

On se dirige toutes les deux vers la cuisine, où je remue le *pakon kho matek*[3] que ma mère a abandonné sur le feu pour bénir la maison. Le fond accroche un peu, mais ça devrait aller.

– Comment se passe ton travail en ce moment ? se renseigne discrètement Achariya.

– C'est le goulag, pourquoi ?

On éclate de rire et elle chuchote encore plus bas :

– Mais non, l'autre… tu sais.

– Oh ! dis-je en baissant moi aussi d'un ton. Ça va.

Ma sœur pousse un petit soupir, qu'on pourrait prendre pour de l'admiration.

– Pourquoi tu me demandes ça ?

– Pour rien ! Je suis fière de toi, c'est tout. Ma petite sœur est formidable, non ? insiste-t-elle en se tournant vers son amoureux qui vient de pénétrer dans la pièce.

Gary, qui n'est pas contrariant, approuve tout en se dandinant pour bercer Wyatt.

– Au fait, tu seras bien disponible pour le repas d'anniversaire de Mamy, hein ? C'est dans un mois, mais comme tu es toujours débordée, je préfère te prévenir en avance.

Je serre les dents. Dommage, si elle m'avait prévenue un peu moins tôt, j'aurais pu prétexter un déplacement d'affaires. Une attaque de reptiles. Une pluie d'astéroïdes. Là, je suis coincée.

---

3. Plat cambodgien à base de crevettes caramélisées.

– T'inquiète… je serai là.

– Et tu nous amèneras un beau prince charmant ? tente-t-elle, pleine d'espoir.

– Sauf intervention divine, je ne pense pas.

Elle se mord la lèvre, à deux doigts de me prodiguer un conseil de grande sœur, lorsque ma grand-mère claque la porte de son taxi, dans la rue. Ce son bien connu déclenche une décharge d'adrénaline qui me parcourt douloureusement le dos.

Quand Mamy-Raksa vient déjeuner, c'est ma fête, en général. Je ne suis toujours pas mariée, je n'ai toujours pas d'enfant, j'ai un boulot « grotesque », je perds mon temps à « gribouiller des idioties », et j'en passe. La liste de mes erreurs et de mes manquements est infinie. L'avantage, c'est que chez nous, les repas de famille durent une heure trente montre en main, alors ça ne devrait pas être douloureux trop longtemps.

Ma grand-mère n'a même pas franchi le portillon qu'elle est déjà en train de sermonner mon père, qui a dû vouloir l'accueillir.

– Quand allez-vous vous décider à mettre une rampe à cet escalier, John ?

D'origine humble, le succès de l'entreprise qu'elle a créée avec notre grand-père lui a permis dc gravir les échelons de la réussite un à un au cours de sa vie. L'ennui, c'est que depuis qu'elle est au sommet, elle parle à tout le monde comme si elle possédait la moitié du Texas.

– C’est qu’il n’y a que deux marches, se justifie mon père, devant la maison.

– Et alors ? Est-ce que ça va m’empêcher de me fendre le col du fémur ? Quelle vieille bicoque pourrie !

À l’intérieur, tout le monde se regarde et peine à déglutir. Ma mère réapparaît soudain. Paniquée, elle est allée enfiler un pantalon.

CHAPITRE 4

MEI

Mon père salue ma grand-mère en joignant les mains près de son visage avant de s'incliner, comme il l'a toujours fait avec mon grand-père, qui appréciait cette marque de respect. En réponse, Mamy-Raksa lui donne une tape condescendante sur le bras et le dépasse pour entrer dans la maison.

– Où est mon arrière-petit-fils ? Achariya, viens me montrer ce bébé, dépêche-toi !

Ma sœur récupère son enfant, sort de la cuisine et s'approche de notre aïeule. Celle-ci jette une œillade appuyée à Bébé-Dodu, qui répond par des bulles de salive et essaie de toucher ses lunettes.

– Il ressemble beaucoup à son père, commente-t-elle d'un ton peu amène. C'est dommage. Tu travailles toujours ?

Elle accompagne sa question d'un reniflement dédaigneux.

– Oui Mamy, j'ai des perspectives d'évolution et je…

Notre grand-mère hausse les sourcils et se détourne sans lui laisser l'occasion de finir sa phrase. Visiblement, aucun argument ne saurait la convaincre du bien-fondé de cette décision.

Je suis triste qu'Achariya subisse de telles attaques, mais quelque part, ça me rassure un peu. Je me sens moins comme la brebis galeuse de la famille. Avec ses revendications féministes et son concubinage avec Gary, sans mariage à l'horizon, ma sœur hérisse le poil de ma grand-mère. Elle lui a asséné le coup de grâce le jour où elle a annoncé qu'elle arrêtait de s'épiler. C'était juste avant qu'on se rende chez le tatoueur le plus proche et qu'on se fasse inscrire « girl power » sur le mollet.

Ma grand-mère n'est pas antiféministe, bien au contraire. Sa réussite entrepreneuriale lui a d'ailleurs valu plusieurs prix, qu'elle a tous refusés en jurant. Elle est entièrement convaincue qu'une femme vaut un homme. Mais elle déteste les militantes ! Elle considère qu'une femme, si elle le veut vraiment, peut décrocher la lune, mais ce n'est pas « poli » selon elle de le souligner. Elle déteste donc les féministes modernes, la révolution sexuelle et tout ce qui ressemble de près ou de loin à des vêtements bariolés. Elle déteste aussi les gens qui s'amusent (trop bruyants), les voitures décapotables (trop m'as-tu-vu), et surtout, les artistes. Chaque fois qu'elle prononce ce mot, elle lève les yeux au ciel.

Elle ne sait d'ailleurs pas dire « artiste », elle dit « aaaartiste », comme si elle disait « artiste bien sûûûûr, n'importe quoi ».

Si j'ai déjà du mal à comprendre comment elle a pu épouser mon grand-père, qui était adorable, je suis encore plus choquée qu'elle ait engendré ma mère, totalement loufoque, elle-même capable de m'engendrer moi. Qu'on partage le moindre brin d'ADN, Mamy-Raksa et moi, me laisse perplexe. Moi qui n'aime que les robes bariolées, faire du bruit, rire très fort, les films de super-héros et la vraie musique. Katy Perry, Lady Gaga, Jessie J et Nicki Minaj… La musique qui rend heureux, quoi.

Quoi qu'il en soit, chez nous, on doit un immense respect aux anciens. La plupart des Cambodgiens considèrent que plus les membres de leur famille vieillissent, plus ils gagnent en sagesse et donc que leur avis doit avoir une importance primordiale. L'ennui, c'est qu'on vit aussi en Californie, alors les principes de ma grand-mère entrent souvent en collision avec ce que j'appellerais la « vraie vie ». Résultat, elle nous terrorise juste assez pour qu'on n'ose pas lui dire qu'elle est un tyran, mais pas au point qu'on lui refuse l'entrée de notre maison. C'est futé.

Lorsqu'elle se tourne vers moi, j'ai l'impression qu'un lion affamé vient de repérer ma présence dans les steppes.

– C'est nouveau, ces mèches bleues ? m'interroge-t-elle.

– Oui Mamy, répliqué-je fièrement.

– Hmm…

Elle plisse les yeux et me contourne avec lenteur. *Peut-être qu'elle est en train de me jeter un sort.*

– Bon, on mange ou il faut repasser demain ? poursuit-elle à l'adresse de ma mère.

– Oui, oui, maman ! C'est prêt !

Tandis que mon père finit de mettre le couvert, Gary installe Wyatt sur sa chaise haute et on peut enfin passer à table. On ne fait pas trop de cérémonie. Quand les plats arrivent, on mange.

Malgré cette entrée en matière musclée, le repas se déroule plutôt dans la bonne humeur. Tout le monde se sert de la soupe accompagnée de poisson frit, et félicite ma mère pour sa cuisine. Elle n'était encore qu'un bébé lorsqu'elle a quitté le Cambodge, mais ma grand-mère a tenu à lui enseigner toutes les ficelles de la gastronomie de son pays natal et elle se débrouille à merveille.

Tout le monde se régale ensuite avec le *pakon kho matek*. Sauf moi, qui ai petit-déjeuné comme une ogresse à 10 heures. Ma famille a cette habitude étrange de passer à table à 11 h 30, ce qui fait qu'à cet instant, je n'ai absolument pas faim.

– Au fait, Mei, intervient ma sœur, tu as besoin d'aide pour ton déménagement ?

Décidément, je n'aurai jamais eu autant de propositions pour déplacer quatre cartons et une valise !

– C'est gentil, mais je n'ai pas grand-chose à emporter. Mon nouvel appartement est déjà meublé, comme celui que j'occupe aujourd'hui.

– Tu es sûre ? Demain je vais pique-niquer avec Gary et Wyatt, c'est sur notre route, on pourrait passer te prendre et t'aider à t'installer.

Mamy-Raksa renifle bruyamment, mais son message est indéchiffrable. Est-elle contre cette idée ? Voudrait-elle venir voir l'appartement ? Est-ce un encouragement ? Comme d'habitude, on n'en saura pas plus.

– Non, vraiment, je suis contente de le faire seule, je t'assure.

– D'accord ! s'exclame Achariya joyeusement.

Elle enfourne une cuillère de purée dans la bouche de son marmot, qui bat des bras avec contentement.

– Du coup… tu vas y aller avec ta Honda ? poursuit-elle, l'air de rien.

– Oui, pourquoi ?

– C'est juste que je me dis qu'elle commence à dater… D'après l'adresse que tu m'as donnée, j'ai l'impression que tu t'installes dans un endroit plus cossu. On pourrait te prêter un peu d'argent, Gary et moi, pour t'acheter une nouvelle voiture.

L'offre de ma sœur est très généreuse, mais avec l'arrivée de Wyatt et le fait qu'ils n'ont pas encore terminé de rembourser leurs prêts étudiants, Gary et elle ne roulent déjà pas sur l'or. Je ne me verrais pas accepter un centime de leur part, j'aurais l'impression de priver Wyatt de jouets essentiels à son développement.

– C'est gentil Acha, mais j'adore ma vieille Honda. J'attendrai qu'elle s'éteigne quand son heure sera venue !

C'est vrai, ma voiture grise est presque une épave, dont les vitres arrière sont restées bloquées en position « presque fermé », mais j'y suis très attachée. Elle nous a emmenées, ma meilleure amie Kitty et moi, sur la route de toutes nos aventures les plus folles. On a mangé des glaces sous la pluie, garées au bord de la mer, en regardant les vagues derrière la lente valse des essuie-glaces. On a bavé devant les maisons des stars à Los Angeles en roulant à quinze kilomètres à l'heure. Elle nous a même permis de partir camper en bordure du désert de la Death Valley. C'était un pari audacieux, vu que sa fiabilité n'est pas garantie dans toutes les situations, mais on avait confiance en elle.

– Et comment est-ce que tu vas payer un loyer dans un endroit aussi chic ? cherche à savoir Mamy-Raksa d'un ton revêche.

– Une amie part six mois en Europe, elle me laisse son appartement en sous-location. Il n'est vraiment pas cher, du coup.

« Vraiment pas cher » est peut-être un peu exagéré, mais disons qu'il devient ainsi « à peu près abordable » pour mon salaire microscopique.

– Tu seras donc encore sans domicile fixe dans six mois. Tu ne crois pas qu'il serait temps de venir travailler pour moi et apprendre un vrai métier ? Tu pourrais acheter un appartement !

J'ai envie de hurler : « Non jamais ! » mais je me retiens au dernier moment.

– Je ne sais pas… J'ai encore tellement de choses à apprendre. Et puis, je suis si près d'obtenir mon diplôme… ce serait dommage de m'arrêter maintenant.

Je suis assaillie par une bouffée de chaleur, immédiatement suivie d'une sueur froide. Comme à chaque repas, on vient d'aborder un sujet extrêmement épineux. De type bombe à retardement, qui détruira ma vie en explosant après des années de tic-tac angoissants.

Pour ma grand-mère et mes parents, j'étudie au sein de la prestigieuse Keith Business School de Los Angeles. Mamy-Raksa paie d'ailleurs des frais de scolarité exorbitants chaque année dans le but que je vienne travailler pour elle après avoir appris toutes les ficelles du commerce.

Je ne sais plus exactement comment j'ai mis le doigt dans cet engrenage infernal. Comme avec M. Grant ce matin, je devais penser à autre chose et j'ai dû dire « oui oui » sans écouter, générant le plus gros malentendu de ma vie (et ils sont nombreux). J'ai compris mon erreur un peu trop tard, l'argent avait été viré sur mon compte et j'avais si peur de revenir en arrière que j'ai bien failli m'inscrire, uniquement pour ne pas désobéir. Mais au moment de valider ma candidature… je n'ai pas pu.

Alors j'ai fait quelque chose d'impardonnable : j'ai menti et utilisé cet argent pour réaliser mon rêve. Voilà quatre ans que ma grand-mère finance sans le savoir des études d'art qu'elle méprise profondément, tout en imaginant que je serai bientôt son esclave personnelle. Le moment où elle découvrira la vérité hante mes pires cauchemars (et ils sont nombreux, eux aussi). Alors, pour tenir le coup, chaque fois que je passe les portes de l'école, je me répète que j'ai pris la bonne décision. Et qu'un jour pas si lointain, je pourrai lui expliquer que je ne l'ai pas arnaquée, mais que j'ai simplement déguisé un peu la vérité. Sur un nouveau malentendu, elle pourrait peut-être même être fière de moi.

Ou bien je prends mes désirs pour des réalités. On en aura bientôt le cœur net, de toute façon.

– C'est ta dernière année ! souligne ma mère avec fierté. Tu seras bientôt armée d'un très beau diplôme pour attaquer ta vie professionnelle.

Sa sollicitude alors qu'elle est plongée elle aussi dans l'ignorance me serre le cœur. Autour de cette table, seuls Achariya et Gary savent ce qui se trame. Afin que je puisse me sortir de cette situation intenable, ils ont proposé de me donner un coup de pouce si je souhaitais assumer mes frais de scolarité moi-même, mais là encore, c'était hors de question. Une année d'enseignement dans mon école privée coûte 52 000 dollars. Ce n'est pas d'un coup de pouce dont j'aurais eu besoin, mais d'une tractopelle. Géante.

Non, à part ma grand-mère, dont les fonds sont quasiment illimités, personne autour de cette table ne pourrait payer mes frais de scolarité. La seule option serait de renoncer.

– Oui, c'est la dernière année… murmuré-je, mal à l'aise.

– Si elle ne persiste pas à gribouiller sans cesse sur son temps libre, renchérit ma grand-mère.

– Maman ! s'exclame ma mère.

– Je pense simplement que Mei ferait mieux de se chercher un mari lorsqu'elle n'est pas en train d'étudier, au lieu de gâcher du papier. Un époux, un emploi stable, un appartement, voilà une bonne situation pour une jeune femme. Et quand elle aura un bébé, elle arrêtera de travailler pour l'élever. Chaque chose en son temps ! Lorsque son enfant aura moins besoin d'elle, elle pourra reprendre sa carrière là où elle l'a laissée, comme je l'ai fait à l'époque. N'est-ce pas, Mei ?

– Euh…

Mon père termine sa dernière cuillère de soupe et lève les yeux vers moi.

– Au fait, ma chérie, tu as besoin d'aide pour ton déménagement ?

Gary pouffe de rire en piquant une crevette.

– John ! s'écrie ma mère. Concentre-toi un peu sur ce qui se passe !

– Qu'est-ce que j'ai fait ? demande-t-il d'un air penaud.

– Ta fille vient d'assurer qu'elle n'avait besoin de personne, assène ma grand-mère.

– Elle n'a pas tout à fait dit ça, rectifie Gary. Elle a dit qu'elle avait envie de…

– Si, elle l'a dit ! s'emporte tout à coup notre ancêtre. Elle ne veut pas vivre avec moi alors que je le lui propose tous les ans, elle ne veut pas que sa sœur l'aide à s'installer, et elle ne veut pas d'un travail stable pour se lancer dans la vie ! C'est une égoïste ! Quant à vous, s'écrie-t-elle en désignant mes parents d'un doigt accusateur, à force de la laisser se teindre les cheveux en bleu, vous verrez qu'elle finira par épouser un saltimbanque !

Je n'en peux plus. Ce harcèlement, chaque fois que l'on se voit, est insupportable !

– Mamy, tu nous gonfles ! Est-ce que tu pourrais arrêter de dire des horreurs, pour une fois ? Je suis une jeune fille tout ce qu'il y a de plus normale, j'essaie juste d'être heureuse, comme tout le monde !

Tous les convives poussent un « han ! » étonné, à part Gary, qui murmure : « Bien dit ! » Ma grand-mère, ulcérée, jette sa serviette dans son assiette pleine de sauce.

– Très bien ! Mais tu ne viendras pas te plaindre quand tu auras raté ta vie, alors que j'aurai tout fait pour t'aider !

– Tu n'essaies pas de m'aider, grondé-je, tu passes ton temps à me dire que je suis nulle !

– C'est parce que tu es si… décevante !

Les larmes me montent aux yeux et je recule ma chaise, prête à fuir ce repas. *Je ne veux plus jamais la voir !*

– Maman ! s'écrie ma mère, rouge de colère. Ça suffit maintenant ! Si tu es là pour dire ce genre de choses, tu n'es pas la bienvenue !

Mes pieds s'ancrent dans le sol. Je l'avoue, les rares moments où elle se décide à poser son gong et à se comporter comme une vraie mère me font du bien. Ici, c'est ma maison, pas celle de ma grand-mère. Si elle me méprise, elle n'a qu'à partir.

Mamy-Raksa entame une longue tirade sur notre égoïsme à tous, que ma sœur refuse d'écouter. Gary va coucher Wyatt, ma mère court chercher quelques bâtons d'encens et mon père lève les mains en signe d'apaisement, mais personne n'en tient compte, comme d'habitude. De mon côté, j'en profite pour me glisser hors de table, non sans offrir un regard plein de colère à cette vieille personne aigrie.

Finalement, je suis tentée de lui avouer la vérité sur-le-champ. Non, meilleure idée : j'exhiberai fièrement mon diplôme de « gribouillage » quand je l'aurai entre les mains. La cérémonie est dans deux mois, je n'oublierai pas de l'inviter !

CHAPITRE 5

TOM

Immobiles, les cheveux au vent, Kyle et moi sommes plantés sur le sable. Je tiens ma planche contre moi et on scrute l'océan sans bouger un orteil. Les vagues se brisent à quelques dizaines de mètres.

– C'est bon, là ? demandé-je en continuant de regarder au loin.

– Non, répond mon frère sans ciller. Encore deux secondes.

Il prend son air le plus ténébreux, bras croisés, pecs et biceps contractés.

– Et maintenant ?

Un petit groupe de nanas nous dépasse en sortant de l'eau. Elles lui adressent des sourires enjôleurs, cherchent son regard puis disparaissent derrière nous. Mon frère se retourne lentement, tandis qu'elles remontent la plage en laissant des traces en ligne droite dans le sable.

– C'est bon, merci, fait-il avec un sourire.

Je lui donne une claque derrière la tête pour le rappeler à la réalité.

Kyle dit toujours qu'on est plus impressionnants à deux. Les frères Harper, avec leurs muscles dessinés et leurs yeux bleus. Les beaux gosses de Huntington Beach. Selon moi, on n'est pas mal tous les deux, mais il est vraiment le plus canon. Il passe des heures à la salle de sport pour entretenir ses bras puissants et ses abdos en béton. Ce que j'obtiens en nageant, il le reproduit en faisant du crossfit. Et ça a l'air de marcher, puisque les filles papillonnent frénétiquement des cils dès qu'il s'adresse à elles.

Chaque matin, notre arrivée sur la plage ressemble à l'intro d'un film. Moi, c'est le drame romantique. Je sors ma planche du van pendant que les filles me détaillent, et que je les ignore royalement, avant de rejoindre le bord de l'eau d'un pas traînant. Je suis le tourmenté, l'homme brisé. Elles regardent mes cicatrices en faisant des « oh ! » et des « ah ! », puis se détournent en se pâmant. « Quel homme, quel champion ! Mais regarde, il ne peut même plus surfer… Il est maudit, dévoré par les fantômes de son passé… » Kyle, c'est le héros de film d'action. Quand il boit à la bouteille, on s'attend à tout moment à ce que l'image ralentisse et qu'il déverse négligemment l'eau sur son torse en secouant la tête. Je le soupçonne fortement de venir à moto seulement pour pouvoir enlever son casque d'un geste étudié et révéler son visage de beau gosse.

Il met des T-shirts trop près du corps et a même une fausse dent de requin autour du cou.

Toujours est-il qu'à ce moment précis, on est tous les deux plantés dans le sable, à regarder l'océan. Plutôt ambiance film d'auteur contemplatif. Je sens bien qu'il a envie de me dire quelque chose, mais il cherche ses mots, car il sait que j'ai tendance à m'emballer un peu vite ces derniers temps.

– Tu vas y aller ? demande-t-il en dessinant un rond dans le sable avec le pied.

Je contemple toujours l'horizon en plissant les yeux, ébloui par le soleil.

– Probablement pas, pourquoi ?

– Ces derniers jours, tu avais l'air un peu plus confiant, du coup… je me disais qu'aujourd'hui, ce serait pile le bon jour pour que tu te jettes à l'eau. Si on devait rencontrer quelqu'un d'important…

Je le dévisage longuement.

– Qu'est-ce que t'as encore fait ?

– Moi ? Rien.

– Dis-moi la vérité.

– Hmm… Tu vois la marque Partner in Crime ?

– Les fringues de glisse ? Oui, je vois, acquiescé-je d'un air méfiant.

– Je t'ai programmé une rencontre avec le responsable marketing.

– Ah ! me rassuré-je en haussant les épaules. Ça ne fait rien, tu n'as qu'à annuler.

Il se racle la gorge, gêné.

– Le souci, c'est que…

– Quoi ?

– Bah, c'est qu'il arrive. On est par ici ! s'écrie Kyle en agitant les bras.

Un homme d'une cinquantaine d'années trottine vers nous. Son teint laisse deviner son utilisation excessive d'autobronzant et sa chemise est ouverte sur un torse plein de poils. Lui aussi a une dent de requin autour du cou, mais celle-ci a l'air vraie. Ça me met en rogne immédiatement. *Arrêtez de tuer ces animaux, bordel !*

Kyle fait quelques pas pour aller à sa rencontre et lui serre la main avec enthousiasme, puis ils reviennent vers moi.

– Voilà le grand champion ! s'exclame mon coach en me désignant du pouce.

L'homme me tend la main.

– George Finn.

– Tom Harper, dis-je en la serrant à contrecœur.

J'affiche mon air le plus maussade, dont il ne semble pas s'offenser. Ses yeux tombent sur les larges cicatrices qui parcourent mon abdomen et il pousse un sifflement impressionné.

– Dis donc ! Sacrées blessures de guerre !

Kyle, qui me connaît bien, sait que c'est le moment d'intervenir avant que mes durites pètent les unes après les autres. Je me suis contracté de la tête aux pieds et détaille désormais l'intrus avec l'envie de lui rentrer dedans.

– On a hâte que tu nous montres ce dont tu es capable ! s'enthousiasme mon frère avec une mine embarrassée. Tom est un vrai champion. Vainqueur du Big Wave World Tour 2019 et des XXL Awards 2018, sans parler de…

– Je sais, le coupe Finn, c'est pour ça que je suis ici. Ce que je veux vérifier, c'est que ce petit poisson sait toujours nager.

Face à mon air de tueur, mon frère devient tout gris. Il me saisit par l'épaule et me pousse légèrement en direction des vagues. Pour que je fasse bonne impression, mais aussi pour m'éloigner de M. Sponsor.

Le regard suppliant de mon jumeau me fait de la peine. Il veut clairement dire : « Me lâche pas, petit frère, je te laisserai même manger un hamburger ce midi si tu montes sur cette foutue planche. Pitié. Pitié. En souvenir de notre enfance. Pitié ! »

Je reste parfaitement immobile.

– Allez, on y va ? m'encourage-t-il.

Sa main essaie ostensiblement de me pousser vers l'eau, mais je ne bouge pas d'un millimètre.

– Pas tout de suite.

Il serre les mâchoires et essaie de capter mon regard, rivé sur Finn.

– Allez Tom, on en a déjà parlé…

Il est comme la moitié de moi-même, ça me fait de la peine de le voir ainsi. Mais je n'ai pas l'intention de faire une crise de panique pour faire plaisir à un commercial. Je ne suis pas prêt. Je retournerai dans ces vagues quand ce sera le moment, et ce n'est pas aujourd'hui.

– Alors, vous allez surfer, oui ou non ? demande Finn, qui commence à s'impatienter.

– Non.

– C'est bien ce que je pensais, rétorque-t-il. Sa carrière est finie.

Il se tourne vers mon coach avec un air contrarié.

– Je n'apprécie pas qu'on me fasse perdre mon temps, monsieur Harper. Vous aviez dit que le problème était réglé ! Enfin, au moins comme ça, les choses sont claires, j'en informerai les gens du métier. Tom fait partie de l'histoire ancienne. C'est dommage, on avait une jolie enveloppe pour vous deux.

– Allez vous faire foutre avec votre fric, asséné-je d'un ton calme, les yeux de nouveau posés sur l'océan.

– Pardon ?

Kyle, inquiet de la tournure que prend cette rencontre, essaie de s'interposer.

– Tom ne va pas très bien en ce moment, il est encore tout chamboulé…

Mais je préfère enfoncer le clou, histoire que le type ne revienne pas toutes les semaines en attendant que je fasse le grand plongeon.

– Vous avez très bien compris. Vous pouvez prendre votre fric et vous le mettre là où je pense. Et même deux fois, si vous aimez ça.

Finn a un mouvement de recul et attrape ses lunettes. S'il espère me menacer avec, c'est vraiment ridicule.

– Vous vous en mordrez les doigts ! s'indigne-t-il. Kyle, je suis désolé que vous ayez décidé de rester à ses côtés, vous voyez bien qu'il est fini. Si jamais vous envisagez une autre carrière, vous pourrez toujours vous adresser à moi, vous savez où me joindre.

Je m'attends à voir mon frère se confondre en excuses, mais à mon grand étonnement, ce n'est pas du tout le cas.

– Écoutez, Finn, Tom ne veut pas de votre marque, on va donc mettre fin à ce rendez-vous. C'est vous qui nous faites perdre notre temps.

Je suis tellement surpris que je hausse les sourcils.

– Vous plaisantez ? s'exclame Finn.

– Non. Dégagez, vous voyez bien que vous indisposez mon frère, poursuit Kyle sereinement.

– Mais vous savez à qui vous vous adressez ? Je peux détruire votre carrière en un rien de temps !

– Pas la peine, on s'en charge très bien tout seuls, marmonne Kyle. Allez, barrez-vous.

Finn suffoque d'indignation, mais commence à s'éloigner. Après quelques pas, il se retourne.

– Vous ne trouverez aucun autre sponsor, je vais m'en assurer ! hurle-t-il en agitant une main pour nous menacer.

Je lui adresse un petit coucou moqueur. En me voyant faire, Kyle m'imite. Finn est tellement ulcéré qu'il en perd toute repartie et se contente de bredouiller des débuts de phrases qui commencent toutes par « Espèces de… ».

Les pieds dans le sable, on regarde sa minuscule silhouette s'engouffrer dans son 4 × 4.

– J'étais pas prêt, soupiré-je d'un air lamentable en laissant retomber ma main.

– J'ai vu.

Finn fait démarrer la voiture en trombe et quitte le parking de la plage en créant un nuage de poussière et de sable.

– Merci de l'avoir rembarré.

– Je ne l'ai pas fait pour toi, s'emporte-t-il en me fusillant du regard. Je préfère qu'il dise à tout le monde qu'on l'a insulté plutôt que tu n'es plus capable de mettre un orteil dans l'eau. Tu sais de quoi on a l'air, à rester toute la journée à sonder l'océan comme ça ?

– Non, de quoi ?

– De deux abrutis ! Bientôt fauchés, en plus !

La rage remonte dans ma gorge, comme chaque fois que Kyle essaie de me parler de la situation. Je lui colle ma planche dans les bras et trace en direction du van. Je croise deux filles magnifiques qui interrompent leur tartinage de crème pour me détailler d'un air choqué.

– Quoi ? les provoqué-je avec colère, les faisant sursauter.

Elles recommencent à se tartiner l'une l'autre en évitant de me regarder, mais elles murmurent assez fort pour que j'entende : « Il est taré, ce mec. »

J'ouvre le coffre et récupère mon portable. Un appel en absence de Diana, voilà de quoi rendre inoubliable cette journée déjà merdique. Je lance le répondeur. « Vous avez UN nouveau message. »

« Salut Tom, c'est Diana. Je me disais qu'on pourrait… »

Effacer.

J'enfile un short et des tongs et prends place derrière le volant. Kyle rejoint le van en courant comme David Hasselhoff dans *Alerte à Malibu* et ouvre le coffre. Il fait glisser la planche dans l'emplacement prévu et monte côté passager. Il boucle sa ceinture en silence.

– Tu ne rentres pas à moto ?

– Non. Roule.

Je démarre le moteur en serrant les dents, attendant le début de son sermon. Je joue le mec blasé, mais je me sens toujours nul et coupable quand il répète sa rengaine.

– On ne va jamais y arriver si tu fais une gueule pareille. T'es pas non plus obligé de les insulter !

Allez, c'est parti…

– Tu préfères que je leur sourie pendant que tu leur expliques que je ne peux plus surfer ?

– Si tu évitais de leur cracher au visage, ils te proposeraient peut-être autre chose. Tu pourrais devenir l'égérie d'une marque, être commentateur, enfin, quelque chose qui te permettrait de continuer à vivre de ton image. On n'a pas fait tout ça pour rien, si ?

Peut-être que si. Tous ces entraînements, tous ces sacrifices, toutes les opportunités qu'il a laissé passer, peut-être que c'était pour *rien*, et que cette parenthèse enchantée s'est refermée.

Chaque fois que Kyle m'observe de cette manière, avec un mélange d'amour et de désespoir, je me sens infâme. Coupable de ne pas réussir à reprendre ma vie en main, horriblement égoïste, et en même temps je suis sincèrement incapable de résoudre la situation.

– La seule solution, c'est de jouer cartes sur table, annonce-t-il d'un air pragmatique. On leur dit que tu es traumatisé, que tu ne veux plus surfer, et ils te proposeront quelque chose. Peut-être même d'écrire un livre ! C'est une super idée ça, non ? « Tom Harper, fin de la glisse. »

– C'est vraiment à chier comme titre.

– Je suis coach, pas éditeur, OK ? Ils trouveront quelque chose de plus accrocheur. En attendant, on ne peut pas continuer à les faire venir pour rien, c'est catastrophique pour ta réputation. Et la mienne, conclut-il en maugréant.

Pendant que Kyle râle tout seul, je regarde la route, le visage fermé, des idées noires plein la tête. Je déteste la vie que je mène depuis huit mois, oscillant entre peur et déceptions en tout genre. Je déteste le nouveau Tom. Où est l'ancien, qui gagnait toutes les compétitions et se prenait pour le roi du monde ? Il a suffi d'une minute pour que tout parte en vrille.

J'ai beau me repasser le film de cette matinée de cauchemar, imaginer ce que j'aurais pu entreprendre différemment, ça ne sert à rien. Mais mon esprit s'obstine. Et si je m'étais fait une entorse et que je n'avais pas pu me lancer dans cette compétition ? Si j'avais écouté les avertissements de Diana, ce jour-là ? Si Kyle avait été laid depuis l'enfance et qu'aucune de mes copines n'avait jeté un regard sur lui ? Si je n'étais jamais monté sur une planche de surf ? S'il n'y avait pas de rochers à Mavericks, s'il y avait eu un orage, si j'avais choisi de faire des études de physique plutôt que de me mettre à la glisse, si j'avais…

– Allô, tu m'entends ? demande Kyle d'un air impatient.

– Je conduis, m'emmerde pas.

Un nouveau silence plane entre nous.

– Écoute, je comprends que tu sois encore… perturbé par ce qui est arrivé, mais si tu n'y retournes pas très vite, tu n'y retourneras jamais.

– C'est peut-être mieux comme ça.

– Non, c'est pas « mieux comme ça », s'agace Kyle. Tu te protèges. Je sais que c'est dur, mais on n'a de quoi voir venir que pour quelques mois, pas plus. Tu as déjà pris une pause de huit mois. Tout le monde trouve ça normal pour l'instant, au vu de la situation, mais si tu ne fais pas la prochaine compétition, tu n'auras plus qu'à changer de job. Et moi, je ne pourrai plus être ton agent. Tu veux que j'aille représenter un de tes concurrents, c'est ça ?

Il attend un sursaut de ma part. Il voudrait que je m'accroche à sa chemise en hurlant : « Non Kyle, rien ne doit nous séparer ! » Mais je pense tout le contraire. Il est collé à mes baskets depuis le jour de notre naissance. Faux jumeaux, tu parles. Il a beau être brun et large comme une armoire à glace et moi, blond et fuselé, il n'y a pas plus codépendants que nous.

Ma mère adore raconter à qui veut l'entendre que lorsqu'on était bébés, il s'accrochait à mon pyjama et qu'il ne pouvait pas dormir si je n'étais pas dans le même berceau que lui. Kyle s'est toujours plaint qu'il n'y en avait que pour moi mais lui le premier a consacré sa vie à la mienne.

Le pauvre, déjà dans le ventre de notre mère, je squattais toute la place. Sur les échographies, mon pied était toujours en plein milieu de son visage. J'ai toujours tout fait pour l'emmerder, je crois. Ou bien c'est lui qui est maso.

Et puis, pourquoi s'obstiner à être l'agent d'un sportif aussi acariâtre que moi ? Nous sommes frères, mais nous ne sommes pas obligés de passer notre vie à nous chercher des poux comme un vieux couple marié depuis cinquante ans.

Mon frère continue à argumenter, vrillant mes tympans au passage.

– Je te l'ai dit, c'est peut-être mieux comme ça, le contré-je pour essayer de mettre fin à cette discussion, que nous avons déjà eue mille fois.

– Oh ! Tom ! C'est bon là, s'écrie-t-il. Arrête de jouer les divas. Tu sais ce qu'il te faudrait ? Une copine. Ça te changerait les idées.

Il a le don de remuer le couteau dans la plaie.

– Ça aussi, je vais éviter.

– C'est ça, ton problème ! Depuis des mois, t'évites tout. Faut te jeter à l'eau sinon tu vas déprimer, foutre en l'air ta carrière, perdre la maison…

– Et si je trouve une copine, tout va me réussir, c'est ça ?

– Ce sera déjà un peu moins le bordel dans ta vie, oui.

– Sauf si elle me laisse tomber pour toi, qu'est-ce que t'en penses ?

C'est vraiment un coup bas.

– Mais arrête avec ça ! explose-t-il avec une certaine douleur dans la voix.

Kyle me passe toujours tout, mais là, il fait la tête. Il ne supporte pas que je lui reproche ce qui est arrivé avec Diana. Il estime que ce n'est pas sa faute, et s'il faut être complètement sincère, il a certainement raison.

– D'accord, je vais y réfléchir, lui concédé-je finalement.

– C'est vrai ?

– Non, soufflé-je avec un sourire.

CHAPITRE 6

TOM

Un bruit diffus de discussion me sort d'un sommeil profond. Le visage enfoncé dans mon oreiller, j'ouvre un œil et balaie lentement la pièce du regard. Dans ma chambre au style épuré – mon ex étant partie avec la moitié des meubles –, tout est calme. Quelques rayons filtrent à travers les rideaux tirés et mettent en lumière les vêtements que j'ai jetés en tas au pied du lit, avant de m'écrouler de fatigue, à 2 heures du matin.

« Et cet aspirateur est à – 20 % seulement aujourd'hui !

– Comment, Sharon ? Seulement aujourd'hui ?

– Oui ! C'est une opportunité à ne pas manquer ! Appelez vite le numéro qui s'affiche, il n'y en aura pas pour tout le monde ! »

Dans le salon, mon frère bodybuildé se prend encore pour une ménagère de cinquante ans. Kyle a toujours adoré le télé-achat. Il prétend que ça le berce, ou que ça le motive à faire sa journée. Moi, ça me donne des envies de meurtre.

Soudain, il entre dans ma chambre sans crier gare.

– *Good morning sunshine !* clame-t-il en posant un verre de jus d'orange sur ma table de nuit. Allez frérot, il ne va pas se faire tout seul, ce cardio. Debout !

Il quitte la pièce pour aller mettre en route la bouilloire. Il hausse également le son de la télé, une manœuvre détestable pour m'aider à me lever.

J'ai toujours été du genre ours mal léché le matin, alors que lui est d'un enthousiasme débordant dès le saut du lit. On se supporte donc assez mal à cette heure de la journée, depuis l'enfance. J'ai une envie difficilement contrôlable de le foutre à la porte. Surtout quand il s'invite chez moi alors qu'il n'est que (vérification sur mon réveil) 6 h 13. À tous les coups, il a dormi là. Il me faudrait un autre verrou. Dont il n'aurait pas la clé.

Voyant qu'il ne s'est rien passé depuis son départ, il revient.

– Allez, petite fleur, debout !

Je lui envoie mon oreiller en plein visage et laisse ma tête retomber sur le matelas.

– Barre-toi, marmonné-je.

– J'en ai marre d'attendre que tu te réveilles. Je m'ennuie devant la télé.

– Mais t'as pas un appartement à toi, pour regarder le télé-achat ?

– Si, mais je m'y ennuie aussi.

Je pousse un long soupir contrarié. Dans dix minutes mon frère sera en train de lustrer ma planche sur le balcon et de me dire : « Aujourd'hui c'est le grand jour, tu vas retourner surfer, c'est sûr. » À moi les vagues, à lui les contrats avec les grosses marques. Bref, il prie avec conviction pour que la vie d'avant reprenne son cours.

Moi, j'ai toujours la tête écrasée sur le matelas, un léger fil de bave aux lèvres.

– Tu sais, Kyle (il passe la tête dans l'embrasure de la porte en entendant que je lui parle), au lieu de te préoccuper de mon bien-être, c'est toi qui devrais te trouver une nana. Tu ne serais pas là dès 6 heures à me taper sur le système.

– J'en ai déjà une, répond-il avec emphase.

Je me relève lentement et m'assieds dans mon lit.

– Ah bon ? Je croyais que tu l'avais quittée parce qu'elle était trop… Attends, je ne sais plus… Collante ?

Je me passe une main sur le visage, épuisé.

– J'ai rencontré quelqu'un d'autre. Allez, lève-toi !

Il disparaît à nouveau et je l'entends martyriser mes tiroirs. Il fouille ensuite dans tous mes placards et finit par pousser un « aaah ! » satisfait.

Je m'empare du verre de jus d'orange sur ma table de chevet et pousse un nouveau soupir en me traînant jusqu'à la cuisine. Ce fou furieux est même allé nous chercher des oranges fraîches. Il a mis le couvert pour deux sur la table. On a vraiment l'air d'un petit couple le dimanche matin.

Un peu ragaillardi par l'idée d'un bon petit déjeuner, je m'assieds lourdement sur ma chaise. Kyle passe son bras par-dessus mon épaule et dépose un bol devant moi.

– Tiens, céréales complètes, framboises et banane. Un thé, un œuf à la coque, et on est partis pour une bonne journée ! s'enthousiasme-t-il en s'installant face à moi.

Je l'observe d'un œil torve.

– On dirait ton ex, la nutritionniste.

Il réfléchit un instant, la cuillère en l'air.

– Naturopathe. Elle m'a beaucoup appris, tu sais. Et ne discute pas, mange.

Le déjeuner s'étire jusqu'à 7 heures, tandis que je compte les grains de mon muesli. Kyle lit les infos sur son portable, patientant gentiment. Il a déjà pris sa douche, il est prêt à entamer sa journée depuis 5 heures du matin, j'en suis sûr.

Lorsque je jette un coup d'œil à sa tenue, il réagit immédiatement.

– Bah quoi ? J'ai mis un short.

Quand il dit « un short », il veut dire « un de *tes* shorts ». Mais je renonce à poser plus de questions.

Au moment où je termine mon œuf à la coque, mon frère pousse un petit cri satisfait. Après dix minutes où il ne me lâche pas d'une semelle, on commence un footing sur la corniche qui longe les falaises de Santa Monica. Le temps est splendide, il me fait du bien. Un groupe de filles passe en décapotable et nous klaxonne. Kyle les ignore royalement, conscient qu'ainsi, il les attire encore plus.

Il monologue tout au long de notre parcours, mais je n'écoute rien, comme d'habitude. De loin, je regarde les vagues avec amertume. J'ai l'impression d'avoir vécu une grande histoire d'amour, passionnante, dévorante, et d'avoir fini par me faire jeter comme un malpropre. L'océan qui m'aimait tant m'a recraché comme une vieille bouteille en plastique.

Le son de la voix de Kyle me berce. Par moments, je me reconnecte à la conversation, mais la plupart du temps, je lui sers des « hmm » distraits.

– …je trouve qu'en ce moment tu récupères très bien, je pense qu'on va pouvoir reprendre l'escalade. La semaine prochaine, ça te va ?

– Hmm…

– La raideur que tu avais au niveau du genou a presque disparu. On va renforcer les séances de yoga, il faudrait que tu tires plus sur…

– Hmm…

Je me demande souvent pourquoi c'est moi qui suis devenu le sportif professionnel et pas lui. Il avait obtenu une bourse d'étude grâce au football pour étudier à New York, il aurait pu construire sa propre carrière au lieu de gérer la mienne. Peut-être y a-t-il renoncé parce que s'il avait quitté Los Angeles, on aurait dû se séparer. En restant avec moi à UCLA pour faire des études de commerce, il a pu vivre collé à mes baskets. M'encourager, me coacher, me souffler les bonnes réponses pour les interviews. C'est peut-être lui qui aurait dû monter sur cette planche dès le départ, pas moi.

La boucle de douze kilomètres sur les hauteurs de Santa Monica nous ramène devant la résidence. On se remet au pas au niveau du parking. Nos regards sont attirés par une vieille voiture au pare-chocs presque décroché et aux portières tout éraflées, garée juste à côté de mon van.

– Ton nouveau voisin est branché vintage, lâche Kyle en rigolant.

– Et quasi aveugle, complété-je en désignant l'état des ailes.

Cette vieille Honda, c'est LA voiture du quadragénaire, père de famille, avec un crédit sur le dos et un boulot de VRP déprimant.

– Je vais te faire à déjeuner avant de partir, annonce mon coach.

– Je suis capable de me préparer à manger…

– Tu vas encore abuser avec les lipides, je te connais. Je veux m'assurer que tu ne fasses pas n'importe quoi pendant que je suis au restau avec Shelley.

– C'est qui, Shelley ?

– Je t'ai parlé d'elle la moitié du footing ! Mais tu te fous de ce que je dis, constate-t-il d'un air vexé.

Je ne sais pas quoi lui répondre, puisqu'il a raison. Heureusement, il enchaîne :

– Je peux emprunter ta chemise en lin ?

Je m'arrête net.

– Mais t'as pas de vêtements non plus, chez toi ?

– Si, mais ils ne me vont pas aussi bien que les tiens.

– Kyle, il faut que t'ailles voir un psy. C'est pas normal d'être toujours en train de me coller comme une sangsue et de mettre mes affaires.

Il éclate de rire et me fait un signe de la main.

– Arrête, t'adores que je sois là pour te pouponner.

Je pousse un grognement contrarié. Au fond, il a peut-être raison, mais je préférerais perdre un bras que de l'admettre. Si je me permets de le repousser sans cesse, c'est un peu parce qu'il m'étouffe, mais surtout parce que je sais qu'il ne partira jamais. C'est mon frère jumeau, la moitié de notre tout. Deux faces d'une même pièce, bien qu'on ne se ressemble pas. Avec lui je peux ronchonner à loisir, il sera toujours là pour moi. Je ne sais pas ce qu'il serait devenu si l'accident de Mavericks m'avait coûté la vie.

Aussitôt la porte de l'appartement franchie, Kyle dépose son portable sur la table basse et se précipite dans la salle de bains, en s'assurant de verrouiller derrière lui. Mes rêveries attendries se dissipent immédiatement.

– Mec ! Bouge de là !

Il entrebâille légèrement la porte, déjà en boxer.

– J'ai rendez-vous avec une fille, je suis prioritaire.

Et la claque de nouveau. *Quel chieur...*

Lorsque je sors à mon tour de la douche, je me sens un peu plus serein, l'eau chaude m'a fait du bien. Une serviette autour de la taille, je me rends dans mon dressing, où je trouve mon frère en train de fouiller dans mes affaires sans aucune gêne. Il saisit une chemise gris clair sur son cintre, qu'il agite devant moi.

– C'est sympa aussi, ça, je peux le prendre ?

– Fais ce que tu veux, acquiescé-je d'un ton las.

J'attrape les vêtements dont j'ai besoin, m'habille en vitesse puis vais m'installer sur le canapé. Je pose un café fumant sur la table, quand son portable vibre juste à côté de ma tasse. Sans intention réelle de l'espionner, je vois un SMS apparaître sur l'écran.

Shelley : Je vais avoir quelques
minutes de retard, mon amour !
Prends une table près du sable.
À tout à l'heure, je t'aime.

Ouh là.

Kyle revient en roulant des mécaniques après avoir enfilé ma chemise en lin. C'est vrai qu'elle lui va bien, même si elle le serre un peu. Elle fait ressortir ses muscles, j'imagine que c'était l'objectif.

De toute façon, il pourrait porter un vieux T-shirt publicitaire orange, il serait toujours parfait.

Mon frère récupère son téléphone, jette un coup d'œil au SMS, puis se dirige vers la porte.

– Allez, j'y vais. Tu n'oublies pas, demain, 7 h 30.

– 7 h 30 ?

– Tom, on va nager, demain ! Je te l'ai dit tout à l'heure. Tu n'écoutes vraiment rien quand je te parle !

– Si, j'écoute tout. Et je le note dans mon journal intime ensuite, ricané-je.

Il râle un instant, puis le nuage se dissipe, comme d'habitude.

– Bon, je te laisse.

– Super ! Je vais aller me chercher un burger, m'enthousiasmé-je d'un air diabolique.

– Déconne pas ! Je prends soin de toi alors essaie de ne pas tout gâcher.

– Oui papa.

Il attrape ses clés et se dirige vers la porte, l'air de nouveau contrarié. Mon frère ne rigole vraiment pas avec les lipides.

– Donc, je répète pour que ça imprime, là-haut : demain, 7 h 30, on va nager.

– Bien reçu.

Je me lève du canapé pour refermer derrière lui.

– Et toi, n'oublie pas de prendre une table près du sable, raillé-je en citant le SMS de sa copine.

Il met une seconde à faire le lien et me fusille du regard.

– Je te remercierais de ne pas fouiller dans mes affaires !

Quelle ironie !

– C'est une fille bien au moins, cette Chelsea ?

– Shelley.

Il jette un coup d'œil furtif à son téléphone, comme si sa copine pouvait nous entendre par son intermédiaire.

– Une fille très bien. Bon allez, je dois y aller.

Il ouvre la porte et, tout à coup, change d'avis.

– Tu crois que je devrais mettre la chemise grise ?

Je pousse un long soupir.

– Je ne sais pas. Je m'en fous un peu, pour être honnête. Et je pense que Kelly aussi.

– C'est Shelley.

– C'est pareil.

– Pas pour elle ! s'exclame-t-il, à bout de patience.

Il déboutonne soudain sa chemise et passe sous mon bras pour retourner enfiler l'autre à la va-vite. Elle n'est qu'à moitié fermée quand il se décide enfin à partir.

– Tu me fais tout le temps répéter, j'en ai marre. Et je vais être en retard à cause de toi ! m'accuse-t-il en sortant enfin de chez moi.

Au même moment, la porte d'à côté s'ouvre sur une pile de cartons vides, pourvue de jambes.

Ils pivotent sur eux-mêmes et laissent apparaître une jolie Asiatique en short et en tongs. J'ai un temps d'arrêt. Mon souffle reste suspendu. Appuyé contre le chambranle de ma porte, je la dévisage plusieurs secondes avant de me rendre compte de mon air stupéfait. J'essaie aussitôt de reprendre une attitude détachée et croise les bras pour l'observer.

– Salut voisine, embraye Kyle.

Non mais je rêve ! Il a carrément renoncé à boutonner sa chemise.

La jeune femme est encombrée par ses cartons vides mais se débrouille pour nous faire un petit coucou de la main.

– Salut, je suis Mei, je viens d'emménager.

Elle a les joues roses. Kyle lui fait de l'effet apparemment. Plutôt classique comme réaction.

– Salut Mei, s'exclame mon dragueur de frère. Bienvenue dans la résidence.

– Merci.

J'ai l'impression qu'elle cherche une issue. *Kyle, laisse-la partir, tu vois bien que tu l'étouffes*, pensé-je en me retenant de lever les yeux au ciel.

Elle est vraiment jolie, avec ses longs cheveux aux pointes bleues et son air confus. Elle a l'air un peu plus jeune que nous. Je ne sais plus quoi faire de moi-même, je me sens un peu crétin, à un mètre de mon frère.

De son côté, il sort l'artillerie lourde et pose le bras contre le mur, se prenant apparemment pour un mannequin. Elle jette un coup d'œil à la sonnette.

– Vous êtes les Harper, c'est ça ?

– Kyle et Tom, précise fièrement mon frère en nous pointant du doigt à tour de rôle.

Il a toujours été si heureux de faire la paire avec moi.

D'habitude, il m'amuse lorsqu'il est en mode Dom Juan, mais aujourd'hui, ça crée chez moi un mélange de jalousie et de vexation désagréable. Mei vient juste d'emménager et il essaie déjà de lui mettre le grappin dessus, alors qu'une autre fille est en train de compter les grains de sable de Venice Beach.

– C'est un super quartier, je te ferai visiter les alentours si tu veux, propose-t-il d'un air enjôleur.

Et il lui adresse un clin d'œil ! Un putain de clin d'œil !

– Euh… Oui, d'accord.

Il aura fallu environ quarante secondes à Mei pour succomber. Joli score ! Cette scène m'agace au plus haut point.

– Il n'habite pas là, tranché-je.

Elle me fixe du regard, surprise. Kyle aussi. *Quoi ? C'est vrai qu'il n'habite pas là* !

– Je t'aide à descendre tout ça au container, si tu veux, propose-t-il en s'emparant d'office des cartons de la jeune femme.

– Ah ! Euh… oui, pourquoi pas ? Je ne sais pas où on est censés les mettre.

– Moi non plus, ça tombe bien, s'exclame-t-il en riant.

Quel comédien ! Évidemment qu'il sait où ça va, c'est lui qui trie les briques de lait, ici.

Je les regarde s'engager dans le couloir, lui et ma nouvelle voisine, les dents serrées. Une fois au bout du couloir, il se souvient de moi.

– Demain, 7 h 30, n'oublie pas !

Il commence à me gonfler avec son cours de paddle.

– Bien sûr, mon amour ! m'écrié-je en soufflant un baiser sur ma main, citant toujours le texto qui devrait le faire horriblement culpabiliser.

Ça n'a pas l'air de le faire réfléchir. Du bout du couloir, il me renvoie un baiser dans l'air. C'est moins drôle quand il s'y met, mais Kyle recycle toujours mes blagues.

CHAPITRE 7

MEI

Mes joues s'embrasent, un voile de transpiration couvre ma nuque. Sans doute parce que je n'avais jamais vu d'yeux aussi clairs. Ou bien c'est la cicatrice qu'il porte à l'arcade, qui lui donne l'air d'un aventurier. Ou son attitude blasée. Ce regard insondable, sexy à en mourir.

– Demain, 7 h 30, n'oublie pas ! s'exclame mon déménageur bénévole, me faisant presque sursauter.

– Bien sûr, mon amour ! répond Tom en soufflant un baiser sur sa main.

Mon cœur s'arrête. Je tourne la tête, saisie d'effroi. Kyle lui renvoie un baiser dans l'air.

C'est une douche glacée. Oh ! Mon Dieu ! *Ils sont ensemble.* Évidemment. Quelle idiote je fais ! Deux hommes aussi beaux, aussi musclés, qui sortent du même appartement. L'un tout débraillé, qui dit à l'autre qu'il l'a mis en retard. *Quelle idiote, bon sang !*

Je ne pouvais pas réfléchir une minute ? Les hommes les plus beaux sont toujours déjà casés ou gays. Et Tom est carrément les deux en même temps !

Tous mes espoirs s'envolent. Je ne peux pas m'empêcher de voir ça comme un signe supplémentaire qu'il faut que j'arrête de rêver.

Je masque ma déception derrière un sourire en suivant Kyle dans l'ascenseur. Je traîne les pieds, l'esprit toujours prisonnier de son magnifique petit ami, qui a claqué sa porte sans un regard en arrière.

Je ferme les yeux un instant pour affronter mon malaise, puis cherche à toute vitesse un sujet de conversation. Seuls deux étages nous séparent du rez-de-chaussée, je peux peut-être m'en sortir avec :

– Alors, vous n'habitez pas ensemble, Tom et toi ?

Kyle me jette un regard surpris. Super, le sujet léger. Questionner quelqu'un sur les raisons pour lesquelles il ne vit pas avec l'élu de son cœur, ça s'annonce tordant.

– Oh ! Euh… non, répond-il d'un air triste, qui confirme que j'aurais dû fermer ma bouche. On a vécu ensemble à une époque, mais ensuite il a préféré un peu plus d'indépendance.

Il marque un temps d'arrêt, puis poursuit au moment où les portes de l'ascenseur s'ouvrent sur le rez-de-chaussée :

– Il en avait marre qu'on joue au papa et à la maman, admet-il en riant. Moi, je suis très fusionnel, mais il aime bien avoir un peu d'espace.

– Je comprends…

Ils sont comme tous ces couples de stars de Los Angeles, qui vivent chacun de leur côté. Gwyneth Paltrow et son mari, ou Tim Burton et Helena Bonham Carter. Pourquoi pas, après tout ? L'important, c'est qu'ils s'aiment…

Je reçois une seconde flèche en plein cœur. Tom n'est pas engagé dans une simple amourette, il est carrément avec Kyle depuis longtemps ! Un homme « fusionnel », beau comme un dieu, qui pourrait me soulever d'une seule main.

Une boule douloureuse enfle dans ma gorge. Je suis tentée de pousser mentalement Kyle dans ma fosse à zombies, mais j'ai bien conscience qu'il n'a rien fait pour mériter ça.

Il me précède dans le hall de l'immeuble, tourne tout de suite à gauche et va balancer les cartons pour moi. *Tiens, il savait très bien où c'était, finalement…*

– Je te donne mon numéro si tu veux ? propose-t-il lorsqu'il revient vers moi. Pour visiter le quartier. Si ça te dit toujours.

Je le sonde un instant, interdite. Il n'était pas censé être, je cite : « fusionnel », avec le canon qui vit deux étages au-dessus ? Je sais que je suis nulle pour interpréter les allusions, mais ce genre de plan, c'est bien de la drague, non ?

– Euh… OK.

Je ne sais même pas pourquoi j'accepte. Pourtant, je lui tends mon téléphone. Il y entre son numéro au nom de Kyle Harper.

– Je dois y aller, on m'attend. Appelle-moi, vraiment, fait-il avec un petit clin d'œil.

Il se retourne et quitte la résidence, me laissant plantée là.

Kyle Harper.

…

Tom Harper.

…

En plus, ils sont mariés !

CHAPITRE 8

MEI

Les mains toujours tremblantes, je m'empare de mon bien le plus précieux, emballé dans du papier bulle pour qu'il soit à peu près en sécurité durant mon déménagement. C'est une version collector de la toute première édition de *V pour Vendetta*, d'Alan Moore. Le visage masqué de V me fixe avec son air malicieux. Je pose le cadre sur son clou et recule d'un pas. *Voilà. Parfait !*

Je suis passionnée de science-fiction. C'est ce que j'aime le plus dans la vie, la seule chose qui me donne la chair de poule et me plonge dans un état d'euphorie. J'ai lu tous les grands classiques, vu des centaines de films du genre, et si j'en avais les moyens, je collectionnerais les plus belles bandes dessinées.

Toujours perturbée par ce qui vient de se dérouler dans le couloir, je finis d'installer mes guirlandes lumineuses, de monter ma table à dessin, et branche ma lampe de bureau à lumière blanche, parfaite pour équilibrer les couleurs de mon acrylique. Je range mes fusains dans leur petite boîte, remplis ma réserve de feuilles 200 grammes, idéales pour un médium humide comme celui que j'utilise. Puis je jette mes pinceaux dans leur pot.

Mon atelier est installé juste devant la fenêtre qui donne sur l'océan. Cette fois, je suis chez moi ! Et c'est le paradis. Depuis trois ans, je me contentais d'une vue sur une petite cour déprimante, je savoure donc d'autant plus la chance que j'aurai désormais de voir les vagues dès mon réveil.

Je me glisse sur le balcon minuscule qui va avec cet appartement de la taille d'une boîte à chaussures et contemple le ciel. Il est parfaitement bleu, sans un nuage.

J'attrape mon téléphone et fais un selfie contre la rambarde, dos à l'océan, que j'envoie à Kitty, ma meilleure amie. Je lui avais promis qu'elle serait la première à visiter, dès que je serais installée.

Elle répond presque immédiatement.

Kitty : « Oh mon Dieu. J'arrive ! »

Il lui faut moins de trente minutes pour débarquer et pousser des hurlements en découvrant mon chez-moi. Et elle continue à s'extasier tout l'après-midi dès qu'elle voit le moindre détail digne d'attention. Sachant à quel point j'étais heureuse d'emménager par ici, elle se serait émerveillée quelle que soit l'allure de mon logement, mais ses compliments sont sincères, je le sens.

– Et cette vue sur la mer ! s'écrie-t-elle en retournant sur le balcon. C'est vraiment splendide.

J'y mettrai sûrement une plante ou des cannisses, histoire de ne pas avoir l'impression de boire mon thé sur les genoux de Tom, le matin. Oui, parce que, d'après mon sens de l'orientation notoire, la large terrasse juste à côté, garnie de deux chaises en métal et d'une table bancale, lui appartient.

– Tiens, tu vas vite faire connaissance avec ton voisin, prédit Kitty d'un air ravi.

Elle ne croit pas si bien dire !

Je suis toujours sous le choc de ma rencontre avec le couple le plus sexy de Californie. Complètement perturbée de m'être trouvée face à ces deux statues grecques, presque trop parfaites pour être réelles. L'un brun, les cheveux épais et ébouriffés, les yeux bleus, avec une chemise déboutonnée qui laissait voir ses pectoraux et des biceps impressionnants. Et le second, blond, un peu plus fin, accoudé nonchalamment contre l'encadrement de sa porte. Celui qui m'a clouée sur place. Qui a bousculé mon âme avant de disparaître. Je ne parlerais même pas d'un ascenseur émotionnel, mais plutôt d'un *roller-coaster* du cœur brisé.

Il y a quinze minutes, j'ai rencontré l'homme de ma vie, puis j'ai compris que rien ne serait jamais possible entre nous. Son amoureux, Kyle, est tout simplement hors compétition, je ne fais absolument pas le poids à côté de lui. Sans compter que je suis une nana, et qu'il est gay, alors je crois que, cette fois, mon sort est scellé. *Adieu.*

J'ai envie de me taper la tête contre les murs.

– Tu devrais aller te présenter ! m'encourage Kitty. Ton voisin est peut-être canon, on ne sait jamais !

Convaincue que Tom peut nous entendre de là où il est, sa baie vitrée étant grande ouverte, j'attire vivement ma meilleure amie à l'intérieur et referme la fenêtre.

– C'est déjà fait, marmonné-je.

– Pourquoi tu n'as pas commencé par là ? me questionne-t-elle, outrée.

– Parce que ça n'aurait eu aucun intérêt à tes yeux d'agent matrimonial. Il est gay et très casé. Avec un très beau mec. Très grand. Très charmant. Très parfait, en fait.

Elle fait la moue.

– Ah ! Merde. Mais il est mignon ?

– *Trop* mignon, dis-je d'un air éploré.

Kitty se jette sur le canapé improvisé. J'ignorais qu'il n'y en avait pas dans l'appartement, j'ai donc empilé des coussins sur une chauffeuse, ça fera l'affaire pour le moment.

Tandis que je raconte cet épisode déchirant à ma meilleure amie, j'en revis littéralement chaque seconde. Tom qui envoie un baiser dans l'air à son amoureux. Kyle qui le lui rend. Mon cœur qui explose en mille morceaux… Comment ai-je pu imaginer une seule seconde que j'allais vivre une histoire digne d'une comédie romantique ? Tout ça, ce n'est pas pour moi, je devrais avoir compris, depuis le temps.

J'ai cette horrible sensation que ma vie est un éternel recommencement, avec pour point de départ et d'arrivée une immense déception. Je devrais m'y être habituée à force, mais non. Je fais toujours l'erreur grossière de nourrir de l'espoir, alors que je sais que ça finit irrémédiablement par me coûter très cher.

– Ça y est, tu as le cœur brisé ! constate Kitty en tapant sur ses cuisses, me sortant de mon auto-apitoiement. Il ne t'aura fallu qu'une demi-journée, cette fois, c'est pas mal !

Kitty est déjantée, futée, à l'écoute et toujours prête à n'importe quoi pour me faire plaisir. Elle ne juge jamais personne, voit toujours le bon côté des choses. Cependant, quand la situation l'exige, je reçois des remarques très bien senties.

– Ce n'est pas drôle… me lamenté-je.

– Non, excuse-moi, me concède-t-elle en me prenant dans ses bras. Mais avoue que c'est pratique, non ?

– Comment ça ? demandé-je en relevant la tête.

– S'il est gay, ça veut dire que tu vas encore pouvoir fantasmer à fond sans prendre de risques ! C'est ta spécialité, oui ou non ?

– Je ne vois pas de quoi tu parles, la contré-je en me levant pour ranger une étagère déjà parfaitement en ordre.

– Ah non ?

– Non.

– Laisse-moi te rafraîchir la mémoire. Xander, au collège ? Sourd, et toi, très nulle en langue des signes.

Elle commence à compter sur les doigts de sa main gauche. Je sais parfaitement ce qu'elle va dire, ce n'est pas une nouveauté.

– Giovanni, en camp de vacances ? En couple avec la jolie Rebecca, élue Miss Arizona trois ans plus tard. Paul, au lycée ? Gay. Tu vois, ce n'est pas la première fois que tu nous la fais, celle-là. Et puis Sean, on n'en parle même pas, un abruti sans nom, en couple avec Lorelei, la reine des abeilles qui aimait te mettre la tête dans les toilettes. Alors, le voisin d'à côté, beau comme un dieu, mais totalement inaccessible, ça ne me surprend qu'à moitié. C'est encore une solution de facilité.

Je lui lance un regard amer.

– Je te déteste.

– Parce que tu sais que j'ai raison. Les plans désespérés, c'est ta spécialité. Remarque, vois le bon côté des choses : avec lui, pas de pression. Et puis, c'est cool de bien s'entendre avec ses voisins.

Je m'allonge sur le canapé pouf, tout à mon désespoir.

– Tu as peut-être raison, je pourrais essayer de m'en faire un ami. Mais si c'est pour retourner le couteau dans la plaie…

– Vois plutôt ça comme une occasion de t'installer vraiment. C'est important de connaître ses voisins ! Si tu te retrouves à la porte un soir d'hiver, tu pourras toujours aller sonner chez lui.

Je relève la tête, incrédule.

– Et me retrouver à boire un chocolat chaud entre lui et son mec qui me drague ?

Elle se tourne vers moi d'un bond.

– Attends, rembobine, son mec te drague ? T'es sûre de toi, ou c'est encore une histoire d'amour qui ne se passe que dans ta tête ?

– Eh !

– Pardon… Tu es certaine qu'il te fait du charme ?

– Il m'a donné son numéro. Il veut que je l'appelle pour me faire visiter les environs.

Elle éclate de rire.

– Ah ! Ouais, il te drague. C'est fort, ça. Mais c'est peut-être une opportunité, susurre-t-elle en haussant les sourcils. Certains couples gays aiment bien une petite nana dans l'équation de temps en temps. Il vaudrait mieux apprendre à nager avant de sauter dans le grand bain, mais pourquoi pas, après tout ?

– N'importe quoi, soupiré-je, atterrée.

– Si si. Je te jure ! Il paraît que c'est torride. Un peu sportif, mais exceptionnel.

Elle se fonde uniquement sur des ouï-dire, car elle-même est en couple avec le même garçon depuis un siècle. Elle lit des magazines féminins, OK, mais selon moi, ça ne fait pas d'elle une sexperte.

– Et puis, au pire, tu ne risques rien à t'en faire un ami, si ?

Je réfléchis une minute en me mordant la lèvre.

– Non, j'imagine.

– Très bien. Alors provoque une nouvelle rencontre avec ces deux-là, vois comment ça se passe, et si tu sens que ça devient bizarre, tu as le choix : option A, tu te mets toute nue et tu profites de ces deux bombes, option B, tu mets le holà.

– Sinon je les ignore, c'est quand même plus simple, rétorqué-je mollement. Je fais la morte pour cette visite de Santa Monica et on reste des voisins sans histoires. Si ça se trouve, je ne vais plus jamais les croiser.

Je laisse retomber ma tête sur le canapé pouf, les bras en étoile. J'ignore si je suis soulagée ou triste à cette idée.

La journée passe à toute vitesse, comme chaque fois que je suis avec Kitty. Après le déjeuner, on décide de descendre marcher sur la plage que l'on voit depuis mon balcon. J'ai du mal à me dire que je travaille demain. Ce changement de décor me donne l'impression d'avoir changé de vie. J'en oublierais presque que, très vite, je serai de retour sur mon siège pour tamponner ces stupides formulaires.

Ma meilleure amie me relate ses dernières histoires au *Boum Boum Juice Bar*, où elle travaille (« Et la fille a vraiment recraché tout son Cosmopolitan par le nez, je te jure, c'était un film d'horreur ! »), puis je lui raconte les miennes, pas vraiment palpitantes.

Très vite, elle arrive à rediriger notre conversation vers le sujet qu'elle préfère : ma vie sexuelle inexistante.

– Bon, alors, quand est-ce que tu attaques avec sexy-Josh ?

J'arbore une moue mitigée.

– Sexy-Josh a bien mieux à faire que de sortir avec moi, tu sais.

– Je ne te parle pas forcément de sortir avec lui. Peut-être juste… profiter de son expérience pour sauter le pas, et ensuite, tu seras prête pour la grande aventure…

– J'adore Josh mais… il ne me plaît pas vraiment. J'ai envie de quelqu'un avec qui je pourrais partager mon jardin secret, tu vois ? Avec qui je serais en phase. Et puis, je suis toujours aussi… inexpérimentée dans le domaine que tu connais, je ne peux pas sortir avec n'importe qui, comme ça, sur un coup de tête…

Kitty réfléchit.

– Je peux comprendre que tu ne veuilles pas qu'on vienne butiner ta petite fleur, mais…

– Mais quoi ? rétorqué-je d'un ton méfiant.

– Eh bien, même si tu préserves ton bouton d'or pour le grand jour, ça ne t'empêche pas de prendre soin du jardin. De t'entraîner, quoi.

Je lève mes lunettes de soleil au niveau de mes sourcils pour mieux voir son visage.

– Pardon ?

– Si tu veux être bien dans tes baskets, il faut au moins que tu te dorlotes la pâquerette !

– Hein ?

– Que tu te tapotes le coquelicot, que tu te tournicotes le bouton de rose ! Ne me force pas à filer toute une métaphore sur le jardinage, je n'y connais rien.

Comme si c'était aussi simple ! Et comme si tout ça n'était pas le sujet qui me terrifiait le plus entre tous. Kitty me connaît depuis longtemps, elle devrait comprendre que je sois paralysée d'effroi à l'idée de perdre ma virginité. Et ce n'est pas parce que les années passent que je suis plus à l'aise dans mes baskets, au contraire ! Plus le temps file, plus cette virginité devient un sujet tabou.

Comment expliquer à un futur partenaire que j'ai raté cette étape ? Je ne me vois même pas l'avouer à un possible amoureux. Et je sais que la première fois est souvent compliquée, il vaut donc mieux annoncer qu'on est débutante dans la discipline. Sauf que je n'ose pas. Résultat des courses : je suis au point mort et à chaque éventualité de concrétiser, la soirée vire au désastre.

– Mais pourquoi tu me parles de ça ? m'agacé-je, sous le coup de la panique. Laisse mon jardin tranquille !

– Mei, ce que je veux dire, c'est qu'aucun mec n'arrivera à t'emmener au septième ciel si tu ne connais pas le chemin.

Je n'ai clairement pas l'ambition de me rendre au septième ciel prochainement. Le premier ciel me conviendrait parfaitement, juste pour me débarrasser de cette question qui me terrifie. Mais rien à faire, l'idée de me retrouver seule avec un homme pour ce type d'activité me pétrifie.

– Ça y est, on arrête le jardinage ? noté-je d'un air grognon.

– Je peux continuer avec le jardin d'Éden, la pomme et tout. On resterait dans le domaine végétal.

– Non merci, on peut arrêter là.

– Je dis ça pour t'aider, tu sais. Ça me rend triste que personne ne touche à ton petit buisson.

– Je ferai ce que je voudrai quand je serai prête ! Merci de tes conseils !

– Et c'est tout à ton honneur ! rétorque-t-elle en levant les mains. Si je te rappelle les détails de ton anatomie, c'est simplement parce que je ne voudrais pas que tu passes à côté de quelque chose qui pourrait peut-être te plaire. Quand deux corps se rencontrent, que des papillons volent dans ton ventre, que ta culotte ressemble à une piscine olympique, tout ça…

– On dirait une vidéo d'éducation sexuelle. Même Mme Taylor faisait mieux.

On éclate toutes les deux de rire en repensant aux sessions de sensibilisation gênantes qu'on a suivies au lycée. Bref, pour les conseils avisés, on repassera.

CHAPITRE 9

MEI

Penchée sur ma table à dessin, j'esquisse les contours de ma super-héroïne aux pouvoirs détonants. Vision laser, poings de feu et tentacules surpuissants quand elle est en colère. Mon projet avance, petit à petit, et lorsque je vois le travail abattu ces derniers mois, une bouffée de fierté m'envahit.

Le son tonitruant de l'interphone me fait sursauter. Je lève la tête, le cœur battant, et pose mon stylo à pointe fine à côté de ma lampe.

– Oui ? dis-je en décrochant le combiné.

– J'ai un colis pour vous. Je suis pressé, si vous pouviez vous dépêcher.

Mon canapé ! Ça y est, à moi les soirées junkfood, vautrée devant une rediff de *Buffy contre les vampires*. Le canapé-coussins était bien les premiers jours, mais maintenant il est tout affaissé.

– J'arrive !

Lorsque je rejoins le livreur au pied du camion, un gros type bourru d'une quarantaine d'années, dégarni sur le dessus, il me tend une tablette pour que j'y appose ma signature. Le canapé est emballé dans une tonne de plastique et posé sur le trottoir, face à la mer.

Après avoir signé, je lui rends le terminal et il s'empresse de faire demi-tour.

– Vous ne m'aidez pas à le monter ? demandé-je, désemparée. Il y a un ascenseur, il faudrait juste me donner un coup de main pour le mettre dedans…

Il ouvre la porte du camion, se rassied sur son siège et sort la tête par la fenêtre.

– Ah ! Non. Sur le bon de commande il est écrit « À livrer au pied du domicile ». Pour le reste, c'est à vous de gérer, ma p'tite dame. Allez, bon courage !

Il fait démarrer le moteur et donne un bon coup d'accélérateur, me laissant les bras ballants, désabusée, asphyxiée par l'odeur du pot d'échappement.

Bien.

Je me laisse tomber sur l'assise recouverte de plastique. Il n'est que 11 heures mais il fait déjà chaud. Très chaud. Pour l'instant, on est à l'ombre, mon canapé et moi, abrités du soleil par la résidence, mais dans une heure, ce sera intenable.

Je prends mon téléphone et appuie sur la touche magique : « papa ». Puisque je n'ai pas de petit ami, il remplit pour l'instant toutes les missions que je compte déléguer à l'heureux élu : vérifier la pression des pneus, porter les meubles trop lourds et me débarrasser des emballages encombrants.

Il décroche juste avant que je tombe sur le répondeur.

– Bonjour ma chérie !

– Salut papa ! Dis, on vient de livrer mon canapé au pied de l'immeuble. Si tu n'es pas trop occupé, tu pourrais peut-être venir m'aider à le monter ?

– Bien sûr ! Je suis juste un peu pris, là. Mon cours finit dans une heure, tu peux attendre ?

Je fronce les sourcils.

– Tu es en train de donner un cours ?

– Oui, pourquoi ? demande-t-il d'un ton candide.

– Et tes étudiants, ils sont où ?

– Devant moi. Ils peuvent attendre, ne t'inquiète pas ! Ma petite princesse peut toujours compter sur son papa.

Je me colle une main sur le front. Je suis ravie que les étudiants de mon père sachent qu'il m'appelle sa petite princesse, ça m'aide à me sentir adulte…

– OK. En fait, j'ai une autre idée, ne t'embête pas. Merci papa.

– Tu en es sûre ?

– Oui oui, sûre, le rassuré-je avant de raccrocher.

Je n'ai qu'à attendre qu'un voisin, n'importe lequel, passe cette porte et je lui demanderai de m'aider. *Non, je n'attends pas spécialement Tom !* Même si le souvenir de son attitude nonchalante, de ses yeux clairs et de ses lèvres charnues hante mes nuits.

Je patiente près d'une demi-heure avant de voir la porte s'ouvrir. Je me redresse sur mon canapé tel un suricate, pour me retrouver nez à nez avec la vieille dame du troisième.

– Bonjour, ma jolie ! Il fait chaud aujourd'hui !

– Oui, grimacé-je.

Je ne peux que lui donner raison. Le plastique me colle aux jambes et me fait deux grandes bandes rouges sur les cuisses. En tout cas, il n'y a aucun petit-fils en vue pour m'aider. Elle me laisse là, sur le parking, et rejoint sa voiture.

Un autre quart d'heure s'écoule. J'ai fini par abandonner le canapé, dont le plastique fond sous le soleil de midi, pour aller me réfugier contre la paroi de la résidence, où demeure le dernier petit coin d'ombre.

Je devrais peut-être appeler Josh... Bien sûr ! Pourquoi n'y ai-je pas pensé plus tôt ?

Je le cherche dans mes favoris, lorsqu'une apparition me coupe dans mon élan. Tom. Le destin m'avait dans sa ligne de mire depuis le début.

Ses cheveux blonds rayonnent au soleil, alors qu'il rejoint le parking en provenance de... l'océan ? Vient-il vraiment d'escalader les rochers pour gagner la résidence ? Il passe une main dans ses cheveux et s'approche de moi – ou plutôt de la porte vitrée, à côté de moi –, les gouttes d'eau dégoulinant sur ses pectoraux.

Ses pieds doivent brûler sur le goudron incandescent. Mais pourquoi est-ce que je pense à ses pieds, alors que j'ai devant moi un torse aussi musclé ? Des pecs en béton, des abdos… bardés de cicatrices, qui n'ont pas l'air très vieilles.

Mon regard croise celui de mon voisin alors que je suis toujours accroupie contre le mur. Je ne peux pas détacher mes yeux de lui, de ses iris bleu clair, de ses muscles dessinés et puissants. Ni du dessin aux traits fins que forment ses stigmates.

– La vue te plaît ? m'interroge-t-il avec un sourire en coin.

J'observe mes tongs, rouge de honte, et m'appuie contre le mur pour me relever.

– Désolée, je ne voulais pas te dévisager.

– Je parlais de la vue sur l'océan, ajoute-t-il avec un air espiègle.

Cette fois, je deviens cramoisie.

– Ah ! Oui, super, la vue sur l'océan, vraiment super.

Je me retiens de faire un pouce en l'air.

Ses yeux vont et viennent entre mon pauvre canapé brûlant et moi.

– Tu as besoin d'aide ?

J'aimerais tellement lui répondre : « Non, pas du tout, je suis une femme forte et indépendante. » Mais, oui, en fait, j'ai besoin d'aide. Et pourquoi pas de celle de Neptune sortant des eaux ?

Il se dirige droit vers le canapé, pieds nus.

– Tu prends l'autre côté ? Ça n'a pas l'air très lourd.

Je hoche la tête et lui souris. Il a raison. J'aurais sans doute pu le tirer jusqu'à l'ascenseur, si je n'avais pas craint d'en abîmer les pieds. Mais j'ai peut-être bien fait d'attendre, après tout. Je viens sans le vouloir de suivre le conseil de Kitty : « Provoquer une nouvelle rencontre et voir ce qui se passe. »

Devant l'ascenseur, Tom lève le meuble à l'horizontale pour le faire entrer dans la cabine, puis se place à côté. Lorsque les portes se referment, je me retrouve presque plaquée contre son torse et lui adresse un large sourire figé. Il m'observe sereinement, toujours cette expression malicieuse aux lèvres.

Il sent bon. Le sable chaud, les vagues. Il a quelques grains de sable dans les cheveux. Sa peau dorée aime le soleil, sa couleur caramel tranche avec ses yeux bleu clair. Mon regard tombe sur ses biceps et mon corps se couvre de chair de poule. *Mon Dieu que j'ai chaud !*

Au petit *ding* du deuxième étage, je saute hors de l'ascenseur. Tom m'aide à faire entrer le canapé dans mon minuscule appartement et jette un regard curieux autour de lui.

– C'est joli.

– Merci, dis-je en rosissant.

Je suis tellement heureuse de m'être motivée ce matin à faire un grand coup de ménage. Il n'aurait pas pu tomber à un meilleur moment. Le destin est avec moi, je le sens !

Non mais qu'est-ce que je raconte ? Il est gay, Mei, GAY ! Il ne veut pas de toi parce que tu as des seins ! D'accord, il s'en fiche probablement, de tes seins, il te manque surtout un visage d'ange, trente centimètres, des bras musclés, une voix grave. Tu n'es pas un homme, en fait. Et surtout, tu n'es pas Kyle.

Mon voisin balaie ma bibliothèque du regard, sourit pour une raison que j'ignore. Puis ses yeux se posent sur ma table à dessin et sur ma planche en cours. Paniquée à l'idée qu'il découvre Soa Interstellar, mon héroïne aux cheveux roux flamboyants et aux poings vengeurs, je me dresse devant pour lui barrer la vue. Il doit sentir mon malaise, car il fait mine de ne rien avoir remarqué.

– Tu veux venir boire un verre à la maison ? propose-t-il d'un air détaché.

Je marque un arrêt.

– Oui, pourquoi pas ? J'ai un peu de temps, soufflé-je avec émotion.

L'appartement de Tom est au moins trois fois plus grand que le mien. Il est aménagé avec goût, plutôt de style scandinave, même s'il est un peu dépouillé.

Mon voisin entre d'un pas tranquille et me fait choisir entre une bière et une multitude de jus de fruits. Je ne savais pas qu'il existait des jus goyave-abricot, mais apparemment, si. Il y en a chez les Harper, en tout cas.

– Kyle a une sorte de passion pour les jus de fruits, dit-il en rigolant. Il est obsédé par les vitamines, en fait.

Soupir.

– Ah ! Super… Je veux bien goûter kiwi-papaye.

Mes yeux examinent tour à tour les nombreux cadres dans lesquels sont affichées des photos de ce couple sublime. Tom et Kyle après un rafting. Tom et Kyle en costume (Est-ce que c'était à leur mariage ? Mon cœur saigne). Tom et Kyle en vacances sur une île paradisiaque.

– Vous êtes allés dans les îles ? demandé-je en désignant un cliché où on les voit poser tous les deux devant une eau transparente.

Ils sont vraiment très beaux sur cette photo. Kyle tient Tom par les épaules et dévoile un magnifique sourire.

– Oui, c'était en Polynésie. On y va tous les ans pour surfer Teahupoo, l'une des vagues les plus hautes du monde, explique-t-il avant de me tendre mon verre de jus de fruits. Elle fait quinze mètres de haut en moyenne et se casse à cinquante centimètres de la surface, pile sur la barrière de corail. Il vaut mieux ne pas se rater.

Je tourne des yeux émerveillés vers lui.

– C'est ce que tu fais dans la vie ? Tu es surfeur professionnel ?

– Je fais une pause, répond-il, son sourire se fanant tout à coup. Mais normalement, oui. Je fais surtout le *Big Wave Tour*, des compétitions de très grosses vagues.

Il dit ça d'un ton factuel. Comme si c'était un métier assez commun, finalement.

Il me précède sur le balcon et je m'installe face à lui.

– Ce sont les plus grosses vagues du monde ?

– Oui. Les plus impressionnantes sont à Nazaré, au Portugal. Jusqu'à trente-trois mètres !

Rien que d'en parler, son cœur a l'air de battre plus vite, plus fort.

– Tu as déjà surfé une vague aussi immense ?

Cette simple idée me donne le tournis. Trente mètres, c'est un immeuble de neuf ou dix étages. Il part de tout en haut avant de dévaler la pente…

– Non, mais j'aimerais bien. Un jour. Être sur la plage donne déjà des frissons, on a l'impression d'être face à un tsunami. Ce n'est pas le genre de défi que tu te lances au hasard un matin où tu t'ennuies. D'ailleurs, tu n'y vas pas à la nage, il faut soit qu'on te tire en jet-ski, soit qu'on te largue d'un hélicoptère, explique-t-il avant de partir d'un rire qui m'ébranle complètement. Il vaut mieux être très en forme pour se lancer.

Tout cela est grisant. Il doit falloir une condition physique irréprochable.

Une flamme semble brûler en lui lorsqu'il en parle, pourtant un voile sombre est tombé sur son regard océan. Je lui poserais bien d'autres questions, mais j'ai trop peur de dériver sur ses cicatrices et de le gêner. Je suis la reine pour mettre les pieds dans le plat, alors pour éviter de commettre des impairs, je fais toujours de grands détours quand je sens que j'approche d'un sujet sensible.

– Tu habites ici depuis longtemps ?

– Non, pas tellement. Je fais rénover une maison à Los Angeles, je m'étais installé ici en attendant. Finalement, je vais peut-être rester. Je ne sais pas trop encore.

Les rayons du soleil balaient ses mèches blondes. J'ai l'impression que je vais prendre feu. Je ne sais pas si je peux être amie avec quelqu'un comme Tom.

Sait-il l'effet qu'il me fait ? Est-ce qu'il en joue ? Ça ne m'étonnerait pas, je suis une proie facile pour les farces.

Je souffle un coup et pose mon verre sur la table en métal. On parle de la pluie et du beau temps, de ses cheveux blonds. Pour être précise, je pars dans un laïus absurde à propos des décolorations, alors qu'il est naturellement blond. Il me raconte comment Kyle lui emprunte ses vêtements et je fais très bien semblant d'être amusée. *Ah ! Ah ! Les habitudes de couple, quelle rigolade !*

Voilà, mon jus est fini. J'ai bu trop vite, maintenant je suis gênée d'être là. Un ange passe. Il faudrait lancer un nouveau sujet de conversation, mais je suis trop stressée pour avoir une idée, et lui, trop nonchalant pour sentir qu'on va droit vers un moment de gêne. Autant couper court à tout ça.

– Je vais devoir y aller, mais c'était vraiment chouette, on se refera ça ?

Il m'adresse un sourire léger, qui le rend proprement irrésistible.

– Avec plaisir. Quand tu veux.

Il me raccompagne jusqu'à la porte et je lui lance un dernier regard, à mi-chemin entre la dévotion et l'accablement.

– Tu-veux-venir-dîner-demain-soir ? proposé-je très vite.

Mais qu'est-ce qui vient de se passer ? Je regarde autour de moi, comme si quelqu'un d'autre avait parlé et m'avait ensuite montrée du doigt en criant : « C'est elle qui a demandé ! »

– J'ai toujours rêvé d'être amie avec mon voisin, me sens-je obligée d'ajouter en riant, pour lui indiquer que je ne le drague pas.

Je viens de boire un jus de fruits acheté par son petit ami, restons corrects.

– Avec plaisir. 20 heures ? répond-il avec un sourire.

– 20 heures, confirmé-je.

Je ne sais pas si je peux être amie avec Tom Harper, vu l'état de mon pauvre petit cœur après un jus de fruits, mais je peux peut-être essayer. Et si ça part en vrille, je « mettrai le holà », comme dit Kitty. C'est un plan de génie, ça, non ?

CHAPITRE 10

TOM

19 h 58. J'ai un frisson. La vérité, c'est que sous mes dehors de mec assuré, je suis stressé comme un ado de quinze ans. Il y a une semaine, j'étais parfaitement résolu à ignorer toutes les filles de cette planète pour une période indéterminée. Finalement, me voilà, deux minutes avant mon premier rendez-vous depuis le départ de Diana, en train d'examiner mon paquet-cadeau avec un air désemparé.

Je ne sais pas ce qui m'a pris, ça devait être l'émotion. J'ai vécu dix ans avec Diana, je n'ai donc aucune idée de comment drague un trentenaire. Est-ce que c'est *old school* d'offrir quelque chose à un premier rendez-vous ? Et surtout, est-ce que c'est un premier rendez-vous ?

J'ai l'impression que le courant passe bien entre nous, mais c'est difficile à dire. Mei rougit dès que je lui adresse la parole, c'est plutôt bon signe, non ?

Ou elle est juste timide. Et si j'étais totalement à côté de la plaque et qu'elle avait un petit ami ?

Je viens d'abandonner le paquet que j'ai emballé hier – ayant décrété que non, décidément, un cadeau lors d'un premier rendez-vous, ça fait trop. Trop quoi ? Je ne sais pas, mais peu importe –, lorsque mon téléphone vibre dans ma poche. Je regarde le SMS de Diana en serrant les dents.

Diana : Hello, Kyle m'a dit que
tu serais à la plage demain,
je passe te voir ? Tu me manques.

J'efface le message et hésite encore à bloquer son numéro. Quelque chose me retient, comme chaque fois, et je m'en veux. Quand je croise mon ex-petite amie, ce qui arrive trop souvent à mon goût, j'oscille toujours entre une rancune écœurante et l'envie de l'étreindre pour ne plus jamais la laisser repartir.

J'ai l'impression qu'on m'a arraché la moitié de moi lorsqu'elle a déménagé, seulement quelques jours après ma sortie de l'hôpital.

En vivant aussi longtemps avec quelqu'un, on façonne son quotidien en partie en fonction de l'autre. On aime des choses à deux, on réfléchit à deux, on confond ses désirs avec ceux de l'autre. Parfois, ce n'est pas grave. Parfois, si.

« Je crois que je ne t'aime plus. Je m'en vais. » Voilà, c'est aussi simple que ça. Dix ans à se dire qu'on s'aimera pour l'éternité, à tirer des plans sur la comète, à tout rêver en grand, et puis, d'un coup, plus rien. Il ne reste plus que deux étrangers, méfiants, gênés d'être dans la même pièce. Une tonne d'animosité, des affaires jetées dans des cartons, des mails infâmes, des dizaines d'actes passés au tribunal de la séparation, pour savoir qui a eu tort, qui a causé du mal à qui, qui devrait avoir honte. Chacun exposant ses raisons, prouvant à l'autre que c'est lui qui a tout fait de travers, que c'est lui qui n'a rien compris, qu'il n'a jamais su aimer l'autre. Dix années passées au crible, revisitées par le prisme de la déception.

Diana l'a vraiment fait. Qu'importe que j'aie failli perdre la vie, elle m'avait prévenu que si je montais sur cette planche, elle me quitterait. Après de trop nombreux avertissements, elle a mis sa menace à exécution. Elle est partie avec tout ce qu'elle a pu entasser dans le pick-up de sa meilleure amie, a claqué sa portière, et c'était fini. Je suis resté sidéré pendant trois jours, à regarder la paire de chaussures qu'elle avait oubliée dans l'entrée. Comme si elle prouvait qu'elle allait forcément revenir. Qu'elle prendrait une douche, mettrait ses boucles d'oreilles et me proposerait d'aller boire un verre à la plage.

Elle n'est pas revenue.

Je la déteste. Je l'aime peut-être aussi encore un peu. C'est difficile à dire, tout est brouillé. Aujourd'hui, ne subsiste dans ma vie que le fantôme de Diana, l'image de ce qu'elle était. Je me souviens seulement d'elle le matin, quand le drap avait glissé à ses pieds et laissait apparaître sa poitrine prodigieuse. Je la revois déguster une glace au soleil sur la plage, ses Ray-Ban sur le nez, éclater de rire quand je faisais l'idiot.

Et, au milieu de ces scènes mi-authentiques, mi-réinventées par mon cœur meurtri, ses remarques assassines. Je l'entends me dire que je l'ai déçue, qu'elle espérait plus. Que ce n'est pas la vie dont elle rêvait. Que j'ai pris toute la place, qu'elle a disparu. Que tout est ma faute. Et cette nouveauté, le jour où elle est venue faire ses cartons : qu'elle est tombée amoureuse de Kyle. Que c'est le vide que j'ai laissé autour d'elle en passant ma vie dans ces foutues vagues qui l'a poussée vers lui. Que ce n'est pas grave s'il ne l'aime pas en retour, seulement le signe qu'elle ne m'aime plus. Que je ne suis pas le bon. Qu'elle s'est trompée.

Toutes ces années. Moi, je n'appelle pas ça se tromper, j'appelle ça une arnaque à grande échelle.

Et aujourd'hui, elle regrette. Maintenant que j'ai passé les neuf cercles de l'enfer, que je me suis retrouvé dans des états pitoyables dont Kyle a été le seul témoin angoissé. Maintenant que j'ai recommencé à vivre, elle voudrait faire machine arrière. Eh bien, c'est trop tard. Elle peut m'envoyer autant de SMS qu'elle voudra, je n'ai pas l'intention de la laisser revenir.

Qu'elle aille au diable. Enfin, c'est ce que je dis aujourd'hui. Hier, j'avais des doutes. C'est le bordel, quoi.

Je secoue la tête et décide finalement de prendre le petit paquet que j'ai prévu pour Mei. J'espère que ça lui fera plaisir et qu'elle ne trouvera pas ça bizarre.

Je frappe quelques coups à la porte de ma voisine, le cœur battant, tout en arborant mon habituel masque de nonchalance. Elle m'ouvre en mini-short et en tongs, un T-shirt Star Trek noué au niveau du nombril. Elle a mis de la musique, il me semble que c'est Katy Perry. L'ambiance est un peu plus animée que ce à quoi je m'attendais.

– Salut Tom ! Entre !

Ce studio a la taille d'une maison de poupées, mais on s'y sent tout de suite bien. Mei en a fait un petit cocon douillet. Des guirlandes lumineuses entourent la baie vitrée, ouverte en grand sur l'océan. Quelques cadres fixés au mur réchauffent la pièce.

– Assieds-toi, si tu veux, propose-t-elle avec un sourire.

Elle s'éloigne vers son espace cuisine, puis elle prend place à mon côté et dépose devant moi une boisson avec une paille.

– Je suis passée nous chercher des *bubble teas* pour bien commencer, j'espère que tu aimes ça ?

– Je ne connais pas, mais je vais tester, dis-je d'un ton encourageant, alors que ce truc vert a l'air répugnant.

On trinque avec nos gobelets en plastique et je goûte son fameux *bubble tea*, une sorte de thé au lait avec de grosses boules gélatineuses. C'est immonde. Je l'éloigne de ma bouche en masquant à peine mon dégoût.

– Qu'est-ce que c'est ?

– Du thé vert, des fruits et de grosses perles de tapioca. C'est japonais ! C'est chouette, hein ?

Je repose mon gobelet avec un air écœuré et me mets à rire, chose qui ne m'était pas arrivée depuis longtemps. La sensation me surprend et se diffuse agréablement en moi, avant de me faire froncer les sourcils.

– C'est atroce, annoncé-je.

Elle éclate de rire à son tour.

– Ce n'est pas grave, tant que tu aimes la cuisine asiatique. Je t'ai fait un *bangkea cheamuoy saml krahm*. Il y a du piment oiseau dedans, pourvu que tu aies l'estomac bien accroché !

Mei bondit hors du canapé et se rend à nouveau dans la cuisine, à un mètre de là. Elle touille la sauce du plat sur le feu, dos à moi, se dandine sur la musique, remue les fesses dans son petit short en jean, presque à hauteur de mon visage.

Je la trouve différente d'il y a deux jours, quand elle est entrée chez moi à pas de loup, osant à peine toucher au verre que je lui tendais. Ici, elle est chez elle, c'est son antre, elle s'y sent parfaitement bien. Et elle m'a permis d'y pénétrer. Je suis un peu flatté.

Pendant qu'elle remplace mon horrible bubble-je-ne-sais-quoi par une bière, Mei me raconte un peu l'histoire de sa famille. Leur arrivée aux États-Unis grâce à une ONG, pour éviter une dictature d'une extrême violence au Cambodge. Pol Pot, la guerre civile, la population déplacée, exécutée, persécutée, réduite en esclavage. Un million et demi de personnes massacrées, tandis que ses grands-parents prenaient la fuite en pleine nuit avec leur bébé, coupant à travers champs pour rejoindre un camp humanitaire de fortune, avant de s'envoler loin de leur terre natale.

On sent que cette histoire fait partie d'elle, qu'elle en a hérité en même temps que de ses traits asiatiques. Elle a grandi en sachant que certains membres de sa famille avaient tout perdu et avait dû tout reconstruire, ici, une fois en sécurité.

Mei me transmet avec passion les bribes de ce passé que je connais très mal. Je n'ai jamais été féru d'histoire, mais lorsqu'elle raconte cet épisode terrible, je suis littéralement passionné. Elle utilise sa cuillère pleine de sauce pour mimer les fusils et toutes les expressions passent sur son visage. Peur, témérité, colère, soulagement.

Elle remue une dernière fois le plat et porte la cuillère à ses lèvres, puis finit par hausser les épaules.

– Enfin, c'est ce que mon grand-père m'a raconté, conclut-elle d'une petite voix.

Je reste silencieux un moment. Mei fait vibrer je ne sais quelle corde sensible chez moi. Peut-être parce qu'elle est visiblement inconsciente de l'effet qu'elle peut produire ? Parce qu'elle est solaire, vivante, et qu'elle contraste avec ma torpeur de ces derniers mois ? Assis dans ce canapé, j'ai l'impression de prendre un shoot de vie rien qu'en la regardant cuisiner.

On entame son fameux curry rouge aux crevettes. Au début, ça va. Ensuite, je me mets à pleurer. Elle éclate alors de rire.

– J'en ai peut-être trop mis.

– Tu l'as fait exprès, avoue.

– Pas du tout.

Mais elle fait « si » avec la tête.

– Et comment t'est venue l'idée de monter sur une planche ? demande-t-elle en avalant une bouchée de curry sans ciller.

Elle doit avoir des papilles en métal, c'est la seule explication.

– C'est mon père qui m'a appris à surfer quand j'étais petit. Ma mère n'aimait pas trop ça, parce qu'il était du genre tête brûlée, mais il m'emmenait seulement sur des spots sûrs. L'idée était de m'apprendre, de toute façon, pas de me dégoûter à vie, m'amusé-je.

– Et ça a marché !

– Plutôt, oui. Il voyait ça d'un très bon œil quand j'étais au lycée, mais il ne s'attendait pas à ce que j'en fasse une carrière. Enfin, si j'ai toujours une carrière, grincé-je. Depuis quelques mois, je n'ai du professionnel que le régime alimentaire et la préparation physique…

– Tu as eu un accident, c'est ça ? demande-t-elle timidement.

Je l'ai évoqué rapidement l'autre jour, et je n'ai pas de mal à en parler. En fait, j'ai moins de problèmes avec ce qui s'est passé ce jour-là qu'avec la manière pathétique dont je me traîne sur le sable depuis.

– Oui, pendant une compétition. J'ai présumé de mes forces et j'ai payé le prix fort.

Une belle manière de résumer le jour où je me suis conduit comme le roi des abrutis, avec des gens que j'aimais, comme avec l'océan.

Un léger frisson me parcourt l'échine alors que je revois la vague se refermer sur moi comme une mâchoire géante, prête à me projeter sur les rochers. Les poils se hérissent sur mes bras à ce simple souvenir.

– Tu n'arrives plus à entrer dans l'eau, depuis ?

Le regard de Mei est si intense, si empreint d'intérêt et de compassion, que je ne parviens pas à le soutenir. Je baisse les yeux sur mon bracelet en tissu et hausse légèrement les épaules.

– Pas vraiment. Je peux nager, j'ai simplement une peur panique de monter sur cette foutue planche. Comme si j'avais… perdu le droit de surfer, tu comprends ?

Elle penche la tête sur le côté.

– J'ai un peu de mal, admet-elle au bout d'un moment avec un adorable sourire. Je comprendrais que tu aies peur d'avoir un nouvel accident, mais le « droit » de surfer, tout le monde l'a, non ?

– Je ne sais pas. Surfer n'est pas un sport comme un autre. Il est à la fois une question d'équilibre, de communion entre le corps, l'esprit, le vent et l'océan. On ne maîtrise pas les vagues, on ne lutte pas *contre* l'océan, mais on s'apprivoise petit à petit, on apprend à se connaître. Comme dans la vie. Surfer, normalement, c'est être humble face aux éléments. N'hésite pas à m'interrompre quand tu trouveras que je suis lourd avec mes complaintes de surfeur poète.

Mei éclate d'un rire franc, qui me cloue sur place. Je me rends compte que je donnerais n'importe quoi pour l'entendre aussi souvent que possible.

– Attends que je te parle de ma passion pour *Battlestar Galactica*, tu trouveras ton histoire de communion avec l'océan très fade, pouffe-t-elle.

La partie la plus niaise de moi-même serait prête à l'écouter parler de super-propulseurs et de rayons laser jusque très tard dans la nuit, j'en ai peur.

– Pourtant tu continues de t'entraîner, reprend-elle, c'est que tu espères retourner dans les vagues bientôt, non ?

– Oui. Mais j'imagine que j'attends une sorte de déclic.

– Si je peux aider, n'hésite pas, propose-t-elle avec un sourire désarmant. Je pourrais te crier dessus jusqu'à ce que tu coures avec ta planche dans l'eau pour échapper à mon engueulade. Ou te faire un massage des trapèzes.

Au moment où elle dit ça, elle devient écarlate.

– OK, mais vraiment si tu insistes, acquiescé-je d'un air éploré.

– Sinon Kyle le fera, complète-t-elle en grinçant des dents.

L'évocation de mon frère me calme instantanément. Le départ de Diana, et surtout sa déclaration d'amour pour lui, m'a laissé un goût amer. Depuis que c'est arrivé, j'imagine que toutes les filles en pincent pour mon jumeau, ou pire, qu'elles se servent de moi pour l'atteindre. Du coup, je parle le moins possible de lui, c'est plus simple. Si Mei me pose des questions, je répondrai, mais inutile d'en rajouter si…

– D'ailleurs, qu'est-ce qu'il fait dans la vie ?

Je retiens mon souffle.

– C'est mon agent.

– Ah ! Vous travaillez aussi ensemble ?

Je me force à sourire.

– Oui, Kyle et moi, c'est à la vie à la mort ! confessé-je en serrant la mâchoire.

– Il doit être super…

J'ai du mal à interpréter le ton qu'elle emploie. Ou je ne veux pas l'interpréter, de peur que ma déception se lise sur mes traits.

– Et toi, qu'est-ce que tu fais dans la vie ? questionné-je pour changer de sujet.

– Ce n'est pas très intéressant…

– Ah bon ? Pourquoi ?

– Je tamponne des formulaires pour un assureur réservé aux dangers publics, que plus personne ne veut assurer, justement. Ils conduisent comme des abrutis et n'arrêtent pas de se mettre dans le fossé. Rien de passionnant à côté de ta carrière !

Je ne l'imaginais pas faire un métier rébarbatif, elle qui a l'air si enjouée et créative. Et passionnée de science-fiction, si j'en juge par sa bibliothèque et sa déco.

Je laisse mon regard errer dans la pièce jusqu'à sa table à dessin. Elle l'a complètement vidée, j'ignore si c'est en raison de ma venue ou simplement pour dégager un peu d'espace. Ce studio est vraiment minuscule.

– J'ai cru comprendre que tu dessinais…

– Je gribouille. Rien de terrible, répond-elle, le visage soudain fermé.

J'ai l'impression d'avoir commis un impair. Pourtant, même si je n'ai vu son travail que rapidement la dernière fois, ça avait l'air d'être du sérieux. Je jurerais qu'elle a beaucoup de talent. Pour que j'en sois sûr, il faudrait qu'elle accepte de me montrer vraiment ses travaux, mais vu la tête qu'elle fait, je peux oublier.

Elle n'a pas l'air de souhaiter entrer dans les détails, je me résous donc à laisser tomber.

La discussion se ranime lorsqu'on parle cinéma, mais elle a des goûts navrants. Elle n'a par exemple jamais vu un seul film de guerre. Je veux dire, qui n'inclurait pas de vaisseaux spatiaux ! C'est agréable de me disputer avec elle à ce propos. Elle est un peu de mauvaise foi et volontairement dédaigneuse en parlant des grands classiques, pour me provoquer.

Elle m'explique que la Honda bonne pour la casse sur le parking est à elle, et je manque de m'étouffer de rire. Je prétexte que c'est à cause du piment oiseau et je récolte un coup de coussin sur l'épaule.

Son attitude me fait du bien, elle me change les idées, m'emmène loin de mes pensées perturbées de ces derniers mois. Mei vient d'apparaître dans ma vie et me fait l'effet d'un rayon de soleil. Une force vive qui chasserait les nuages de mon existence déprimée.

Soudain, sa playlist arrive à la fin et la musique s'arrête. Un silence gêné s'installe immédiatement entre nous. Par la fenêtre ouverte sur l'océan, un léger courant d'air entre et balaie ses cheveux. *Mon Dieu qu'elle est belle.* Notre proximité me rend fébrile. Difficile d'ignorer l'atmosphère qui plane entre nous, on entend presque l'électricité crépiter le long des murs.

L'air commence à manquer, tandis que je contemple ses lèvres entrouvertes, roses et brillantes. Une douce chaleur m'envahit. J'entends presque mon cœur battre dans mes oreilles. *Bon sang, comment on peut tout oublier en quelques mois ?* J'ai l'impression de n'avoir jamais dragué une fille avant ce soir !

Je me rapproche d'un millimètre quand elle bondit du canapé, rouge comme une pivoine.

– Il se fait tard, non ?

Elle jette un coup d'œil à son poignet avant de se rendre compte qu'elle n'a pas de montre, et de le frictionner d'un air gêné. C'est un râteau en règle, rien à dire. Exécuté avec précision et efficacité.

La gorge nouée, je me sens horriblement stupide, alors je remballe mes affaires et me lève.

– Tu as raison, je vais y aller. Merci pour cette soirée, balbutié-je en baissant les yeux.

Mon regard tombe sur le petit cadeau que je lui avais apporté, posé à côté de moi sur le canapé depuis le début de la soirée. Je ne sais plus si c'est une bonne idée de le lui donner. On a passé un excellent moment, mais elle a l'air pressée que je débarrasse le plancher.

Est-ce que j'ai dit quelque chose qui l'a blessée ? Ou alors, c'est cet instant de flottement qui l'a mise mal à l'aise ? Je nous pensais pourtant sur la même longueur d'onde. Et de toute la soirée, elle n'a pas évoqué un éventuel petit ami. Mais peut-être que j'ai compris ce que j'avais envie de comprendre. Bon, je ne sais pas ce qui se passe, mais en tout cas, elle veut que je m'en aille.

Alors que je me lève, elle scrute le paquet que j'ai dans les mains.

– Qu'est-ce que c'est ? demande-t-elle en tendant le cou. C'est pour moi ?

Un sourire se dessine sur ses lèvres, elle a l'air d'un diablotin. Je me sens un peu idiot, mais il est bien pour elle, alors autant le lui donner.

– C'était juste un petit quelque chose pour fêter ton emménagement.

– Ah oui ?

Elle fait l'étonnée, mais elle me l'a déjà pris des mains pour en arracher le papier sans ménagement. J'espère qu'elle ne va pas être déçue, ou trouver ça bizarre.

Une fois le paquet déballé, elle ne dit plus rien, la tête baissée.

Le jour où je l'ai aidée à monter son canapé, j'ai jeté un coup d'œil à sa bibliothèque. On ne lisait que de la science-fiction, Kyle et moi, lorsqu'on était ados. Je me suis tout de suite rendu compte qu'elle adorait ça, elle aussi. Isaac Asimov, Phillip K. Dick, Ray Bradbury, ils étaient tous là. Entre *Blade Runner* et *La Guerre des mondes*, j'ai vu tout *Le Cycle de fondation* d'Asimov. Mais il manquait le tome 4, *Fondation et empire*. C'est peut-être idiot, mais j'ai eu envie de remplacer ce livre disparu.

C'était soit sympa, soit digne d'un *stalker*.

Maintenant qu'elle l'a dans les mains, je me sens idiot. Elle utilise peut-être son exemplaire pour caler un meuble quelque part, et s'en fiche.

– C'est… commence-t-elle avant de s'interrompre.

Elle ne dit plus rien pendant un long moment, ça devient stressant.

– C'est vraiment adorable… ça me touche beaucoup.

Je souffle. Bon sang, ce jeu des montagnes russes émotionnelles ne m'avait pas manqué depuis le lycée.

– J'ai vu que tu les avais tous sauf celui-ci. Ça ressemblait à un livre prêté et jamais rendu.

– Oui… dit-elle très bas en haussant les épaules. On peut dire que je l'ai donné, du coup.

On se regarde fixement, puis on éclate de rire. Le courant est vraiment bien passé ce soir, même si elle a essayé de m'empoisonner avec son *bubble*-truc et son piment oiseau. Et que j'ai pris un râteau il y a moins de cinq minutes. Elle n'était peut-être pas prête. Elle a peut-être été surprise.

C'est peut-être maintenant, le bon moment ? Si je veux tenter quelque chose, je dois me lancer ! Je réunis tout mon courage et me penche très, très lentement vers elle.

Ignorant complètement mon initiative, elle baisse de nouveau les yeux, pensive. Elle caresse la couverture du livre avec la paume de la main avant d'annoncer :

– J'ai beaucoup de chance d'avoir un voisin comme toi. J'espère qu'on va devenir amis.

Je reprends un air totalement dégagé avant qu'elle relève la tête.

Des amis, Tom ! Quel con tu fais !

CHAPITRE 11

TOM

La soirée ne s'est pas déroulée exactement comme je l'espérais mais finalement, tant mieux. Je crois que je ne suis pas prêt à me lancer dans une nouvelle histoire alors que ma vie est complètement sens dessus dessous. Il suffit de me regarder ce matin, un bras autour de ma planche et l'autre ballant, la mine soucieuse, attendant patiemment l'intervention divine qui me permettra de surfer de nouveau.

Il n'y a rien de plus beau que l'océan, surtout à cette heure-ci. J'adore arriver lorsqu'il fait encore frais, protégé dans ma polaire. Sortir ma planche en saluant quelques promeneurs matinaux.

Levé à la fraîche, j'ai glissé ma planche dans la voiture dès 5 h 30 et, à 6 heures, j'étais sur le sable. J'ai vu le soleil se lever sur Malibu, le ciel passer du rouge à l'orange puis au rose, avant de se fondre en un violet lumineux. J'aime contempler les rayons qui rasent l'horizon, se reflètent sur l'eau. Voir le vent balayer le sable. Et, plus que tout, j'aime glisser sur cette eau majestueuse, plus forte que n'importe quel être humain. Même si je commence à avoir du mal à me souvenir de la sensation que cela procure.

Ce matin, je voudrais me jeter en avant, mais le souvenir de cette journée me hante dès que mes pieds sentent le contact de l'eau.

L'océan a essayé de me tuer et, après huit mois, je suis là, en train de le supplier de me reprendre. Je lui promets que je serai sage, que j'écouterai ce qu'on me dira. Je ne foncerai plus la tête la première sur la vague la plus terrifiante, juste pour être le premier, le meilleur, le plus talentueux. Je le respecterai, ferai preuve d'humilité.

Quand je serai prêt.

Sauf que pour l'instant, la simple écume qui mouille mes orteils me serre la gorge. Les « petites » vagues de Malibu, que je dédaignais, plein d'arrogance, me fichent désormais la trouille. Impossible de faire un pas de plus avec cette planche.

Vers 8 heures, des surfeurs enthousiastes me dépassent en courant et vont se jeter à l'eau. Je les observe, maussade. La dernière fois que j'ai essayé de les imiter, ça s'est terminé en crise de panique pathétique.

Kyle me rejoint d'un bon pas, la mine réjouie, l'air frais et dispo. Je ne sais pas ce que j'aurais fait si je n'avais pas eu cette tête d'enclume pour me booster chaque matin depuis l'accident.

– Alors, ça bronze ? demande-t-il, tout content.

Mon frère a enfilé un sweat-shirt directement sur son torse nu et garde les mains dans les poches. Il ne fait pas encore très chaud, surtout quand on reste sans bouger. J'ai la chair de poule.

– J'attends mon gin tonic, mais le serveur m'a oublié, marmonné-je.

Kyle sourit à moitié et contemple la plage.

– Tu devrais aller courir. On ne va pas perdre ta matinée, ce serait dommage.

– Bonne idée.

Je lui tends ma planche et il l'allonge avec grande précaution. Il a l'air surpris que je lui obéisse sans ronchonner, pour une fois, mais n'en dit rien. C'est malin de sa part, ça évite que je fasse tout pour l'emmerder de si bon matin.

– Ensuite on ira sur les hauteurs faire du yoga, m'informe-t-il. Je crois qu'on a assez profité de la vue sur la mer pour cette semaine.

– OK.

Rien ne sert de négocier, Kyle est le plus à même de nous deux d'optimiser le temps que je consacre à mon entraînement.

Je l'abandonne pour aller courir le long de la plage, droit devant.

CHAPITRE 12

MEI

Je ralentis et me gare en douceur sur le parking de Huntington Beach. Les deux mains encore sur le volant, je plisse les yeux pour tenter de repérer Tom d'ici, sans succès.

Hier soir, dès qu'il a quitté mon appartement, j'ai fait ce que n'importe qui aurait fait à ma place : j'ai tapé « Tom Harper accident surf » sur Google. Et les résultats m'ont complètement désarçonnée.[4]

« Mavericks, le monstre Californien, fait encore une victime. Le 17 novembre, en plein *Big Wave World Tour*, le champion du monde Tom Harper a subi une violente chute du haut de la vague géante Mavericks. Ses jours ne sont pas en danger, malgré

---

4. Tous les articles sont authentiques. Seul le nom du surfeur a été modifié.

des blessures graves et profondes. Son coach annonce un repos forcé d'au moins six mois. » *Surfline.com*

« Le multiple champion du monde de *Big Wave Surfing*, Tom Harper, a été la victime d'un spectaculaire accident, ce mardi, au cours de l'épreuve disputée sur le célèbre spot de Mavericks, en Californie. Les images font froid dans le dos. On y voit le célèbre surfeur tomber au moment du *drop*, puis être propulsé par le *break* jusqu'aux rochers qui se dressent en bout de course. Violemment touché au thorax, Tom Harper perd connaissance. Ramené inconscient sur la plage par son coéquipier en jet-ski, puis secouru par l'équipe médicale, le Californien retrouve ses esprits à même le sable avant d'être conduit en urgence à l'hôpital. » *Surfertoday.com*

Je n'ai pas cliqué sur la vidéo, je n'avais aucune envie de voir Tom se briser contre des rochers. En revanche, je voulais en savoir plus sur ces fameuses *big waves*, les vagues monstrueuses qu'il avait choisi de passer sa vie à surfer.

Au milieu d'articles et de photos ahurissantes, j'ai aussi trouvé un lot de citations que j'aurais préféré ne jamais lire. Finalement, c'est sans doute aussi bien si Tom ne monte plus jamais sur cette planche. Au moins, il conservera ses deux bras et ses deux jambes.

« Si tu veux surfer et avoir de bons tubes à Teahupoo en Polynésie, il faut te préparer à manger. La sanction, c'est la mort. » Rodo Vinh Tung, wakeboarder professionnel

« La vague de Pipeline est une des plus puissantes au monde. Elle déroule sur un fond de lave et de corail mort, il y a très peu d'eau. C'est une vague réservée aux experts. Elle a emporté Malik Joyeux, surfeur tahitien. Alors qu'il venait de chuter, l'énorme lèvre a brisé sa planche et arraché son *leash*, ne lui laissant aucune chance. » *Beach Brother Magazine*

Formidable.

« Mavericks, en Californie du Nord, est une vague très particulière, l'une des vagues "mangeuses d'hommes". En 1994, Mark Foo a payé le prix fort pour avoir tenté de dompter la bête. Sa disparition a profondément choqué la communauté. » *Riding Zone*

Bien entendu, mon attention s'est concentrée sur les articles les plus inquiétants, preuves du point auquel le danger est présent dans ce sport…

Il y a tellement de raisons qui font que je devrais fuir. Tom est trop fantastique et a un mode de vie trop dangereux pour que je prenne le risque de passer une minute de plus à ses côtés. Je sais comment ça va se passer, je l'ai déjà vécu dix fois : d'abord, je vais me convaincre qu'on peut être amis, et puis dans six mois, je serai sur le flanc en train de pleurer parce que mon cœur est brisé. Je le sais.

Mais il est parfait (si on ne tient pas compte de ses goûts musicaux navrants). Il est passionnant, il a de l'humour, il est prévenant, adorable. Et tellement sexy, bon sang ! Hier soir, je buvais ses paroles. J'étais hypnotisée par ses lèvres, par le moindre frémissement de ses muscles sous son T-shirt. Je m'imaginais des scènes érotiques dont j'ai encore honte ce matin !

Et puis, m'offrir ce livre, c'était vraiment attentionné. J'étais à deux doigts de l'embrasser et ça ne doit jamais se reproduire. Bonjour l'humiliation, si j'avais effleuré ses lèvres. Qu'est-ce qu'il m'aurait dit ? « Euuuh, merci Mei mais j'ai déjà quelqu'un. Et puis, t'es pas mon genre en fait. Parce que j'aime les hommes. J'aime Kyle, merci, bonsoir. » La honte de ma vie. Enfin, j'ai déjà plein de hontes de ma vie, mais celle-ci aurait été gratinée.

J'ai préféré l'inviter à rentrer chez lui. Je n'avais pas l'intention de passer une fois de plus pour la fille qui se fait des films et dont on parle d'un ton compatissant.

Malgré tout, me voilà à Huntington Beach, où il m'a expliqué hier qu'il s'entraîne le plus souvent. S'il m'a donné ce genre de détail, c'était sans doute pour que je puisse venir lui rendre une petite visite, non ? Est-ce que dix heures plus tard, c'est trop tôt ?

Je gare ma voiture et descends sur le sable. Le temps est magnifique et les amateurs de plage en matinée sont déjà sur le coup. Des filles somptueuses bronzent en regardant les surfeurs. Je me rends mine de rien au bord de l'eau, et guette sa silhouette sans la trouver.

– Hello voisine, fait une voix derrière moi.

Je fais volte-face et découvre Kyle, qui vient vers moi en trottinant. Il a l'air heureux de me voir.

– Salut ! Tom est dans le coin ?

– Oui, il est parti courir. Il ne va plus tarder.

– Il est balaise, commenté-je avec un sourire.

– C'est le meilleur.

Sa voix est pleine de fierté. J'ai le cœur en miettes. Qu'est-ce que je fais là ?

– Vous avez l'air très proches…

– Avec Tom ? Il est tout pour moi. Un peu trop selon lui, mais bon. Je fais comme je peux ! s'amuse-t-il.

Je me sens de plus en plus idiote. Je n'aurais jamais dû mettre les pieds sur cette plage. Si Tom est tout pour Kyle, il ne peut pas être tout pour moi. C'est mathématique.

– Je vais vous laisser travailler, je dois y aller, de toute façon.

J'esquisse quelques pas dans le sable en direction de ma voiture.

– D'accord. Mais repasse, à l'occasion ! On pourrait aller boire un verre un soir. Le coucher de soleil sur Venice Beach est vraiment sublime.

Choquée, je m'arrête et le scrute longuement. *Il me drague !* J'ai du mal à interpréter les signaux en règle générale, mais cette fois, c'est quand même plutôt clair.

– Hmm… je te dirai ça.

Je me retourne et tombe sur Tom, qui arrive vers nous à petites foulées. Je me sens étrangement émue de le croiser ce matin, après tout ce qu'on s'est raconté hier soir. Je sais que c'est tordu de ressentir ça juste à côté de son mari, mais je n'y peux rien.

Mes cils papillonnent, mon cœur s'emballe avant d'être calmé net lorsque je me rends compte que Kyle le regarde exactement de la même manière. Il y a tant d'admiration dans ses yeux que c'en est douloureux !

Quand mon voisin arrive à notre hauteur, ses cheveux gouttent encore d'eau de mer et ruissellent sur son torse musclé. La chaleur qui m'a brûlée toute la soirée d'hier fait son grand retour.

– Tu es allé nager ? demande Kyle, ravi.

– Oui, un peu. Ça va, Mei ? demande-t-il en passant une main dans ses cheveux.

Oh ! Non, pas ça ! Ce mouvement déclenche chez moi des éclairs de désir difficilement supportables. Je préférerais qu'il s'abstienne, si possible. Surtout en présence de Kyle.

– Oui ! Je venais pour…

Pour quoi ? Pour te revoir, car j'ai pensé à toi toute la nuit ? Et puisque ton boy-friend est là, il n'aura qu'à tenir la chandelle.

– … que tu m'apprennes à surfer.

Mais qu'est-ce que je raconte ?

– Maintenant ? s'étonne-t-il.

Je regarde autour de moi, cherchant une issue de secours. Personne ne serait disposé à faire semblant de se noyer, juste quelques minutes, histoire de détourner son attention ?

– Oh ! C'est pas urgent ! m'exclamé-je. D'ailleurs, je dois y aller, j'avais oublié que j'avais ce rendez-vous…

Kyle nous observe, un peu circonspect, puis se tourne vers Tom.

– Vas-y, on reprendra après le déjeuner. Je vais vous laisser… surfer, déclare-t-il d'un air goguenard.

Qu'est-ce qu'il sous-entend, exactement ? En tout cas, il a l'air amusé. Si ça se trouve, Kitty disait vrai et ils ont l'habitude d'intégrer une fille dans leur couple parfait. Sinon, comment expliquer la drague de Kyle et l'alchimie entre Tom et moi ?

– Tu es déjà montée sur une planche ? demande ce dernier, alors que son amoureux s'éloigne.

Qu'est-ce qui m'a pris de lui demander de m'apprendre à surfer ? J'ai presque envie que Kyle revienne, maintenant !

– Non… À vrai dire…

… ça ne m'était jamais venu à l'esprit. En fait, je me fichais du surf, avant de le rencontrer.

Du menton, il désigne sa planche sur le sable et me propose de monter dessus.

– Je vais pouvoir surfer avec une grande planche comme celle-là ? m'inquiété-je.

Il laisse échapper un rire très doux.

– Elle est trop grande pour toi, mais ça ira pour aujourd'hui. D'autant qu'*a priori*, je vais avoir du mal à t'accompagner dans l'eau, rappelle-t-il en passant une main dans ses cheveux, l'air gêné.

Vraiment, personne pour se noyer ? Vous êtes sûrs ?

– On va commencer par la théorie. Monte.

Je m'exécute et me tiens les pieds joints au milieu de la planche, me sentant potiche au possible.

– Ici, c'est le *nose*, dit-il en désignant l'avant de la planche avec le pied. À l'arrière, la *tail*. Et sur le côté, les rails. Et ça, c'est le *leash*.

Il attrape le fil de sa planche et le laisse filer jusqu'au scratch.

– Tu es droitière ?

– Gauchère.

Il s'agenouille et le fixe doucement à ma cheville gauche. Le contact de ses doigts sur ma peau déclenche une série de frissons difficiles à cacher. Il attrape ensuite son sac et en sort un galet blanc, qui ressemble à du savon.

– Pour ne pas glisser, on applique de la *wax*, c'est de la cire. D'abord une base, la *basecoat*, en quadrillage…

Je le regarde faire sur une petite portion de la planche, à l'avant, comme hypnotisée. Il applique la cire avec douceur, puis change de galet et me regarde dans les yeux.

– …ensuite, la *wax*.

Il la passe en cercle à mes pieds, juste une seconde, pour me montrer. Cet instant me semble incroyablement érotique. C'est la première fois de ma vie que je regrette de ne pas être une planche de surf. Je me laisserais savonner avec plaisir.

Non mais ça va pas, franchement ?

– Maintenant, le placement, dit-il en se relevant. Cette planche est un peu grande pour toi, mais peu importe. Tes orteils doivent toucher la *tail*. Allonge-toi, m'indique-t-il avec douceur.

Je m'exécute sans beaucoup de grâce et descends mettre mes orteils sur le bout de la planche. Il pose une main sur ma cheville, ce qui me tend légèrement. Une onde de chaleur remonte doucement le long de ma jambe, et de petites fourmis galopent jusque dans le creux de ma nuque.

– Si tu es trop en arrière, la planche cambre et tu ne prends aucune vague. Si tu es trop en avant, tu piques du nez.

Il place ses deux mains sur les côtés de mes genoux et les serre l'un contre l'autre. J'essaie difficilement de rester impassible.

– Tu gardes les genoux bien serrés, le regard loin devant (il lève mon menton avec le bout du doigt), puis derrière, pour voir si une vague arrive (il tourne doucement mon visage sur le côté). Relève bien le buste et tends les bras, fait-il en caressant le creux de mes reins.

Je serre les dents pour ne pas tressaillir et lui obéis, en bonne élève que je suis.

– Bon, et maintenant, tu te lèves d'un coup, ce pied devant, l'autre derrière, les genoux pliés. Allez, vas-y !

Je ne sais pas trop comment faire, mais je me relève d'un bond, comme il me l'a demandé. J'ai conscience que ce n'était pas très gracieux, d'autant qu'il éclate de rire.

– Plie un peu les genoux, indique-t-il en appuyant sur le creux juste sous ma cuisse.

– Comme ça ?

Il me regarde un moment, la main sous le menton, puis penche la tête.

– C'est super.

– C'est vrai ?

Il rit encore.

– Non. On dirait un crapaud qui fait du paddle, c'est l'horreur. On va devoir travailler un peu ta souplesse avant de te mettre à l'eau.

Je saute de la planche, prends ma cheville dans ma main et défais le *leash.* Avec un sourire mutin, je me plante devant lui et lève la tête pour capturer son regard.

– Si tu comptes me mettre à l'eau, il faudra venir avec moi, Harper.

Il entrouvre les lèvres, mais sa repartie se fait attendre.

– Si tu veux, souffle-t-il, un peu égaré.

– Parfait, le rendez-vous est pris. Et puis tu sais ce qu'on dit : pour avoir un bon élève, il faut être un bon professeur, asséné-je afin de le provoquer gentiment.

– On dit ça ?

– Ouaip. Du coup, je m'attends à un cours absolument génial, sans vouloir te mettre la pression.

Je lui tends le *leash* pour l'encourager à le fixer à sa propre cheville. Il m'observe sans le prendre.

– Merci pour cette leçon. Je vais devoir y aller, explicité-je.

Mais prends ce leash, *Tom, qu'est-ce que tu attends ?*

– Tu fais quoi après ? demande-t-il.

– Après quoi ?

– Après maintenant.

Sa question me prend légèrement au dépourvu.

– Eh bien, j'ai ce rendez-vous (totalement imaginaire, mais qui me force à partir immédiatement avant d'exploser sous la pression de mon désir pour son corps d'athlète), mais ensuite je suis libre. Je ne travaille pas aujourd'hui. Je comptais…

…dessiner pendant des heures jusqu'à ce que mes yeux, mon dos et mes doigts me fassent un mal de chien.

– … traîner un peu.

– Il faut que j'aille choisir une cuisine pour la maison que je rénove, mais je n'arrive pas à me décider. Tu veux venir me donner ton avis ?

Je suis flattée qu'il me propose de l'aider à prendre ce genre de décision. On se connaît depuis quoi… une semaine ? Je devrais fuir, étant donné l'état de mon cœur après dix minutes passées en sa compagnie, mais puisqu'il le demande si gentiment… Et que mon cœur explose chaque fois qu'il prononce mon nom, me sourit, passe une main dans ses cheveux, regarde à peu près dans ma direction ; j'accepte, évidemment.

– Kyle ne sera pas vexé que tu te décides sans lui ?

Tom hausse un sourcil, l'air contrarié que j'évoque son amoureux.

– Désolée, bafouillé-je en rougissant, c'est juste qu'hier j'ai cru comprendre que c'était toujours lui qui cuisinait et…

Il se détend un peu.

– Ne t'inquiète pas pour lui. Je passe te prendre à 17 heures, après mon entraînement ?

– Je te rejoins là-bas, si tu veux !

Un petit rire lui échappe.

– Hors de question que je te laisse conduire ton tas de ferraille sur la quatre-voies. Je ne veux pas être responsable de ta mort.

Je plisse les yeux, mécontente.

– Ma voiture fonctionne très bien, je te remercie.

– Si tu le dis.

– Tu vas finir par choisir ta cuisine tout seul si tu t'obstines à te moquer de ma Honda ! le menacé-je.

Je lui fais un petit signe d'adieu et me dirige vers le parking d'un pas décidé, certaine de sentir son regard brûler ma nuque.

Après dix minutes, je reviens à ses côtés, l'air penaud. Il s'est installé sur le sable pour boire une boisson énergisante.

– Tom ?

Perdu dans ses pensées, il sursaute en entendant ma voix.

– Ma voiture ne démarre pas… Tu aurais des câbles pour recharger ma batterie ?

CHAPITRE 13

TOM

Je sais, j'ai dit que le mieux à faire était de ne plus m'approcher de Mei. Mais cette décision était beaucoup plus facile à prendre quand elle n'était pas sous mes yeux.

Un peu avant 17 heures, comme convenu, elle vient frapper à ma porte, les joues roses. Elle a mis une robe à fleurs et des bottines, qui la rendent aussi élégante que sexy.

– Ça va, pas trop HS après ta session d'entraînement ? demande-t-elle avec un sourire lumineux.

Je me contente de hausser les épaules, l'air de rien.

– Oh ! Tu sais, je n'ai pas forcé, ce matin.

Bel euphémisme. Après mon jogging, j'ai fait du yoga, trempé un orteil dans l'eau, puis ai passé l'après-midi à réfléchir à ma future reconversion.

– J'espère que tu es conscient que choisir des meubles avec moi sera bien plus difficile que surfer tes prétendues vagues de trente mètres !

Je ris avant de fermer à clé derrière moi.

– Vraiment ?

– Oui. Les circuits fléchés existent pour une bonne raison et je mets toujours un point d'honneur à les suivre de A à Z.

Une fois dehors, je déverrouille le 4 × 4 à distance et elle se plante devant lui, les mains sur les hanches.

– Qui est-ce que tu essaies d'impressionner avec ce gros 4 × 4 ? ricane-t-elle.

– Toi, évidemment.

Elle éclate d'un rire sonore. De toute évidence, mon allusion est tombée totalement à plat. Il faut vraiment que je révise mes cours de séduction. Si Kyle a cinq minutes un de ces quatre, je lui demanderai de m'enseigner les bases. Le strict minimum, juste de quoi faire comprendre à Mei qu'elle me plaît.

– On devrait y aller avec ton van, qui sait ce qu'on va rapporter de nos aventures ?

Elle est bien trop réjouie par cette sortie chez Ikea. Elle va me coller dans les bras des tas de trucs inutiles, j'en suis sûr. Impression confirmée quand, dès notre arrivée, elle se précipite sur la première marche de l'escalator, aussi enjouée que si elle commençait un tour de manège.

– Alleeez Harper, grouille-toi !

Je marche d'un pas d'autant plus traînant, juste pour la faire enrager. Je n'aurais jamais pensé éprouver un tel plaisir à contrarier quelqu'un. Même mon frère jumeau, qui est ma victime numéro un, ne m'apporte pas autant de satisfaction.

Dès que l'escalier roulant me dépose près de Mei, elle s'élance dans le magasin. Elle fait les cinquante premiers mètres en jetant des coups d'œil impatients derrière elle et, dès le premier virage, disparaît de mon champ de vision. Il me faut deux minutes pour la retrouver vautrée dans un canapé bleu en velours.

– Ça, j'adore, s'extasie-t-elle en se prélassant. Pas toi ?

– J'en ai déjà un. Les cuisines sont à l'autre bout.

– Tu es sûr que tu ne veux pas jeter un coup d'œil aux salons, aussi ? C'est un peu… sobre, chez toi.

Je lève un sourcil tandis qu'elle se relève de mauvaise grâce.

– Ah bon ?

– Je dirais même légèrement impersonnel. Et si on te choisissait de la déco ? Avec un coup de peinture et en arrangeant l'ensemble, ça pourrait être très mignon.

– Tu penses ?

– Oui ! Viens, on va regarder les bibliothèques.

Elle me tire par la manche et je la suis en faisant semblant de rechigner. J'aime bien qu'elle mène la danse. En fait, ça m'évite de trop réfléchir.

Depuis qu'on est entrés, je lutte contre des vagues de souvenirs qui me prennent à la gorge. Comme beaucoup de couples qui emménagent pour la première fois, Diana et moi avons acheté un tas de meubles chez Ikea. Les mêmes que la moitié de nos amis. Je me rappelle ces samedis après-midi passés ici avec elle où, heureux comme des gosses, nous choisissions tout ce qu'il fallait pour installer notre nid douillet. Je déteste que ces vestiges prennent autant de place dans mon esprit. Je voudrais me concentrer sur ce moment passé avec Mei, sur l'appartement qu'elle veut redécorer. Ainsi que sur la maison que je dois imaginer seul, désormais, mais rien à faire.

J'avais acheté cette habitation pour Diana. Trouver une cuisine, peindre les murs, tout ça n'a aucun sens maintenant qu'elle est partie. Parfois, je songe à la vendre, mais ce serait abandonner le dernier projet que j'avais avec celle qui a partagé ma vie pendant dix ans, et je ne suis pas encore prêt.

C'est la même chose avec l'appartement. Je conserve comme des reliques tout ce qu'elle a oublié en partant. J'aurais presque laissé des ronds de poussière pour me rappeler où était chaque babiole, si Kyle n'était pas une telle fée du logis.

Mei n'a pas tort, un petit coup de frais ferait du bien à mon intérieur. Et à moi aussi, pour tourner la page définitivement.

– Tu as raison, on va redécorer, annoncé-je finalement.

Elle sautille littéralement sur place.

– C'est vrai ?

– Oui. Laisse libre cours à ta créativité !

Mei a l'air ravie que je me rallie à son opinion, et regarde soudain les meubles différemment. Elle est en chasse.

CHAPITRE 14

MEI

– Oh ! C'est mon moment préféré de la visite, m'écrié-je en atteignant l'espace réservé aux matelas.

Mon voisin affiche un air amusé encore plus affirmé lorsque je m'installe sur l'un d'entre eux. Ma mère a toujours évalué les ondes qui provenaient de la mousse et des ressorts de cette manière, cela fait partie des moments drôles de mon enfance. Tant qu'elle n'apportait pas son gong, elle passait simplement pour une cliente exigeante.

– Viens ! invité-je Tom en tapotant la place à côté de moi.

– J'en ai déjà un.

– Moi aussi, je te rassure. Mais ça n'empêche pas de tester ! Viens, je te dis !

Le pas traînant, toujours les mains dans les poches, mon voisin s'assied en soupirant. Il finit par s'allonger, puis contemple longuement le plafond grisâtre du magasin.

Un sourire s'invite sur mes lèvres. Je suis bien, allongée là, avec lui.

– Ça a été, le boulot ? demandé-je d'une voix douce, me projetant sans difficulté dans un monde où Tom se glisserait dans les mêmes draps que moi le soir.

Il esquisse un sourire et rentre immédiatement dans mon jeu.

– Le train-train, tu sais, dit-il en haussant les épaules. Des vagues, du sable, un coup de soleil. Et toi ?

– Oh ! Moi, je travaille pour la télévision… le strass, les paillettes, c'est mon quotidien. Tous ces gens qui me reconnaissent dans la rue, c'est pas toujours facile. Heureusement que je t'ai pour garder les pieds sur terre !

Il laisse échapper un rire léger. On se dévisage longuement, et je laisse pour une fois déferler en moi toute l'attirance que j'ai pour lui. Je déglutis difficilement, troublée par notre proximité. Il vaudrait mieux ne pas s'égarer plus loin sur ce chemin dangereux.

– Au fait, tu es bien allé chercher le petit chez la nounou ? m'inquiété-je, les sourcils froncés.

Il écarquille les yeux et plaque une main sur sa bouche.

– Merde ! Le petit ! J'ai oublié Themistocle, excuse-moi…

– Tu as *encore* oublié notre fils ! l'accusé-je en riant sous cape.

– Toi aussi, je te signale. Comment se fait-il que tu ne te souviennes de notre fils qu'au moment d'aller te coucher ? Quel genre de mère es-tu ?

– Et toi ? On l'a fait à deux, il me semble !

J'éclate de rire puis me redresse sur mes avant-bras.

– D'ailleurs, tu es sûr qu'on a appelé notre fils Themistocle ? C'est moche, non ?

Il se redresse à son tour et me contemple très sérieusement.

– Ben oui. Mais c'est toi qui as insisté, tu disais que c'était « élégant ».

– Pas du tout !

– Si, je m'en souviens très bien ! Tu m'as broyé la main au moment de l'accouchement et ensuite tu m'as dit : « On l'appellera Themistocle, comme mon père. »

– Mon père s'appelle John, rappelé-je en fronçant encore les sourcils.

Tom regarde de tous côtés d'un air surpris.

– Attendez… Vous n'êtes pas Sarah ?

– Non !

– Excusez-moi mademoiselle, je crois que je me suis trompé de chambre, ces lits se ressemblent tous !

Il affiche un sourire et se relève avec grâce, avant de me tendre la main. Amusée et un peu perturbée par ce moment de complicité, je la saisis et me retrouve de nouveau tout près de lui.

– Tu ne veux pas tester les autres matelas ? le taquiné-je en désignant les six ou sept lits disponibles.

– Il est déjà tard, on ferait mieux d'avancer.

Dommage, j'ai apprécié d'être Mme Harper, même si ça n'a duré que trois minutes.

Les joues me brûlent et mon complice me dévisage avec un doux sourire, ce qui me rend encore plus confuse.

On parvient enfin au rayon cuisine. Il entre dans la première, inspiration campagne anglaise. Il a de nouveau les mains dans les poches et regarde autour de lui d'un air désabusé. Tout ça ne l'intéresse vraiment pas.

– Il faut faire semblant de l'utiliser, si tu veux te projeter ! Ouvre les tiroirs, fais comme si tu te lançais dans la réalisation d'une recette ! lui conseillé-je.

Ne le voyant pas bouger, je lui montre comment faire. Je fouine dans tous les placards et saisis une casserole de démonstration. Je la pose sur les fausses plaques et remue le vide avec une cuillère en bois.

– Mon cœur ! crié-je à la cantonade, c'est prêêêêt !

Une fille d'une vingtaine d'années passe à côté de moi et me jette un regard affligé, qui me cloue sur place. Je me sens tout à coup ridicule. Et cette sensation réactive ce qu'il y a de plus fragile chez moi, ouvrant la porte aux fantômes qui n'attendent que ça, tapis dans l'obscurité.

Pauvre Ching-Chong, toujours à côté de la plaque ! Une vraie demeurée !

Je secoue la tête pour chasser la voix de Lorelei. La présence de Tom tout près de moi m'aide à dissiper ce souvenir horrible. Il se penche par-dessus mon épaule et fait semblant de humer les effluves de ma préparation.

– Hmm… Ma chérie, ça a l'air délicieux, comme chaque jour.

Sa complicité m'apaise, se diffuse en moi telle une chaleur rassurante.

– Merci. C'est ton plat préféré ! grincé-je.

Ma poitrine est si serrée que j'ai soudain envie de vomir. Mais, comme à mon habitude, je repousse ces souvenirs. Je ferme la porte, j'essaie d'oublier. Il n'y a que l'instant présent qui compte. Tom, moi, la fausse cuisine. Le passé n'a pas sa place dans ma vie. À force d'être renié, il finira forcément par disparaître.

– Tu m'as vraiment fait une pizza ? s'enthousiasme-t-il.

– Oui ! À la casserole. Ça te plaît ?

Tom se rapproche encore et m'enlace au niveau de la taille, laissant son menton reposer sur mon épaule.

– Oui, c'est merveilleux.

Ce contact me prend au dépourvu et me coupe la respiration. J'essaie de garder un air détaché et continue à remuer ma pizza imaginaire.

Je ferme les yeux. Chaque seconde de cette étreinte est infiniment précieuse, car cet instant ne se présentera peut-être plus jamais. Mon cœur s'emballe, comme si je venais de me jeter dans le vide. J'essaie de graver dans mon esprit chaque sensation offerte par ce rapprochement. Les mains de Tom posées sur mon ventre, son souffle incandescent contre ma nuque, sa peau douce sur la mienne. Son odeur enivrante, qui est en train de tourner à l'obsession.

Alors que je me prépare à ce que ce moment s'achève, Tom dépose un baiser dans le creux de mon cou. Sans que je m'en rende compte, je me plaque contre lui. Je me heurte au danger qu'il représente, au risque qu'encore une fois, mon cœur finisse en miettes et mon estime soit piétinée.

Les mains crispées sur mes ustensiles, je sens mon désir circuler dans mes veines comme des torrents de flammes. J'aimerais tellement me retourner et l'embrasser. Mais alors que cette idée me traverse l'esprit, la terreur s'en mêle et m'en dissuade. C'est impossible. Tout ça est impossible et le fait d'être ici, ensemble, est une grave erreur. Outre le fait qu'il soit déjà pris, je ne suis simplement pas à la hauteur. Insignifiante, stupide, sans aucune valeur. Un déchet. Personne ne voudra jamais de moi. *Qui voudrait d'une fille comme toi ?* murmure Lorelei à mon oreille. *Même pas bonne à baiser !*

J'entends encore le bruit mat de ma tête heurtant mon casier. Les verres brisés de mes lunettes sous son talon. Les rires hystériques de nos camarades. Je ressens encore la peur qui me vrillait l'estomac chaque matin, la délivrance lorsque je quittais le lycée, parfois même en courant. Ma crainte de me retrouver seule avec l'un d'entre eux et que la situation devienne tout à coup hors de contrôle. Les remarques, les quolibets, les bousculades, les crachats, la honte.

Tom s'écarte finalement, tandis que j'essaie de reprendre ma respiration. Son absence soudaine est un déchirement, mais elle calme en partie ma panique. Je m'appuie sur le plan de travail, le cœur prêt à exploser, les larmes aux yeux.

– Ça va ? s'inquiète-t-il face à mon air perdu. Je n'aurais pas dû…

– Ça va, soufflé-je, me sentant devenir livide. Je crois que je fais un peu d'hypoglycémie.

Son air coupable indique qu'il ne me croit pas une seconde. Il doit imaginer que c'est à cause de lui que je tremble comme une feuille et que je suis à deux doigts de me mettre à pleurer. J'aimerais lui assurer que ce n'est pas le cas, mais j'en suis incapable. Je ne peux pas parler de ce qui s'est passé. C'est trop perturbant de repenser à ces farces qui ont été de plus en plus cruelles, jusqu'à ce que tout vire au drame.

– Tu veux rentrer ?

– Non. On continue.

J'essaie de reprendre contenance et on repart.

J'ai la gorge nouée. J'avance comme un zombie jusqu'à la cuisine suivante. Noire, laquée, un plan de travail en bois de chêne. Design et élégante. J'ignore si elle me plaît ou pas, mon esprit est trop confus.

Il faut que je reprenne pied. Je déteste me perdre dans ces souvenirs horribles. J'y parviens très bien d'habitude, pourquoi est-il aujourd'hui si difficile d'empêcher les monstres d'entrer ? Peut-être parce que je me suis autorisée à avoir de l'espoir, pendant quelques secondes. Et c'est bien trop dangereux.

– Elle est sympa… dis-je en observant la cuisine avec un sourire forcé. Tu ne trouves pas ?

Tom fait quelques pas en avant et regarde autour de lui. Il ouvre les tiroirs, se poste devant le plan de travail. Au bout d'un long moment, je sens ma patience s'amenuiser. Repenser à Lorelei et à ces années de calvaire m'a ébranlée. Fébrile, épuisée, j'ai envie de rentrer chez moi.

– Qu'est-ce que tu en penses ? insisté-je avec un poil d'impatience.

– Je ne sais pas. À toi, elle te plaît ?

J'ai selon moi assez donné mon avis pour aujourd'hui. Bien qu'il m'ait proposé de venir pour l'aider à choisir, c'est lui qui l'utilisera. Dans sa maison. Avec Kyle.

Une pierre tombe au fond de mon estomac, achevant de me démoraliser. C'est sa vie et ce ne sera jamais la mienne.

– Je ne sais pas, asséné-je un peu froidement.

Tom réfléchit longuement avant de se remettre à bouger.

– Tu sais quoi, je demanderai à Kyle de venir avec moi, il aura sûrement une idée de ce qu'il voit dans la maison. Il va souvent sur le chantier, ce sera plus facile.

Sa remarque me heurte avec une brutalité surprenante. Je ravale ma fierté et lui offre un sourire forcé. En réponse, il m'attrape par les épaules et me guide vers la sortie.

CHAPITRE 15

MEI

Mon pinceau file sur le papier. Les contours de mon héroïne apparaissent sans que j'y pense vraiment, je la dessine si souvent que j'en connais les traits par cœur. Soa Interstellar est toujours cambrée, cheveux au vent, pieds en pointe, muscles dessinés et saillants sous sa combinaison lustrée. Ses mèches ont tendance à s'enrouler autour des objets et des gens, comme si elles étaient douées d'une volonté propre.

J'ai préparé mes aplats de couleur hier, aujourd'hui je donne du relief au dessin en apportant toutes les nuances d'ombre et de lumière. La première couche a un côté pop art, et le travail que j'effectue ensuite donne de l'épaisseur et du mouvement.

J'abandonne la chevelure de mon personnage pour m'attaquer aux mèches blondes du courageux Captain Fire, qu'elle aime secrètement depuis qu'il lui a sauvé la vie, lors de l'invasion du royaume de Klang.

Après plusieurs heures de travail, je pose mon pinceau et retire mes lunettes pour me frotter les yeux. Une sensation d'humidité entre mes sourcils m'indique que je me suis encore bariolé le front. Avec l'acrylique, il vaut mieux ne pas traîner ! Je file à la salle de bains et m'empresse d'appliquer du savon et de l'eau chaude pour effacer la traînée bleue. Heureusement que je m'en suis rendu compte, la dernière fois, je suis carrément allée faire les courses avec une trace rouge en guise de moustache.

Je décide de m'octroyer une pause bien méritée et m'allonge sur mon canapé douillet. Je ferme les yeux et recommence à penser à ma super-héroïne, que j'ai laissée en plein combat intergalactique.

Comme toujours, Tom revient hanter mon esprit. Difficile de faire autrement alors que j'ai créé le personnage de Captain Fire à son image. Pourtant, nous ne nous sommes pas revus de la semaine. Officiellement parce que je suis trop occupée, officieusement parce que je suis très déprimée ces derniers jours et incapable de passer du temps avec qui que ce soit.

Je me suis fait porter pâle au travail également. Le salaire minuscule que je recevrai à la fin du mois risque de me laisser gravement dans le rouge.

Quoi qu'il en soit, Tom est devenu malgré lui le héros de ma bande dessinée. J'essaie de me souvenir de chacune de ses expressions, et me promets que s'il remet les pieds chez moi un jour, je trouverai un moyen de le faire asseoir près de la fenêtre, pour voir de quelle manière les rayons de soleil s'accrochent aux contours de son visage.

Je ferme les yeux en espérant le chasser de mon esprit, mais bien sûr, c'est tout l'inverse qui se produit. Je le revois sortir de la mer en escaladant les rochers. Courir sur le sable pour venir à ma rencontre. Déposer un baiser dans mon cou…

Plus j'essaie de penser à autre chose, plus Tom m'obsède. Une chaleur inhabituelle envahit mon ventre et se fraie un chemin plus bas. Là où se situe la partie de moi que j'essaie méthodiquement d'éviter. Comme si elle était dangereuse. Une zone à risques, que j'ignore soigneusement pour ne pas créer de nouveaux problèmes dans ma vie.

Sauf que, petit à petit, une idée dangereuse fait son chemin en moi. Et si j'essayais de lancer la machine, pour voir ? Juste comme ça ! Pour vérifier que ça marche. Kitty a raison, comment est-ce que je pourrais faire le grand saut avec un partenaire, alors que je n'ai strictement aucune idée de la manière dont fonctionne mon propre corps ?

Je scrute le plafond, les mains croisées sur ma poitrine.

La plupart des filles de mon âge n'en sont plus à « découvrir leur jardin », elles en profitent à fond, en mode grosse garden-party. Avec cocktails, ballons, et gogo danseurs en string léopard. J'ai l'air d'une nonne à côté d'elles. Si encore je n'étais pas attirée par cette découverte, mais ce n'est pas le cas… Je me réprime par crainte.

L'heure est grave. Je ne peux pas continuer de laisser la vie passer en en étant spectatrice, tout ça parce que des abrutis ont détruit toutes les perspectives qui pouvaient me rendre heureuse. Si je veux reprendre le contrôle, je dois savoir ce qui se passe en bas !

Je suis tout à coup stressée comme si j'avais pris la décision de sauter à l'élastique. Mais je ne fais de mal à personne, après tout. Et puis, qui saura ce que j'ai fait ? Ou ce que j'ai tenté de faire, si c'est un échec cuisant. C'est une histoire entre moi et moi-même.

Le cœur battant, je laisse ma main descendre vers mon short et la glisse sous la ceinture.

Le plus dur est fait. La barrière psychologique est levée. Maintenant, direction la zone sensible !

J'ai vu passer assez d'articles sur le plaisir féminin pour savoir à peu près comment s'organisent les choses en bas. Lentement, je glisse une main entre mes jambes et respire calmement pour me rassurer. Jusqu'ici, tout va bien. Rien n'a explosé, personne n'est en danger.

À tâtons, j'entame mon exploration, caresse cet endroit si tabou pour moi, essaie de voir ce qui me fait réagir. Comme toujours, le rire moqueur de Lorelei retentit à mes oreilles, faisant écho à celui, plus grave et effrayant, de Sean. Et comme toujours, je fais appel à tout mon courage pour couper court à la panique. J'ai décidé d'être heureuse, ou au minimum de profiter un peu de ma vie, alors qu'ils aillent au diable.

Je laisse les sensations m'envahir. L'étau qui serre ma poitrine relâche doucement sa prise et une impression de bien-être et de plaisir s'insinue en moi. Sans que je m'en rende compte, Tom se réinvite dans mon esprit. Il s'installe au-dessus de moi et m'embrasse passionnément, tandis que ses mains découvrent mon corps, pressent mes seins. Sa langue parcourt ma poitrine et descend jusqu'à mon nombril.

Je me cambre sur mon canapé, sentant ma respiration se faire plus difficile et laissant mon fantasme m'emporter. C'est la main de mon voisin que j'imagine à la place de la mienne. Ses doigts contre ma peau, à l'endroit le plus intime. Son souffle dans mon cou, ses lèvres dessinant doucement la ligne de mes hanches, sa langue découvrant enfin mon…

Des coups à la porte me font sursauter et je retiens de justesse un cri de surprise. Je reprends mes esprits, un voile de transpiration sur tout le corps, la vision floue. Je retire ma main comme si je m'étais brûlée et regarde tout autour de moi, honteuse et désemparée.

Quelle horreur !

D'autres coups résonnent dans la pièce. J'ai l'impression que tout le monde sait ce que j'étais en train de faire, bien qu'ayant conscience que c'est impossible.

Je bondis de mon canapé, rajuste mes vêtements et me rends à la porte, que j'entrebâille seulement, les joues brûlantes.

Tom a les bras croisés et fronce les sourcils en découvrant ma mine coupable.

– Ça va ?

– Euh… oui oui, réponds-je d'une petite voix embarrassée.

Je ne peux pas m'empêcher de scruter ses lèvres. Quand je pense qu'il y a moins d'une minute je les imaginais se poser sur mon sexe, mes joues s'embrasent encore plus. D'autant que le vrai Tom a un charme beaucoup plus puissant que celui de mon fantasme.

J'ouvre un peu plus le battant et il pose les mains de part et d'autre de l'encadrement, dans une posture terriblement sexy. Je suis à deux doigts de l'attraper par le T-shirt pour l'attirer à moi. Mais bien sûr, ma timidité et ma peur maladive de me ridiculiser m'en empêchent.

– Tu as de la fièvre ? demande-t-il avec un poil d'inquiétude.

– Non ! Ne t'inquiète pas pour moi, j'étais en train de…

Je jette un coup d'œil derrière moi, à la recherche d'une idée brillante.

– … déplacer des meubles.

Le regard de Tom passe au-dessus de ma tête, étudiant l'appartement où strictement rien n'a bougé depuis l'emménagement, puis il sourit de manière entendue.

– D'accord… Je suis ravi que tu aies ce type d'occupation. Je venais justement te voir pour ça.

Je crois que je vais aller ouvrir la fenêtre, avant de mourir de combustion spontanée.

– Quoi ? rétorqué-je d'une voix blanche.

– Les meubles, précise-t-il. Je suis retourné acheter ceux que tu m'avais conseillés. Pour l'appartement. Tu sais ?

– Oh ! Bien sûr ! m'écrié-je avec bien trop d'enthousiasme et de soulagement. Oui ! D'accord !

Je laisse éclater un rire gêné, qui semble le conforter dans ce qu'il imagine que je faisais. Ou alors je suis totalement timbrée et il me sourit seulement parce qu'il est sympa.

– Mais j'aimerais repeindre le mur avant de les monter. Kyle a acheté ce qu'il faut, puis il s'est fait la malle… Tu veux venir m'aider ?

Je n'ai aucune bonne excuse pour refuser, surtout après l'avoir évité toute la semaine. Et puis, je n'en ai pas vraiment envie non plus. J'en pince pour Tom, voilà, c'est dit. Et c'est l'enfer. Mais je ne veux pas me priver de son amitié. Et on ne peut pas dire que les gens se bousculent pour devenir mes amis, ces dernières années. À moi d'être plus forte que le feu d'artifice qui a lieu en ce moment même dans mes sous-vêtements pour me comporter en adulte.

Kyle a laissé son amoureux en plan, seule une amie fidèle peut le sortir de là !

– J'arrive dans cinq minutes, OK ?

– OK, fait-il avec le même sourire énigmatique.

Je referme la porte, avant d'y plaquer mon dos. Il faut vraiment que je me rafraîchisse.

CHAPITRE 16

TOM

– J’adore cette teinte !

Mei est plantée devant le mur que je peignais en bleu baleine avant de trouver le courage d’aller la chercher.

– Merci, dis-je fièrement.

– D’ailleurs, c’est drôle, j’ai un short exactement de la même couleur !

– Ah bon ?

– Oui ! Elle doit être tendance.

Si j’étais plus courageux, je lui avouerais que c’est exactement la couleur du short qu’elle portait le soir où elle m’a invité à dîner, et que ce petit bout de tissu est resté gravé dans ma rétine.

– Sûrement… Bon, on commence ?

Je mets un peu de musique pour nous motiver et tends le matériel nécessaire à Mei. J’ai tout acheté en double : rouleau, bac pour verser de la peinture, scotch pour protéger les plinthes.

On se lance dans le travail avec le sourire. Elle part de la droite, moi, de la gauche. Je compte bien effacer toute trace de Diana, et le faire avec mon adorable voisine rend la tâche moins difficile.

D'autant que c'est la première fois qu'elle est disponible depuis notre visite chez Ikea. Elle m'a soigneusement évité depuis, trouvant des prétextes bidon quand je lui proposais qu'on se voie. J'en étais venu à la conclusion que si elle refusait cet après-midi qu'on fasse de la peinture tous les deux, je lâcherais l'affaire. Que si elle avait simplement envie que je la laisse tranquille, je respecterais ça. Le fait qu'elle ait accepté me rend du coup plutôt euphorique.

D'ailleurs, elle se révèle vite une peintre hors du commun. Elle manie le pinceau comme si elle avait fait ça toute sa vie. Elle sautille sur la bâche et monte sur l'escabeau avec légèreté pour atteindre les angles et le plafond.

Je fais mon maximum pour éviter de l'observer de manière trop insistante. Pas la peine d'en rajouter, je me sens déjà à l'étroit dans mon jean, ce qui me laisse vraiment l'impression d'être un gros lourd en manque.

Ses lèvres en bouton de rose me donnent envie de les dévorer. Je vais toutefois éviter, vu le désastre de mon approche chez Ikea. Elle était à deux doigts de tomber dans les pommes, on n'aurait pas pu faire pire niveau rapprochement romantique. Non, cette fois c'est clair, il faut que je demande conseil à Kyle, mes compétences en matière de drague sont définitivement obsolètes.

Après plusieurs heures de peinture ponctuées d'éclats de rire et de moqueries sur ma technique, Mei place les mains sur ses hanches et tire les coudes en arrière, satisfaite.

– C'est pas mal !

Je pose mon rouleau et recule à mon tour. J'imite sa posture avec complicité et glisse un regard tendre sur elle.

– On fait une bonne équipe, commenté-je.

– Oui. Une super équipe.

Face au mur, on échange une longue œillade, qu'elle finit par interrompre.

– Qu'est-ce que vous avez prévu ce soir, Kyle et toi ?

J'installe mon rouleau dans son bac encore plein de peinture et prends une seconde pour répondre. Pourquoi se sent-elle toujours si concernée par Kyle ? Une pointe de jalousie et de déception se fait sentir dans ma poitrine.

– Rien de spécial.

– D'accord. Alors… Tu veux venir passer la soirée chez moi ? Tu éviteras les odeurs de peinture, et puis je te préparerai mes merveilleux samosas. Allez, dis oui !

Ma contrariété s'envole. Je fais semblant de réfléchir alors que je meurs d'envie de passer la soirée avec elle. Et bien plus encore.

– Avec plaisir.

***

Rien à dire, Mei maîtrise la cuisine asiatique à la perfection. J'en commande dès que Kyle a le dos tourné et je n'ai jamais rien mangé de comparable.

– Qu'est-ce que tu mets dedans ? demandé-je en croquant dans un samosa, savourant mon bonheur.

– C'est un secret de famille, s'amuse-t-elle. Je pourrais te le révéler, mais je devrais ensuite te tuer.

Elle hausse les épaules, l'air désolée pour moi. Et je ravale un rire.

Il est tard. Le soleil décline au-dessus de l'océan et plonge son appartement dans une douce lueur orangée. Les différentes facettes de Mei m'ensorcellent. Parfois déjantée, parfois sombre, parfois amusante, parfois sur la défensive. Elle agit comme si elle marchait sur un fil, se demandant sans cesse de quel côté pencher pour retrouver l'équilibre. Et plus je la vois se tourmenter pour un tas de détails, plus j'ai envie de la prendre dans mes bras et lui dire que tout va bien se passer.

Comme maintenant, alors que je suis chez elle depuis près de deux heures et qu'elle vient seulement de se rendre compte qu'elle n'a pas dissimulé les travaux qui se trouvent sur sa table à dessin. Je ne le prends pas mal, je peux comprendre qu'elle ait un jardin secret. Mais le bond qu'elle fait pour aller tout recouvrir de feuilles vierges, dans une attitude qu'elle aurait voulue dégagée, me peine pour elle.

– Tu sais, j'ai compris que tu ne souhaitais pas que je regarde tes chefs-d'œuvre, pas la peine de les cacher. Et puis, c'est un truc d'artiste, non, de refuser qu'on voie le résultat avant que ce soit terminé ?

– Hmm… se contente-t-elle de répondre, de dos.

Son mutisme me donne encore plus envie d'aller vers elle et de prendre son visage dans mes mains, avant de déposer un baiser sur ses lèvres pour la rassurer.

– Mei…

– Oui ? répond-elle dans un filet de voix aigu.

– Pourquoi tu ne veux pas qu'on voie ce que tu fais ?

– Pour rien. C'est juste que ce n'est pas fantastique.

Certaines personnes sont totalement désemparées lorsqu'on les complimente. Comme si admettre qu'elles possèdent des qualités devait les rendre arrogantes aux yeux des autres. Sauf que pas du tout. Il suffit de dire merci, et de stocker cette attention dans un coin de soi-même pour s'en nourrir.

Mon frère m'a soutenu et chouchouté toute sa vie, et bien que je m'en plaigne sans arrêt, je sais que ça a beaucoup joué sur ma réussite. Quoi qu'il arrive, il est là, me booste quotidiennement, m'engueule à peu près aussi souvent… En tout cas, il ne lâche jamais l'affaire.

Mei a besoin de quelqu'un comme ça dans sa vie, qui la soutienne inconditionnellement. En la regardant s'agiter sur sa table à dessin, je prends conscience que je donnerais n'importe quoi pour être cette personne.

– Et si on regardait un film ? propose-t-elle pour changer de sujet.

– Tu penses à quoi ? Si c'est encore un navet avec Julia Roberts, c'est non, ricané-je.

– Pourquoi pas le tien, sur la mafia sicilienne, puisqu'apparemment c'est le meilleur de tous les temps ?

– C'est vrai ? Tu es partante ?

– Bah oui ! C'est moi qui te le propose. On n'a qu'à le louer en ligne.

Heureux comme un gosse, je me lève d'un bond.

– On va chez moi ?

Je le propose en pensant à mon installation un peu plus haut de gamme.

– Ah non ! Ça sent la peinture chez toi.

– Oh ! OK…

– Je vais faire du pop-corn !

Pendant qu'elle regarde le maïs exploser dans son micro-ondes, je loue le film en VOD et m'installe du mieux que je peux. Mei me rejoint sur le canapé, avec un saladier de maïs soufflé saupoudré de sucre.

– Cette incartade à mon régime doit rester entre nous, souligné-je. Si Kyle l'apprend, je suis mort.

Ma voisine tourne la tête vers moi et m'offre un demi-sourire figé.

La première heure de ce film est carrément hypnotique et sa musique me donne des frissons.

D'ailleurs, chaque plan fait se dresser les poils sur mes avant-bras. Même si je le connais par cœur, l'ambiance est oppressante, on se demande à tout instant qui va se faire couper un doigt pour avoir désobéi au patron. Et même quand on le sait, on conserve ce frisson d'appréhension jusqu'à la fin.

– Ce film est vraiment génial, tu ne trouves pas ? demandé-je au bout d'un moment en engloutissant mon énième pop-corn.

– Hmm… soupire Mei.

Quel enthousiasme ! C'est quand même un monument du septième art !

– Non ? insisté-je en détachant les yeux de l'écran pour les poser sur elle.

Elle s'est assoupie ! Elle est douée, j'aurais pu ne me rendre compte de rien jusqu'au générique de fin. Je le note pour la suite, si jamais on se lançait dans un marathon ciné pour combler ses lacunes, histoire de ne pas me faire arnaquer.

Non mais franchement, je ne sais pas qui doit être le plus vexé : moi ou la culture dans sa globalité. Je la pousse un peu du coude pour la réveiller, l'air de rien. Il reste un tas de scènes culte dans les deux heures à venir, ce serait dommage de rater ça.

Au lieu de se réveiller, Mei soupire encore plus profondément. Elle glisse un bras sous le mien et laisse retomber sa main ouverte devant elle. Avec une innocence qui me coupe le souffle, elle s'installe plus confortablement contre moi et pousse un dernier soupir, avant, semble-t-il, de s'endormir pour de bon.

La main plongée dans le pop-corn, je m'immobilise. J'ai l'intuition qu'une respiration trop profonde de ma part briserait cet instant suspendu. Je me contente d'observer Mei, de détailler ses mèches brunes, ses cils fermés avec sérénité.

Au bout d'un moment, je me fais la réflexion que c'est digne d'un pervers de la regarder dormir de cette manière, alors je me concentre de nouveau sur le film. Je décide pourtant de ne pas la réveiller. Il reste deux heures, je compte bien profiter de cette étreinte le plus longtemps possible.

Cela fait une bonne demi-heure que Mei est endormie contre moi lorsqu'elle a un premier soubresaut. Je baisse les yeux et découvre sa mine inquiète. Elle parle en dormant, et je ne comprends rien à ses murmures agités. Elle lève tout à coup les mains en signe de défense. Les seules paroles que j'entends avec certitude sont : « Non, s'il vous plaît », qu'elle répète inlassablement, de plus en plus paniquée.

Je glisse une main contre sa joue et la caresse avec le pouce, espérant la réveiller en douceur. Au lieu de ça, elle se recule vivement. J'ai l'impression que mon contact décuple sa frayeur.

– Arrête ! hurle-t-elle.

Je sursaute et suis frappé par sa panique.

– Tout va bien, Mei. C'est Tom.

Elle ouvre les yeux, mais je comprends immédiatement qu'elle n'est pas réveillée. Elle est hagarde et en même temps terrifiée. Je me sens douloureusement impuissant.

– Il ne faut pas qu'ils me trouvent ! s'écrie-t-elle.

Elle fait un bond hors du canapé et je me lève à mon tour, avec l'appréhension qu'elle puisse se mettre en danger. Est-ce que ce genre d'épisode lui arrive souvent ?

Mei se heurte à la table basse mais ne semble pas s'en rendre compte. Elle plaque les mains contre mon bras et elle m'implore, les yeux pleins de larmes.

– Il faut que tu m'aides à me cacher, sinon…

La voir dans cet état est une torture. D'autant que j'ignore ce que je dois réellement faire ! J'ai entendu dire qu'il ne fallait jamais réveiller un somnambule, mais cela fait peut-être partie des légendes qui ne se fondent sur rien de sérieux. Faut-il que je rentre dans son jeu ?

J'aimerais pouvoir mettre la situation en pause et aller lire quelques articles sur Internet, afin de savoir comment m'y prendre.

– Aide-moi… supplie-t-elle.

– D'accord, soufflé-je, le cœur battant. Viens.

Je la prends par la main et l'amène dans le coin nuit. Je dégage le bazar sur son lit et soulève la couette.

– Glisse-toi là-dessous, tu seras en sécurité.

Sans chercher à comprendre, elle se roule en boule sur le matelas.

Je n'arrive pas à croire que je suis en train de vivre cette scène avec elle. Dans d'autres circonstances, un réveil nocturne déjanté pourrait m'amuser, mais les sanglots qui me parviennent de sous les draps me désemparent complètement.

On a fait du mal à Mei. Ce n'est pas un simple cauchemar. Elle essaie de gérer quelque chose qui lui est arrivé et qui la hante. Et même si j'ignore qui en est responsable, cela fait naître une rage brûlante en moi, de celles qui me donnent envie de tout fracasser. Qui oserait s'attaquer à quelqu'un comme elle ? Ma fureur s'entremêle avec un réflexe de protection primaire.

Au bout d'une minute, je lève la couette et la découvre, tremblante, recroquevillée en position fœtale. J'avale difficilement ma salive, bouleversé par cette vision.

La serrer dans mes bras n'est de toute évidence pas la bonne solution. Lui adresser des paroles réconfortantes serait certainement plus adapté. Ce n'est clairement pas mon fort, Diana me l'a assez répété, mais pour Mei je suis prêt à sortir de ma zone de confort.

– Ils sont partis, tu es en sécurité.

Le simple fait que j'aie à prononcer ces mots me donne une nouvelle bouffée de fureur.

– Tu es sûr ? demande-t-elle en tremblant comme une feuille.

– Oui. Viens.

Je lui tends la main sous la couette et bientôt, je sens la sienne, glacée par l'effroi.

– Tout va bien, murmuré-je de nouveau, pour la rassurer.

Elle rampe hors du lit et se remet debout, l'air hagard. Elle a les épaules voûtées et serre ses mains l'une contre l'autre, les larmes aux yeux. La voir dans cet état est vraiment impressionnant. Son corps est là, mais la Mei que je connais a déserté, remplacée par une jeune fille à l'air blessé et terrifié.

Qu'est-ce que je dois faire ?

Je jette des coups d'œil désemparés autour de moi, comme si j'attendais qu'un objet me souffle la marche à suivre.

– Tu vas te recoucher, d'accord ?

Elle hoche la tête, s'allonge sur son lit sans protester, puis ferme les yeux mais reste tendue. J'ignore si je dois la laisser s'endormir pour de bon et rentrer chez moi, ou si elle peut faire une autre crise dans une heure. Y a-t-il un risque vis-à-vis du balcon ? Tout ça est vraiment confus pour moi.

Mei ne bouge plus, elle a l'air de s'être calmée. Je décide de la laisser tranquille et de repasser la voir demain. Mais à peine ai-je fait un pas pour rejoindre la sortie qu'elle se redresse d'un coup sur son matelas.

– Tom ? s'écrie-t-elle sans me voir, alors que je suis juste à côté d'elle.

Je me dépêche de me mettre à genoux. Je glisse ma main dans la sienne et elle pousse un soupir de soulagement.

– Tu veux que je reste un peu ?

En guise de réponse, elle hoche lentement la tête. Sans lâcher sa main, je m'installe à côté d'elle sur la couette. Une fois allongé, je n'ose plus bouger, comme si le moindre mouvement pouvait activer un détonateur et faire exploser une nouvelle crise de panique.

Mon cœur se calme doucement, tandis qu'elle semble s'endormir.

Après quelques minutes, elle se remet à bouger et mon rythme cardiaque s'emballe immédiatement. Je suis sur le qui-vive, prêt à faire tout ce qu'il faudra pour faire face à la situation. Mais au lieu de s'agiter, Mei se serre contre moi. Elle se cramponne à mon biceps, blottit sa joue humide dans mon cou et pousse un soupir de réconfort.

– J'ai besoin de toi, reste avec moi, soupire-t-elle dans une sorte de sanglot.

Immobile, les yeux rivés au plafond, je sens mon cœur éclater dans ma poitrine.

Mei a besoin de moi. Autant que j'ai besoin d'elle.

– Bien sûr, je reste. Rendors-toi.

CHAPITRE 17

MEI

Le bruit des vagues me réveille en douceur. J'ai encore dû oublier de fermer la fenêtre avant de me coucher. Un rayon de soleil réchauffe mon visage et je papillonne des cils. D'ici, j'aperçois mon ordinateur, ouvert face au canapé, le saladier de pop-corn d'hier soir, les verres d'eau gazeuse encore pleins.

La soirée avec Tom me revient en tête. Je me revois enfourner du pop-corn devant son film super ennuyeux et puis… plus rien. Est-ce que je me suis endormie ?

Je me redresse et fronce les sourcils lorsque je constate que je suis tout habillée. Je pivote à la recherche de mon téléphone et retiens un cri. Allongé sur le ventre, Tom dort profondément, un bras glissé sous l'oreiller, l'air paisible. *Qu'est-ce que c'est que ce délire ?*

Il doit ressentir mon agitation, car il ouvre un œil et, immédiatement, se redresse à son tour. Sa mine ensommeillée fait plus que jamais ressortir ses yeux clairs, derrière ses cils épais. Une lueur sombre et inquisitrice se tapit au fond de son regard. L'instant d'après, elle a disparu, et il laisse apparaître un demi-sourire.

– Hello.

J'entrouvre les lèvres et les referme aussitôt, prise au dépourvu par son corps sculpté si près du mien. Je ne peux pas m'empêcher d'observer ses muscles, que je grifferais volontiers de mes ongles tandis qu'il s'enfoncerait en moi… *Oh là là !*

Clairement, mes rêves n'ont pas été des plus chastes, cette nuit. Surtout après mon exploration sensuelle relativement fructueuse d'hier. Et trouver Tom juste à côté de moi à mon réveil me met face à ma libido frustrée en permanence. *Qu'est-ce qu'il fait là, bon sang ?*

– Euh, salut. Tu… as dormi là, constaté-je.

Tom s'assied dans le lit avant de passer une main sur son visage fatigué.

– C'était une urgence, explique-t-il en fronçant les sourcils. Tu as fait une crise de somnambulisme devant le film, c'était flippant. Tu m'as demandé de rester, je ne me voyais pas te laisser comme ça.

Je me représente bien la scène. Il n'a pas dû passer un très bon moment.

Voyant à quel point je suis gênée, il se détourne.

– Je vais y aller, tu as l'air un peu plus en forme, ce matin.

Joignant le geste à la parole, il sort du lit. Mon cœur s'embrase de nouveau, perturbé de se retrouver si près de sa peau nue.

– Ah ! Mon T-shirt, dit-il en se penchant pour attraper le tissu en chiffon à côté de l'oreiller. Il faisait un peu chaud pour moi.

Je n'arrive pas à détacher les yeux de son torse bardé de cicatrices, qui me semble pourtant si délicieusement attirant. Sa peau irradie de chaleur à un mètre, je suis plus que jamais tentée de tendre la main pour la caresser du bout des doigts. *Je n'arrive pas à croire qu'il ait dormi ici.*

Et qu'il ait été témoin d'une de mes crises de somnambulisme. Encore une. J'en fais peut-être constamment, mais comme je vis seule, personne n'est là pour m'en dresser le compte rendu. Et en ce moment, ça doit être un festival de marches de zombie. Tout ce temps passé avec Tom a fait remonter chez moi des souvenirs compliqués à gérer. Et plus je le fréquente, plus je le désire, et plus mes alarmes internes clignotent en hurlant.

Je quitte le lit à mon tour et me dirige vers la fenêtre en me frictionnant les bras. La température a chuté cette nuit, mais je n'en avais pas pris conscience jusqu'ici, blottie tout près de lui.

– Ça t'arrive souvent ? demande Tom tandis que je cherche quoi faire de moi-même, embarrassée de ne pas me souvenir de ce qui s'est produit hier soir.

J'ai envie de me coller une main sur le front. J'ai sans doute fait une scène navrante. Peut-être même pleuré. C'est déjà arrivé alors que je dormais chez Kitty, je ne serais pas étonnée que ça se soit déroulé à peu près de la même manière.

– De temps en temps, confessé-je en fuyant son regard. Tu veux un jus d'orange avant de partir ?

Je me rends au frigo et saisis deux verres vides au passage.

– Non merci.

J'en repose un.

– Donc, ce qui est arrivé cette nuit, insiste-t-il, c'est courant pour toi ? Parce que c'était vraiment intense.

– Ah oui ?

J'ignore à quoi ressemblent mes crises, dommage que Kitty n'ait pas eu la présence d'esprit de me filmer.

– Tu avais l'air terrifiée. Comme si tu revivais quelque chose… hasarde-t-il, paraissant vouloir obtenir des informations supplémentaires.

Mon sang se glace dans mes veines et je pose brutalement mon verre sur la table. Je me retourne et essaie d'arborer un sourire confiant.

– J'ai dû regarder trop de films d'horreur quand j'étais petite, ça doit rejaillir à l'âge adulte.

– Tu es sûre que ce n'est que ça ? murmure-t-il en se rapprochant de moi.

Sa silhouette se dresse face à moi, telle un roc. Tom est fort, impressionnant. Il suffirait de peu de chose pour que je m'arrime à lui et accepte de vider mon sac. Mais je ne peux pas. Je n'ai jamais réussi, toutes ces années. Je n'ai jamais parlé de tout ce qui m'est arrivé. Personne n'est au courant. Ni ma sœur. Ni mes parents. Personne à part Kitty.

Et si personne ne sait ce qui s'est passé, c'est un peu comme si ça n'était jamais arrivé. On peut tourner la page, aller de l'avant. On pilote son destin, on croque la vie à pleines dents ! *Non ?*

– Mei, est-ce qu'on t'a fait du mal ?

Je retiens un frisson. Même si j'avais envie de parler, je ne pourrais pas, ma gorge est étranglée.

Tom pose les mains sur mes épaules et les caresse doucement, couvrant ma peau de chair de poule. Ce contact m'électrise, surtout associé à son ton, dur, et à ses mâchoires, serrées. On dirait qu'il se concentre pour ne pas s'énerver.

Évoquer cette période me tétanise, j'ai l'impression que je vais me changer en pierre. Et puis, parler ne servirait à rien de toute façon, Ventura High est loin, maintenant. Quand ces pensées me reviennent en tête, j'essaie de me convaincre que ce n'étaient que des enfantillages, des plaisanteries stupides et cruelles. Elles ne devraient même plus me traverser l'esprit aujourd'hui. Pourtant elles sont toujours là, en embuscade, prêtes à détruire tout ce que j'essaie de bâtir. Ravivant des peurs qui m'interdisent de me lier aux autres. M'empêchant d'être heureuse. De tomber amoureuse.

Si j'ai bien compris une chose ces dernières années, c'est qu'en gardant une distance de sécurité avec les autres, on limite le danger. Pas de cœur brisé, pas de trahison, pas de traumatisme. On est en sécurité. Voilà peut-être pourquoi je m'obstine à ne m'intéresser qu'à des personnes avec lesquelles je n'ai strictement aucun avenir. Tom en est un excellent exemple.

– Non, parviens-je à articuler au bout d'un moment. Je n'ai rien subi de spécial, rassure-toi. Je dois manquer un peu de sommeil et pour peu qu'on m'impose un film très nul, je finis inévitablement par trouver un moyen de créer une diversion !

J'essaie d'avoir l'air enjouée, voire de rire, mais mes talents de comédienne sont aux abonnés absents. Je fais un pas en arrière et Tom relâche sa prise sur mes bras.

– Je vais devoir me préparer pour le bureau, prétexté-je pour qu'il rentre chez lui.

Je ne suis en réalité pas allée travailler depuis trois jours. Je me contente de me traîner à l'école, où j'ai l'impression de dessiner comme un pied. Mais Tom n'est pas obligé de le savoir.

– D'accord… Si tu as besoin, je suis là.

– Oui ! Bien sûr ! Mais tout va bien, je t'assure. Je vais me reposer un peu et tout rentrera dans l'ordre.

Je lui adresse un petit clin d'œil pour appuyer mes dires.

– OK, j'y vais alors. J'ai rendez-vous avec Kyle. On se voit ce soir ?

Hop ! Un petit verre d'eau au visage pour bien commencer la journée !

– Oui, si tu veux !

Dès que Tom a quitté l'appartement, je sens mes forces m'abandonner. Je passe une main sur mon visage et essuie mes yeux humides. Dans mes oreilles, la voix de Lorelei me fait l'effet d'ongles crissant sur un tableau. *Oh ! Non, elle pleure ! Encore !*

Dégage, Lorelei ! grincé-je intérieurement.

CHAPITRE 18

TOM

– Bon, déclare Kyle en mettant ses lunettes de soleil, concentrons-nous.

– Je suis concentré, rétorqué-je. C'est toi qui mates les nanas en maillot de bain depuis tout à l'heure.

– Peu importe. On a trois sujets à voir ensemble alors ne perdons pas de temps.

J'ignore pourquoi on s'est donné rendez-vous sur une terrasse de Venice Beach. Ces filles qui passent en rollers et en bikini sont un calvaire pour le cerveau de mon frère. Moi, c'est plutôt le vendeur de glaces qui m'inspire, j'ai envie de sucre. Mais mon coach me ferait payer très cher en pompes et en burpees cet écart de conduite, alors je vais me passer de goûter.

– Bon, répète-t-il, j'ai deux propositions.

– Je t'écoute.

– La première, c'est une marque de fringues. Des chemises hawaïennes. Je suis allé voir le site, c'est pas mal. La marque est encore jeune, mais si elle décolle, les contrats pourraient devenir intéressants. On te propose 12 000 dollars pour deux jours de shooting.

– Seulement ? L'année dernière, Xtrem m'a payé 100 000 dollars pour une semaine…

Kyle hausse les épaules sans me regarder.

– Oui, mais tu étais surfeur, à l'époque. Pour le moment, t'es mannequin. Et tu ne peux même pas poser torse nu.

Je me renfrogne.

– Excuse-moi, se rattrape Kyle, conscient de son indélicatesse. C'est juste que tout est différent aujourd'hui…

– Puisque je ne surfe plus.

– Voilà.

– Et l'autre proposition ? soupiré-je.

– C'est un peu différent. Une chaîne du câble qui veut tourner un reportage sur toi. Une sorte de documentaire sur ton entraînement, ton régime alimentaire, tes médailles…

– C'est pas mal, non ? tenté-je, pas très sûr de moi.

J'hésite à m'enthousiasmer. Ces derniers temps, chaque fois que je m'emballe, Kyle calme brutalement mes ardeurs. Malgré sa patience et son empathie, je crois qu'il commence à en avoir assez de se trouver dans cette impasse. Il vit grâce aux vingt-cinq pour cent qu'il prélève sur mes gains, et vingt-cinq pour cent de zéro, c'est peu pour payer son loyer.

– Je ne sais pas. Je pense qu'ils veulent surtout faire le portrait d'un survivant.

– J'en suis un, non ?

– Ça dépend. Si tu retournes surfer, t'es un survivant. Si ta carrière est finie, t'es un *has-been* qui continue de s'entraîner pour rien, parce qu'il n'arrive pas à lâcher l'affaire. On ne se remettra pas de ce reportage en termes d'image.

– Oh… murmuré-je.

Je me sens vraiment naze. Ne plus gagner un dollar, c'est une chose, mais devenir un tocard, c'en est une autre. Surtout si j'entraîne mon frère dans ma déchéance.

– Peut-être que tu devrais chercher un autre athlète à coacher, proposé-je tristement. Quelqu'un qui pratiquerait réellement le sport dont il est censé être le champion. Qui irait à des compétitions, ce genre de choses.

Kyle ne dit rien pendant quelques secondes. Le fait qu'il ne s'indigne pas immédiatement me donne l'impression d'un coup dans l'abdomen. Il y pense. Il évalue les opportunités. Si même mon frère totalement codépendant imagine me laisser tomber, je suis vraiment foutu.

– On va attendre de voir comment se passe la suite, d'accord ? Si les choses s'améliorent, on recontactera la chaîne pour ce reportage. Pour l'instant, je vais leur dire que t'es trop occupé, avec la saison du *Big Wave Tour* qui approche, et qu'on doit se concentrer sur ton entraînement.

Kyle finit de mettre ses papiers en ordre en fuyant mon regard. Depuis des mois, il prépare les médias et les sponsors à mon grand retour, alors qu'on ignore tous les deux s'il aura lieu. Ça plonge tout le monde dans une situation intenable, j'en ai conscience.

– Quelle autre option avons-nous ? demandé-je avec une pointe d'amertume.

– Je pourrais recontacter Finn et essayer de négocier un contrat de commentateur sur son challenge junior. Mais il va falloir ramper par terre pour qu'il accepte.

– Finn ?

– Le type qu'on a rencontré il y a quelques semaines. Petit, orange et poilu. Ça ne te dit rien ?

Notre entrevue me revient brusquement en tête. Surtout le moment où il m'a juré que je ne trouverais plus jamais une marque acceptant de travailler avec moi. Il a peut-être mis ses menaces à exécution, finalement.

– Plutôt mourir.

– Tu m'en vois soulagé, je n'avais aucune envie de rappeler ce type. Du coup, pour les chemises hawaïennes, qu'est-ce qu'on fait ?

Je ferais bien la fine bouche, mais je ne peux plus jouer les divas.

– Tu dis oui.

– Parfait. Je te donnerai les dates la semaine prochaine.

Finalement, ça s'est fait vite, je n'ai même pas eu le temps de finir mon verre. Le temps où on restait assis des heures à comparer les propositions des sponsors et essayer de caser tous les événements dans mon agenda me semble bien loin.

Il faut vraiment que je retourne surfer, je déteste être sur la touche. Voilà des mois que ça dure, ça devient vraiment pathétique.

– Tu crois que je devrais vendre la maison ? interrogé-je Kyle, qui pousse sa chaise pour s'en aller. Je récupérerais presque un demi-million, on n'aurait plus à se soucier du planning. On trouverait le temps de s'organiser.

Il réfléchit un long moment.

– Non.

– Tu penses que je devrais la garder ? m'étonné-je.

Ça fait longtemps que j'ai compris que j'aurais intérêt à vendre cette villa trop grande pour moi, je pensais que mon frère m'encouragerait à passer à l'action. Je ne vais jamais sur le chantier, je ne prends même pas le temps de rappeler les entrepreneurs pour leur donner des indications. Sans parler des meubles qui ont été livrés et sont toujours dans leurs cartons au milieu du séjour.

– Tu finiras par t'en débarrasser. Tu la détestes depuis que Diana est partie. Mais si tu récupères cet argent, plus rien ne t'obligera à retourner dans l'eau.

– Mais j'aurais plus de temps pour me préparer.

– Je ne pense pas que tu aies besoin de plus de temps, Tom. Tu as besoin de prendre une décision. Arrêter pour de bon ou affronter ta peur. Si rien ne t'y oblige, on en sera toujours au même point dans deux ans.

Mon frère se relève, attrape ses affaires et je l'imite.

– Tu vas où ?

– Retrouver ma copine, elle travaille tout près.

– Je peux venir ?

Kyle hausse un sourcil.

– D'habitude, tu saisis la première occasion pour aller déprimer le plus loin possible de moi, qu'est-ce qui te prend ?

– Je voulais te demander un conseil, autant optimiser ton temps de marche.

Soudain, son visage s'éclaire.

– Ah bon ? Eh bien, vas-y.

– C'est un peu…

Je n'aurais jamais dû embrayer là-dessus, je me sens terriblement mal à l'aise.

– En fait, j'aimerais que tu éclaires un peu ma lanterne sur la manière dont tu procèdes avec les nanas.

Cette fois, il s'illumine comme un sapin de Noël.

– Elles se jettent sur toi, à tel point que c'est flippant. Comment tu fais ?

Kyle s'arrête brusquement et me regarde d'un air très sérieux.

– Tu veux vraiment que je te révèle mes secrets pour ravir le cœur des filles ?

– Oui, avoué-je du bout des lèvres.

Je me suis rarement senti aussi embarrassé. Mais pour Mei, je suis d'accord pour supporter ce coaching drague, tant qu'il ne dure pas plus de dix minutes.

– Tu es sûr que tu es prêt ? demande Kyle d'un air solennel.

– C'est bon, je veux juste draguer quelqu'un, c'est pas non plus de la géopolitique !

– C'est là que tu te trompes ! Mais rassure-toi, tu as frappé à la bonne porte.

Je lève les yeux au ciel et on s'engage sur la promenade de Venice Beach.

Le skate-park est bourré de jeunes talentueux qui enchaînent les figures. Je les regarde du coin de l'œil en songeant qu'il y a quelques mois, je les aurais considérés comme des collègues. Ce sont des athlètes, eux aussi, même s'ils portent des fringues beaucoup trop grandes pour eux.

On avance quelques minutes sous le soleil brûlant de Los Angeles, tandis que Kyle roule des mécaniques, fier comme un paon que je lui demande de me prodiguer ses conseils d'expert.

– Alors ? m'impatienté-je. Cette formule magique, elle vient ?

Il ferme les yeux et prend une grande inspiration.

– Tu es concentré ?

– Plus que jamais.

– Alors, l'arme ultime, la voici : écoute-la sans tout ramener à toi.

Je croise les bras, déçu.

– C'est tout ? Un peu *light* comme stratégie, non ?

– Il n'y a pas que ça, s'exclame-t-il en levant un doigt devant lui. Très important : ne te laisse pas enfermer dans la *friendzone*. Positionne-toi dès que tu rencontres la fille, histoire qu'elle ne se fasse pas des idées du style : « Oh ! Super, un meilleur ami, je vais pouvoir lui raconter comment je couche avec tous les blaireaux du coin et il aura toujours de bons conseils. » Une fois que tu es piégé là-dedans, il faut un travail de titan pour en sortir.

– Ah bon ? m'inquiété-je.

Je suis dans la *friendzone* depuis la seconde où j'ai rencontré Mei ! Impression confirmée lorsqu'à la fin de ce que j'imaginais être notre premier rancard, elle m'a confié espérer qu'on devienne amis. Je pense qu'on ne pouvait pas faire pire.

– Oui. De type grande déclaration enflammée, baiser passionné et, par conséquent, énorme risque de prendre le râteau de ta vie.

C'est bon, j'ai déjà pris un râteau lors de notre dîner en tête à tête et un second chez Ikea. Je suis un expert.

– Tu n'as pas d'autres conseils ? demandé-je d'un ton un peu trop désespéré à mon goût.

Parce que ceux-là ne me sont d'aucune utilité. Ils me décourageraient presque de tenter ma chance avec Mei.

Il réfléchit quelques secondes.

– Si, éventuellement. Si tu te sens vraiment à l'aise avec elle, expose-lui tes vulnérabilités. Mais pas trop non plus, sinon elle va avoir le syndrome de l'infirmière et dès que tu iras mieux, elle se lassera de toi.

Je me passe une main sur le visage. Je n'ai pas arrêté de me plaindre depuis que j'ai rencontré Mei. Les vagues, le surf, la déprime. Elle risque clairement le syndrome de l'infirmière. Peut-être même celui du médecin réanimateur.

– C'était bien plus simple quand on était ados, ronchonné-je. J'ai payé une pizza à Diana, on s'est embrassés et c'était fait.

– Eh oui ! Mais il faut mon talent pour qu'elles tombent toutes comme des mouches !

– Tu parles, marmonné-je, clairement jaloux de mon frère.

– Je suis irrésistible, je n'y peux rien, se marre-t-il.

– Ouais, tellement que ma petite amie m'a largué pour toi…

Kyle arrête immédiatement de rire et son regard se fait orageux. Il déteste que je lui rappelle cet épisode, dont il ne se sent pas responsable. Diana s'est laissée prendre dans ses filets sans qu'il s'en rende compte. La faute à son charme magnétique !

– Je n'ai rien fait pour provoquer ça, tu le sais très bien. Je ne me serais jamais permis de draguer Diana, tu l'aimais plus que tout. Elle ne t'a pas quitté à cause de moi, elle est partie parce qu'elle en avait assez d'avoir peur pour toi. Et elle avait raison, si je puis me permettre. Tu étais ingérable.

– Oh ! Ça va, m'agacé-je.

On a compris ce qui s'est produit ce jour-là ! Ils avaient raison, j'avais tort ; je suis arrogant, ils sont parfaits, on peut passer à autre chose !

Cette fois, je fais la gueule.

On traverse la piste de roller et la route pour longer les magasins de souvenirs. Kyle remet ses cheveux en place sous sa casquette retournée et rajuste ses lunettes de beau gosse. Il a vraiment une allure d'enfer avec ses muscles à la Henry Cavill. Ça me gonfle.

– Ma théorie, reprend-il, c'est que Diana a inventé cette histoire de crush le jour où elle a embarqué toutes ses affaires, pour provoquer une réaction chez toi. Elle devait espérer que tu tentes quelque chose pour la retenir. Mais tu ne l'as pas fait, on est d'accord là-dessus ?

– Hmm…

– Alors ne m'incrimine pas. Si elle est partie, ce n'est pas ma faute.

Mes yeux, réduits à deux fentes, le foudroient, bien que je sache pertinemment qu'il a raison. Être un vrai Dom Juan ne l'empêche pas de comprendre ce qui se passe chez les autres. Au contraire.

– Et tu noteras qu'elle n'a jamais fait la moindre tentative avec moi depuis que vous vous êtes séparés. Elle a voulu te blesser et elle y est parvenue, ce qui est vraiment dégueulasse si on considère que tu étais déjà dans un état pitoyable, avec tes béquilles et ton bras en écharpe. Mais bon, elle t'aimait, et elle s'y est prise comme un manche. Un peu comme toi, quoi.

– Bon, ça va, là ? C'est fini ?

On se décale pour laisser passer un type bodybuildé à rollers, puis je me repositionne à côté de Kyle.

– Il ne fallait pas me lancer sur Diana, tu sais que je déteste être mêlé à cette histoire.

– Je sais. C'est juste que…

– Que tu n'arrives pas à digérer son départ. Mais il faut que tu avances et que tu arrêtes de m'en rendre responsable. Et me demander des conseils de drague est une excellente manière d'entamer ta nouvelle vie ! s'exclame-t-il en retrouvant son air ravi habituel. Tu vas voir, avec ta belle gueule, ta notoriété et mes conseils de pro, les filles vont se battre pour toi.

– N'en fais pas trop non plus.

– D'ailleurs, on va commencer tout de suite !

– Comment ça ?

– Il faut battre le fer pendant qu'il est chaud ! On va aller faire un tour sur la plage, histoire que tu exerces un peu ton talent. Je te garantis que tu vas décrocher un rancard.

Kyle jette un coup d'œil ravi vers l'océan, comme un enfant à qui on aurait donné un billet pour aller s'acheter une glace.

– Quelle horreur ! Non, c'est bon, maugréé-je.

– Allez ! Fais pas la tête. Si tu te sens prêt à rencontrer quelqu'un, on y va !

– T'es lourd…

– Je sais, s'amuse-t-il, content de lui.

– Et puis, je ne cherche pas n'importe quelle fille. Je voudrais seulement faire comprendre à Mei qu'elle me plaît.

– Mais c'est une très bonne nouvelle, ça ! s'exclame-t-il, hilare. Pourquoi tu ne m'as pas dit que tu craquais pour ta voisine ? Je me serais fait discret.

– Eh bien, je te l'annonce maintenant. Donc, s'il te plaît, arrête de jouer au beau gosse quand elle est là.

Kyle opine et ravale son sourire.

– OK, je me ferai tout petit. De toute façon, j'ai une nouvelle copine, elle est bien trop jolie pour que je pense à quelqu'un d'autre. Même si Mei est vraiment…

– Oh ! Kyle !

– Désolé, pouffe-t-il.

J'ai besoin de quelques secondes pour calmer une pulsion de jalousie surprenante. Quand c'est fait, je glisse les mains dans les poches de mon short d'un air grognon et me tourne vers mon frère.

– Pourquoi ça s'est terminé avec Kelly, au fait ?

– Shelley, bon sang ! Peu importe, c'est de l'histoire ancienne. Maintenant, je sors avec Rachel. D'ailleurs elle bosse là, explique-t-il en désignant un kiosque à bracelets brésiliens à vingt mètres de nous. Je préférerais que tu ne m'accompagnes pas, si elle sait que je suis le frère de Tom Harper, elle va en faire tout un fromage.

– N'importe quoi, soupiré-je.

Mon frère me donne une bonne claque dans le dos.

– Ah là là ! Si seulement tes neurones pouvaient communiquer entre eux de temps en temps, frangin, ta vie serait beaucoup moins compliquée. Allez, maintenant dégage, ma chérie m'attend.

CHAPITRE 19

MEI

« I'm feeling sexy and freeeeeee
Like glitters raining on meeeeeee »

Sous la douche, je m'arrose de savon senteur eucalyptus et me frotte pour obtenir un maximum de mousse. Je mets de l'eau partout, mais qu'importe, je chante *Domino* – le duo du siècle avec Katy Perry et Jessie J – à tue-tête en utilisant ma bouteille de shampooing comme micro.

« You're like a shot of pure goooooold
I think I'm about to explooooode
Ouh-ouh ouh-ouuuuuuh[5] *»*

---

5. « Je me sens libre et sexy
Comme s'il pleuvait des paillettes
Tu es comme une dose d'or pur
J'ai l'impression que je vais exploser
Oh oh oh ooooooooooh. »

Je me dandine en sortant et me sèche en vitesse quand on frappe à la porte.

– Une minute !

J'enfile une petite robe noire et dégage la mèche de cheveux mouillés qui me barre le visage, avant d'aller ouvrir. Tom est appuyé sur le mur, dans une posture toujours aussi torride. Il allait dire quelque chose, mais il a l'air surpris et reste à me regarder un moment.

– Qu'est-ce qu'il y a ? demandé-je en tirant sur mon vêtement.

Il reste immobile deux secondes de plus, puis croise les bras.

– Rien. J'étais chez moi et j'ai entendu ta musique pourrie, je me suis dit que j'allais te rendre une petite visite pour arrêter le massacre. C'est de pire en pire, je trouve.

– Achète-toi des goûts, Harper. Ton hard rock me brûle les tympans chaque fois que j'ouvre ma baie vitrée.

– C'est parce que j'essaie de couvrir les couinements de tes chanteuses !

Je retourne me préparer et Tom ferme derrière lui avant de s'installer sur mon canapé.

Depuis la nuit des zombies, il a passé beaucoup de temps ici. Les soirées pop-corn sont doucement devenues des nuits de discussions murmurées sur un

---

(Oui, j'adore Jessie J, ne me jugez pas.)

coin d'oreiller, passées à observer les petites étoiles fluorescentes collées sur mon plafond. On parle surf, vagues, dessin. Tom insiste pour rester avec moi jusqu'à ce que je m'endorme, comme pour s'assurer que je ne vais pas sauter de mon balcon une fois la lumière éteinte. Sauf que sa présence ne m'aide pas vraiment à glisser sereinement dans les bras de Morphée, ce serait même plutôt l'inverse.

J'ai fini par lui avouer que je travaillais depuis des mois sur une bande dessinée, au casting de laquelle vient de s'ajouter un nouveau héros. J'ai bien sûr passé sous silence leur ressemblance surprenante. Je crois que je mourrais de honte s'il l'apprenait. La simple idée de revivre mon pire cauchemar me paralyse.

On parle pensée magique, pères déjantés, gong chinois, et on critique les goûts musicaux de l'autre avec une mauvaise foi épouvantable. Mais surtout, *surtout*, on ne parle nullement d'amour. J'ai une peur panique de lui avouer que je n'ai jamais côtoyé aucun garçon de près, et je n'ai aucune envie de connaître les détails de la relation fusionnelle qu'il entretient avec Kyle.

Je me brosse les cheveux avec conviction, sors chercher ma veste à fleurs, puis retourne dans la salle de bains me maquiller. Je fais encore un aller-retour pour me mettre du blush et trouver une barrette pour faire tenir un chignon. Heureusement, le chemin est vite parcouru.

Tom ricane en me voyant aller et venir entre la salle de bains et la pièce principale. Il s'est installé en travers de mon canapé, les jambes par-dessus l'accoudoir, et bidouille sur son portable pendant que je finis de me préparer.

– Je vais te faire une playlist, annonce-t-il sans lever les yeux. Pour enrichir ta culture musicale.

– Je suis attendue, je n'ai pas le temps d'écouter ta musique de bourrin.

– Ce sera pour plus tard, ne t'inquiète pas. Je m'en assurerai. Euh… attends, demande-t-il en relevant brusquement la tête, t'as un autoradio dans ton tas de ferraille ?

– Tu sais très bien que oui, tu m'as même dit qu'il était *vintage* ! lui rappelé-je en levant les yeux au ciel.

Il pose son portable sur sa poitrine et contemple le plafond, pensif.

– Quand j'y repense… je n'arrive pas à croire qu'on ait roulé tous ces kilomètres sans que ta voiture tombe en panne.

– On n'a parcouru que trois kilomètres jusqu'au supermarché.

– C'est bien ce que je dis !

J'essaie d'avoir l'air contrarié, mais j'ai beaucoup de mal à ravaler mon rire.

– Au fait, tu vas où comme ça ? T'es drôlement pomponnée, commente-t-il en fronçant les sourcils.

– Je sors ! m'écrié-je depuis la salle de bains.

Ce n'est pas si souvent, la faute à mon emploi du temps surchargé de tamponneuse de constats, étudiante et dessinatrice de bande dessinée. Alors quand ça arrive, c'est jour de fête ! Mais pas pour Tom, visiblement, qui fait une tête de six pieds de long.

– Tu ne m'avais pas dit que tu avais un truc prévu.

– J'ai oublié. Mais je suis sûre que tu arriveras à commander des sushis sans moi.

– Hmm… répond-il, maussade. Et avec qui tu sors comme ça ?

– Avec Kitty.

– Ah ! fait-il, soulagé.

Je viens me planter devant lui, le temps d'enfiler mes boucles d'oreilles.

– Tu avais peur que je rencontre un mec bizarre sur Tinder ? m'amusé-je.

– Pas du tout. Tu fais ce que tu veux.

– Ouh là… OK, soufflé-je en haussant les sourcils. Et puis, d'ailleurs, pourquoi ça t'intéresse tant ?

– Ta vie me divertit !

Tu m'étonnes. Tom adore suivre mes aventures : de ma satisfaction à choisir les légumes moches au supermarché pour qu'ils ne soient pas mis à la poubelle, jusqu'à ma passion pour *Le Juste Prix*. Lorsqu'il a appris que j'avais regardé les trente ans d'archives de mon émission préférée, il a mis deux jours à s'en remettre.

– Tu rentres à quelle heure ? demande-t-il en se levant.

Il fourre les mains dans ses poches et se rend à la fenêtre. Le soleil touche à peine l'horizon et nous inonde déjà des lueurs orangées que j'aime tant.

– Je ne sais pas… Vers minuit, sans doute.

– Je te laisse te préparer, alors. C'est trop petit ici, je me sens oppressé, geint-il avec son mélange habituel de snobisme et d'humour que j'aime tant.

– Bien sûr. Tu es oppressé. C'est pour ça que tu es fourré ici cinq soirs par semaine, Tom Harper. Ton petit jeu ne trompe personne.

Il était sur le point de partir, mais il se retourne et me fixe du regard sans bouger, surpris.

Je me plante face à lui et mets les mains sur mes hanches.

– Tu adores mes plats asiatiques. Tu raffoles de mes soupes piquantes. Tu ne peux pas vivre sans mes samosas. Avoue-le ! Tu auras la conscience tranquille. Ma cuisine est la meilleure de Californie, ce n'est pas ta faute si tu y es addict !

Un léger sourire s'étire sur son visage. *Mon Dieu qu'il est beau !*

– Tu m'as percé à jour. Allez, à demain pour les *noodles*.

Il prend le chemin de la sortie après un petit geste de la main.

– Attends ! m'exclamé-je avant qu'il atteigne la porte.

Il se retourne immédiatement, avec un regard perçant qui me surprend. Je fais un demi-pas en arrière.

– Oui ?

– Je… voulais te demander un service.

– C'est oui, répond-il avec un sourire, avant de saisir la poignée. Allez bye !

Je me précipite vers lui et le retiens par le poignet.

– Attends, Tom, c'est sérieux. Écoute-moi.

Il scrute la main que j'ai posée sur lui, puis remonte lentement le long de mon bras, avant de capturer mon regard fébrile. L'intensité entre nous me fait lâcher prise comme si je tenais un tison chauffé à blanc.

– Mon ancien lycée organise une réunion des anciens élèves et… j'aimerais bien que tu viennes avec moi.

– Tu es sûre de vouloir que j'assiste à ça ? Tu vas sûrement retrouver des copines hystériques et vous allez enchaîner les anecdotes honteuses, ça sera un massacre. Imagine le nombre de dossiers que j'aurai sur toi si je t'accompagne !

Il laisse échapper un rire ravi, qui s'éteint doucement lorsque je me dandine d'un pied sur l'autre, torturée comme jamais. J'imagine bien les rires hystériques que je risque d'essuyer lors de cette réunion, mais ce ne seront certainement pas des rires complices.

– Je n'étais pas très populaire au lycée, en fait, alors…

Son sourire disparaît définitivement et fait place à un air sombre, presque intimidant.

– C'est-à-dire ?

– Je n'avais pas beaucoup de copines, j'étais du genre solitaire et…

– Pourquoi tu veux aller à cette réunion, alors ?

Son ton soudain froid me tétanise.

Tom est persuadé qu'il m'est arrivé quelque chose par le passé, sans quoi je ne serais pas aussi perturbée la nuit. Outre mes crises de somnambulisme, je fais des tas de cauchemars et j'ai une vraie tendance à m'agripper à lui dans mon sommeil. J'ai beau insister sur le fait que je vais très bien, il n'y croit pas. Il cherche, investigue, pose des questions. Et moi, je mens, parce que je n'ai pas envie de lui dire la vérité, que je considère comme bien trop humiliante.

Pourtant, le mettre au courant me soulagerait peut-être. Je pourrais lui raconter cela très simplement, sans m'étaler pendant des heures. J'étais une victime, on m'a infligé un tas de manèges cruels et je suis aujourd'hui terrorisée par la vie. Fin de l'histoire.

Lorsque le carton d'invitation est arrivé au courrier, dissimulé entre les publicités, ma réaction a été brutale et instinctive, comme un réflexe d'autodéfense. Je l'ai déchiré et jeté à la poubelle. Il me fichait la trouille, avec ses lettres dorées et la photo de notre ancien lycée au verso.

Dans la longue liste des invités, en caractères minuscules, nous étions tous là. Les bourreaux. Les victimes. Les joueurs d'échecs. Le capitaine de l'équipe de foot. En ordre alphabétique, sans considération pour notre statut de l'époque.

Alors pourquoi me rendre à la commémoration émue des années où j'ai le plus souffert ?

Pourquoi me jeter dans la gueule du loup ? Simplement parce que j'en ai marre. Je suis épuisée d'avoir peur, et en colère contre moi-même de me priver de tout par crainte d'être de nouveau trahie et humiliée. Je veux une vie normale. Et pour y arriver, je dois me confronter à *elle*. Au monstre. À la perfidie incarnée. Je dois me planter face à Lorelei Moore et lui dire qu'elle ne me fait plus peur. Qu'elle n'était qu'une garce imbécile, une fille odieuse, et que je la hais. Qu'elle a peut-être failli me noyer, ce jour-là, avec ses copines, mais qu'elle n'y est pas parvenue. Que je suis là, et que je l'emmerde. Voilà ce que je dois lui dire ! Et pour ça, j'ai absolument besoin que Tom soit avec moi, sans quoi je ne passerai même pas les portes du hall, et me liquéfierai.

– Mei ? Eh oh ! Pourquoi tu veux aller à cette réunion ? répète-t-il en pliant les genoux pour chercher mon regard.

Je bats des cils et sors de mes réflexions.

– Parce que j'étais ringarde, à l'époque, et que je veux leur montrer que je suis devenue une fille très cool, annoncé-je en me redressant fièrement.

Tom se détend et croise les bras, l'air content de lui.

– Tu m'invites pour te la péter, en résumé, ricane-t-il.

– Voilà.

– Alors OK. Si c'est pour te la jouer, je veux bien être ton complice. La réunion est au lycée de Ventura ?

Par ici, tout le monde connaît Ventura, la ville où j'ai grandi. Même si elle est située à plus d'une heure, c'est une station balnéaire très en vue pour ses plages, ses bateaux de plaisance et… le surf. Tom a participé à plusieurs compétitions là-bas quand il était junior.

– La réunion est à Los Angeles, ça doit être plus pratique pour ceux qui viennent de loin…

– Parfait.

Il m'adresse un sourire tendre qui me fait fondre sur place. Tout ça est si simple pour lui, alors que cette soirée s'annonce comme l'une des plus atroces de ma vie.

Pourquoi est-ce que je m'inflige ça, déjà ? Ah oui, pour être heureuse. Le lien n'est pas évident, mais je suis certaine que quand j'aurai réglé son compte à Lorelei, tout ira mieux dans mon existence.

– Et j'ai un autre service à te demander.

– Encore ? s'amuse-t-il. Inutile de me donner des précisions, c'est oui aussi.

Il rit tout seul, tandis que ses mots effleurent mon visage avant de plonger droit dans le creux de mon cœur. *Quel que soit le problème, il est là. C'est oui. C'est toujours oui.*

– Super. Parce que je voudrais que tu m'apprennes à surfer, alors je suis contente que ça t'emballe.

Le rire de Tom s'arrête net.

– Je l'ai déjà fait, l'autre jour.

– Dans l'eau, cette fois.

Nos regards s'ancrent l'un à l'autre avec une force qui me ferait presque trembler. Son attitude a changé du tout au tout. Il a soudain l'air fébrile.

Tom n'est plus mon chevalier, mon gardien, mon pilier. C'est un jeune homme qui tremble à son tour, penché au bord de la falaise depuis des mois, de plus en plus terrifié à l'idée de sauter.

– Oh…

– Il est plus simple de se jeter à l'eau quand on tient la main de quelqu'un, tu ne crois pas ? murmuré-je.

Son air désemparé me bouleverse. Je vois dans la profondeur de sa respiration, dans sa façon de serrer les poings, à quel point il se fait violence pour gérer la peur que ma proposition occasionne.

Je sens ce fil invisible tendu entre nous. Celui qui s'est construit au fil des semaines, et que chaque nuit passée à discuter dans le noir, jusqu'à ce que le sommeil nous emporte, n'a fait que consolider. Celui qui nous permettrait de sauter dans le vide en étant certains que l'autre sera là pour nous rattraper. Nous protéger.

Soudain, je ne suis plus consciente que de lui, de sa proximité, de sa chaleur. Je retiens mon souffle face à la profondeur de ses yeux clairs. J'ai tellement envie de l'embrasser, c'en devient parfois insupportable.

Trois coups vifs retentissent à la porte, nous faisant sursauter tous les deux.

– Ce doit être Kitty, annoncé-je, le souffle court. Je vais te la présenter !

Tom, visiblement toujours secoué par ma proposition, ne répond pas. J'espère que je ne suis pas allée trop loin. Mais s'il m'aide à surmonter ma peur la plus profonde, je dois l'aider à faire la même chose. Lui et moi, on forme une équipe, et je compte bien lui permettre de retrouver sa vie d'avant. Même si ça signifie le laisser s'envoler de nouveau et faire le tour du monde, loin de moi.

CHAPITRE 20

TOM

La fameuse Kitty déboule dans le studio comme une tornade. Je fais quelques pas en arrière pour la laisser entrer, mais elle se rue vers moi sans prendre le temps de dire bonjour à Mei.

– Tu dois être Tom ? Très heureuse de te rencontrer ! déclare-t-elle joyeusement.

Un mètre soixante, des cheveux coupés au carré d'un rouge flamboyant, elle porte une robe minuscule, des rangers en cuir et des tas de bracelets qui tintent dès qu'elle esquisse un mouvement.

Elle m'examine de haut en bas d'un regard perçant. Je suis sûr qu'elle se repasse en tête tout ce que Mei a pu lui raconter sur moi, et le compare à ses propres observations.

– Salut Kitty.

Allez, on fait simple et on se tient à carreau.

Les mecs savent très bien que s'ils n'obtiennent pas l'approbation de la meilleure amie, c'est mille fois plus compliqué ensuite. Si un jour Mei et moi nous mettons ensemble, mais que Kitty ne m'aime pas, dès que Mei aura à se plaindre de moi, elle en rajoutera une couche pour la persuader de me quitter. Bien entendu, je ne dis pas ça parce que Maggie, la meilleure amie de Diana, m'a toujours détesté et qu'elle a plaidé maintes fois pour notre séparation. Aujourd'hui, elle doit jubiler en buvant des Sex on the beach à ma santé.

– Donc c'est toi, le voisin, commente-t-elle en me détaillant sans vergogne.

– Et toi, la meilleure amie totalement dingue ?

Kitty éclate de rire.

– Oh ! Non, si tu supportes Mei, tu ne me trouveras pas dingue. Elle est largement pire que moi. Mais tu es encore là, tu es donc un type résistant ! s'exclame-t-elle.

Je fais la moue. Je ne trouve pas Mei « dingue ». Bien sûr, ses figurines Star Trek et sa musique pourrie peuvent surprendre au début, mais on s'habitue. Je jette un coup d'œil interrogateur à cette dernière, qui scrute obstinément son plafond. Kitty en profite pour me donner sur l'épaule une belle claque qui ne m'ébranle pas vraiment.

– Tu restes boire un verre avec nous ? propose gentiment Mei.

Je ne peux décidément rien refuser à ses yeux de biche. Pas même d'aller me confronter à ma plus grande peur, apparemment.

J'ignore pourquoi la perspective qu'elle soit à mes côtés lorsque j'entrerai dans l'eau avec ma planche me rassure à ce point. Et pourquoi j'imagine ces retrouvailles avec le surf au futur, et non au conditionnel. Comme si soudain, tout était planifié, et allait s'arranger. Simplement parce que Mei a organisé ce moment pour moi, a promis d'être là, et dit qu'ensemble, on deviendrait indestructibles.

On s'installe autour de la table basse, Kitty et moi sur le canapé et Mei par terre, sur un coussin. Elle me sert une eau gazeuse, une limonade à Kitty, puis nous regarde en souriant derrière la paille de son Coca.

– Tu habites ici depuis longtemps ? me demande Kitty en se passant une main dans les cheveux d'un air langoureux.

Elle se penche vers moi en laissant apparaître un profond décolleté. Sa poitrine est si serrée là-dedans qu'on aperçoit l'aréole de ses seins se dessiner à la lisière de son soutien-gorge. Ça me met assez mal à l'aise. Et j'ajouterais que si Mei me voit lorgner là-dedans, je suis mort.

– Un an.

– Ah ! Super, répond-elle en passant à nouveau une main dans ses cheveux rouge vif. Et ça te plaît ?

Intrigué, je tourne la tête vers Mei, qui nous observe toujours en silence. Ces questions sont étranges. Elles ont la profondeur d'une conversation de boîte de nuit, quand tout ce qu'on peut dire, c'est : « Tu viens souvent ici ? », que l'autre répond : « Euh, non, pas trop et toi ? », et qu'il s'agit seulement de faire un brin de causette avant de glisser la langue dans la bouche de l'autre.

J'espère que Kitty n'a pas l'intention de faire ce type de tentative, ce serait vraiment l'apocalypse.

– Oui, l'endroit est sympa.

Voilà voilà...

Elle se rapproche de moi sur le canapé, sous le regard serein de Mei. Elle place la paume sur mon poignet et se met à l'effleurer du bout des doigts. Mes yeux se posent sur cette main délicate pleine de bagues en forme de tête de mort et j'entrouvre la bouche, me demandant clairement ce qui est en train de se passer.

– Euh…

– Tu sais, Tom, murmure-t-elle comme si sa meilleure amie n'était pas dans la pièce, c'est vraiment gentil de prendre soin de ma copine comme tu le fais. Avoir quelqu'un comme toi auprès d'elle change son quotidien.

– C'est normal… balbutié-je en me décalant légèrement.

– Et toi, tu… vis dans le coin ? tenté-je pour détourner la conversation et apaiser mon malaise.

– Oui, pas loin, souffle-t-elle en me faisant profiter des effluves mentholés de son chewing-gum.

Mei fronce les sourcils et envoie un coup de pied à Kitty sous la table basse. Elle est en verre, alors le tout manque un peu de discrétion.

Peut-être essaie-t-elle de canaliser le comportement un peu *borderline* de sa copine ? Je ne la connais pas et elle est quasiment allongée sur moi. Je me dégage poliment de son étreinte et attrape mon verre d'eau gazeuse, que je descends d'un trait, préparant ma fuite.

– On comptait aller faire un tour à la plage, tu viens avec nous ? glousse-t-elle.

Je pose brusquement mon verre sur la table et Kitty se penche encore vers moi. Ses seins menacent carrément de jaillir de son soutien-gorge ! *Mais d'où elle sort, cette fille ?*

Tant pis pour le coup de foudre amical que j'espérais entre nous, je me passerai de son soutien. L'urgence pour le moment, c'est de me tirer d'ici.

– Je vais vous laisser, annoncé-je en me levant. Vous avez l'air d'avoir beaucoup de choses à vous dire.

– Tu en es sûr ? demande ma voisine en faisant mine de se lever.

– Oui. À plus, Mei. Et euh… salut Kitty.

J'entends la meilleure amie pouffer de rire dans mon dos et fuis sans demander mon reste.

CHAPITRE 21

MEI

– Il n'est pas gay.

Après sa brillante conclusion, Kitty se laisse tomber sur le canapé dans une attitude blasée. Elle rajuste son T-shirt pour couvrir sa poitrine généreuse et reprend un comportement un peu plus sobre. En quelques secondes, ma meilleure amie s'est métamorphosée, passant d'une allumeuse sans limite à une fille simple, drôle et souriante.

– Comment ça, « il n'est pas gay » ? répété-je en plissant les yeux. Je ne t'ai pas fait venir pour entendre ce genre de théorie fumeuse !

– Je sais, répond-elle d'un air entendu, tu voulais que je te dise ce que je pensais de son attitude envers toi, mais ce point-là peut attendre. Tom n'est pas gay, ma poule. Il est très, très canon, on est d'accord, mais ma main au feu qu'il aime les chattes !

– Kitty ! m'exclamé-je, les joues cramoisies.

J'attrape le verre de Tom, le seul qui soit vide puisqu'il l'a descendu en deux minutes pour se sauver au plus vite, et m'éloigne.

Tandis que je le savonne dans l'évier, Kitty rit toute seule.

– Tu as vu sa tête quand je me suis penchée vers lui ? Selon moi, il est d'une part très hétéro, et d'autre part pas très à l'aise avec les petits canons qui se jettent sur lui. Vu l'ardeur que tu mets à te voiler la face et sa maîtrise de la drague, vous n'êtes clairement pas sortis de l'auberge.

– Mais qu'est-ce que tu racontes ? Et puis, bien sûr qu'il est gay ! m'entêté-je en fronçant les sourcils, toujours dos à elle. J'ai passé assez de temps avec Tom et son cher et tendre pour en être sûre ! Je suis fourrée à la plage avec eux sans arrêt. Crois-moi, Kyle le couve du regard comme s'il était la huitième merveille du monde. Un tsunami pourrait nous foncer dessus, Kyle ne s'en rendrait même pas compte. Vraiment.

Tom m'a même dit il y a moins de deux jours, assassinant par la même occasion mes derniers rêves de romance, que Kyle était la personne qu'il aimait le plus au monde. Mais qu'il ne fallait pas trop le lui dire sinon il prendrait la grosse tête. Franchement, je n'ai pas fait venir Kitty pour savoir si Tom est gay ou pas. Je le sais.

– Mais est-ce que tu les as déjà vus s'embrasser ?

Je continue à frotter mon verre avec conviction. Tom y a à peine posé les lèvres, mais j'ai besoin d'occuper mes mains pour supporter des inepties pareilles.

– Non, pas vraiment… Ils sont pudiques ! Et puis, concentrons-nous sur ma demande au lieu de délirer sur sa prétendue hétérosexualité : qu'est-ce que tu penses de son attitude envers moi ?

– Tu as raison, acquiesce Kitty. Mais je te rassure, de ce côté-là aussi, tous les voyants sont au vert. J'aurais pu m'asseoir à califourchon sur lui, il n'aurait pas cillé. Si quelqu'un dans cette pièce l'intéressait, c'était forcément toi !

Je pose le verre sur l'égouttoir et m'essuie les mains.

– Bon, on y va ? Je n'ai pas envie de passer la soirée dans mon studio alors que j'ai quartier libre. On parlera de ça plus tard.

On quitte Santa Monica dans la petite voiture décapotable de Kitty, direction Los Angeles. C'est une vieille New Beattle dont le moteur fait un sacré boucan, mais Kitty l'adore, tout comme moi.

Arrivées près de Malibu, on doit s'y mettre à deux pour repositionner la capote, miracle qui n'intervient qu'après dix minutes d'efforts acharnés.

– Bon, revenons-en à nos moutons, déclare Kitty : Tom et ses jolies fesses musclées !

J'ignore pourquoi elle éprouve le besoin de recentrer le débat, elle m'a rebattu les oreilles avec Tom tout le long du trajet.

– Admettons que lui et Sexy-Kyle soient effectivement en couple. Juste pour les besoins de ma démonstration, bien sûr. Pour moi, votre rapprochement ne pourrait signifier qu'une seule chose…

– Quoi ? questionné-je d'un air inquiet.

– Ils vont bientôt te proposer un plan à trois.

– Mais non ! Tom n'est pas du genre à proposer un plan à plusieurs, enfin ! m'exclamé-je peut-être un peu fort, car un groupe de filles que l'on croise pouffe de rire.

Kitty secoue la tête.

– Viens, on va se chercher une glace, proposé-je en la tirant par le bras.

On commence à faire la queue sous les lumières roses électriques des bars et stands de boissons de Malibu.

– Si Tom est gay, reprend Kitty, ce qui se passe entre vous n'est pas normal. Vous passez tout votre temps ensemble, il reste même dormir pour veiller sur ton précieux sommeil ! Ça ne ressemble pas à une amitié classique, même avec un meilleur ami gay. En tout cas, ça ne ressemble pas à une relation vouée à rester platonique, quelle que soit l'orientation sexuelle des participants !

– Tu sais, j'aimerais bien que tout ce que tu dis soit vrai. Mais je me compare souvent à Kyle. Chaque fois, je me dis qu'en plus d'être une nana, ce qui est déjà rédhibitoire, je mange des Kinder au petit déjeuner, et je regarde en cachette des rediff de *Charmed* en pyjama pilou. Vraiment, il n'y a pas de quoi le faire changer de bord.

– On ne sait pas à quoi le fétichisme de certains peut s'accrocher. Il pourrait très bien être fan de ton pyjama licorne violet. Moi, je le suis, par exemple.

– Mais ça ne te donne pas des bouffées de désir irrépressibles pour moi !

– En effet, pouffe Kitty.

– Quoi qu'il en soit, je ne sais pas ce que je ferais avec quelqu'un comme Tom. Je suis trop inexpérimentée et trop… moyenne, pour lui. Avec sa carrière, la maison qu'il rénove à Los Angeles, tous ses voyages autour du monde, ses vagues de la taille d'un immeuble de huit étages, ses petites nages à la cool en bas des rochers à l'aube… Même s'il était hétéro, je n'aurais aucune chance avec un mec pareil.

– Oh là là, c'est pas possible d'avoir une estime de soi aussi pourrie ! Je n'ai qu'une hâte : qu'il te fasse une déclaration enflammée, pour que je puisse ensuite m'écrier : « Je te l'avais bien dit ! »

Je ne peux m'empêcher de sourire. Kitty est folle, je ne dois pas l'écouter.

– Bon, et Kyle, il est comment ? poursuit-elle.

– Je te l'ai décrit l'autre jour. Parfait.

– Entre un peu plus dans les détails, que je me fasse une idée.

– Il est… drôle, touchant, sexy comme un Dieu. Pas étonnant qu'ils soient ensemble depuis si longtemps avec Tom.

– Tu n'aurais pas une photo ?

– Hmm… Je pense que si.

Je fouille dans mon portable et retrouve un cliché crève-cœur pris la semaine dernière, en plein entraînement. Je tends mon portable à Kitty, qui bloque complètement.

– Tu ne trouves pas qu'ils ont les mêmes yeux ?

– Mais non, m'agacé-je en lui arrachant presque mon téléphone des mains.

– En tout cas, il est hyper-canon, lui aussi. Franchement, je ne sais pas lequel je préférerais. S'ils étaient d'accord, je crois que je ne choisirais pas, je prendrais les deux !

– Euh… Je te rappelle que tu es avec Matt depuis le lycée ? Et que vous parlez de vous fiancer ?

– Oui, ouiii, rit-elle. Justement, c'est pour ça que ça me fait du bien de rêver ! Bonsoir, menthe chocolat pour moi et fraise coco pour elle, annonce-t-elle au glacier devant qui nous venons d'arriver.

Il prépare notre commande en se dandinant sur de la musique électro.

– La question ne se pose pas, de toute façon. Ils sont gays et très amoureux.

– Tu t'enfonces dans le déni, pouffe-t-elle. Mais si Tom l'est vraiment, le hasard a ses raisons, je dois dire. Pile poil aux dimensions de ta phobie des relations sérieuses ! Comme ça, tu peux être amie avec lui en toute sécurité. Pas d'accident, pas de cœur brisé, pas de dépression. Avec lui, tu ne risques rien.

– Ça n'a rien à voir, ronchonné-je. Il a Kyle pour les parties de jambes en l'air et moi, je profite de son amitié.

– Amitié ou pas… pour moi, tu vas bientôt passer à la casserole, avec au moins une de ces deux bombes atomiques. Si ce n'est les deux !

Elle explose de rire en tendant un billet au vendeur, et on rejoint le sable tandis que nos cornets dégoulinent déjà de glace fondue.

L'air chaud balaie nos cheveux et on profite d'être ici, toutes les deux. Kitty a beau être totalement hors de contrôle, je l'adore. Elle est semblable à un Jiminy Cricket qui ne me murmurerait que des insanités.

– Et comment ça se passe entre Kyle et toi ? questionne-t-elle au bout d'un moment.

– Oh ! J'essaie de me retrouver le moins possible en sa présence. Tom croit que je le déteste, mais c'est le contraire, je l'adore. C'est juste qu'avec lui, je me sens insignifiante. Il est…

– Vraiment *hot*, achève Kitty à ma place.

– Ouais, avoué-je, avant qu'on se mette toutes les deux à rire franchement.

– Mei, à ce stade, même si Tom est gay, je te conseille de tenter le plan à trois. Ce serait vraiment dommage de passer à côté d'une occasion pareille !

Je ne prends même pas la peine de répondre. Mes « Kittyyyy » insistants ne servent à rien sinon à encourager ses élucubrations. Plus je la sermonne, plus elle en rajoute.

D'autant que ma meilleure amie a un vrai talent pour comprendre ce qui se trame dans la tête des gens, notamment dans la mienne. Elle me pratique depuis un moment, elle a identifié tous les fusibles qui étaient grillés. Et c'est ce qui me fait peur.

Et si elle avait raison au sujet de Tom et Kyle ? Je ne suis définitivement pas une experte pour analyser les signaux qu'on m'envoie. Ni les réactions des gens… Ni la vie en général, en fait.

Et si Kitty disait vrai, et que je m'étais plantée depuis le début ? Cette idée est si déstabilisante qu'elle me glace, tout à coup, mon cône à la main et les pieds dans le sable fin de Malibu.

Non, impossible. Les implications de cette erreur seraient bien trop graves. Je me serais rapprochée de Tom sans aucune précaution, et un geste de ma part suffirait à tout faire partir en flammes, dans une nuit torride de sexe débridé. Kyle ne serait pas son mari. Tom ne serait plus mon meilleur ami rassurant, mais l'homme de ma vie. Et il deviendrait la menace la plus sérieuse pour mon équilibre. Celui qui, au lieu de me soutenir, pourrait me faire basculer dans une dépression sans fond, s'il me rejetait.

Non, non, on arrête le délire. Tom est gay. C'est sûr. Certain. Parce que s'il ne l'est pas, je n'ai plus qu'à m'enfuir en courant. Et je l'aime trop pour me passer de lui.

CHAPITRE 22

MEI

Fendant les rangs de mes collègues cyborgs, qui tamponnent leurs formulaires sans réfléchir, je glisse discrètement sur le côté à l'aide de ma chaise à roulettes.

– Gloria ! Psssst !

Pas de réaction. Soit ma collègue est sourde comme un pot, soit elle a décidé de m'ignorer aujourd'hui. Je vais insister un peu pour en avoir le cœur net.

– Gloriiiiaaaa, pssssssst ! Heeeey !

Elle donne un dernier coup de tampon et referme son dossier délicatement, avant de se tourner lentement vers moi.

– Oh ! Mei, fait-elle en plissant les yeux. Ça va ? Tu as besoin de quelque chose ?

Pas la peine de faire l'innocente, elle sait très bien de quoi j'ai besoin !

– Tu veux faire affaire ? chuchoté-je en donnant des coups d'œil discrets autour de moi.

Pour garder mon boulot malgré la surveillance de Gloria, il a bien fallu que je trouve une solution ! Et l'addiction de ma geôlière à la nourriture asiatique est le fer de lance de ma stratégie. J'ai en effet pris conscience récemment que les plats que je concoctais sur mon temps libre étaient une monnaie d'échange bien plus sûre que le dollar… Je prépare donc pour Gloria des recettes à tomber par terre, qu'elle sert ensuite à ses copines en prétendant les avoir faites elle-même. En échange, elle vante mon implication au patron. C'est donnant-donnant.

Alors qu'il espérait relancer ma productivité en faisant d'elle ma surveillante attitrée, M. Grant m'a seulement transformée en gestionnaire de réseau de contrebande. Pour traiter le nombre de litiges nécessaires chaque jour, je passe sous le manteau nems, samosas et rouleaux de printemps à une dizaine de collègues, qui traitent ensuite pour moi tous ces dossiers assommants. J'aurais dû y penser plus tôt, aujourd'hui quatre-vingt-quinze pour cent de mes résultats proviennent de mon système de redistribution du travail !

À trois semaines de l'obtention de mon diplôme d'art, je me rends compte que j'aurais peut-être dû faire cette école de commerce, finalement.

– Combien tu me prends de dossiers ? chuchoté-je en me rapprochant un peu.

– Je ne sais pas, répond-elle sans dissimuler son plaisir. Combien tu as de nems ?

– J'ai tout ce qu'il faut pour quatre personnes. Ton mari est toujours végétarien ? J'ai aussi fait des tas de samosas aux légumes, chuchoté-je.

– Oui ! s'enthousiasme-t-elle, les yeux brillants. Mon Dave adore tes samosas. OK, je te prends dix dossiers.

– Douze ?

– Onze.

– Tope-là !

On se serre la main et je retourne à ma place. C'est au tour de ma collègue de rouler jusqu'à mon bureau, où l'on procède à l'échange en quelques gestes efficaces. Si j'échoue dans la bande-dessinée, je me reconvertirai en *dealeuse* dans un coin pourri de Los Angeles, j'ai déjà le sens des affaires et une technique affutée !

– Qu'est-ce que vous trafiquez toutes les deux ?

Je manque de pousser un cri lorsqu'une silhouette imposante se dresse au-dessus de nous. De son côté, Gloria renonce juste à temps à se propulser vers sa place d'un mouvement énergique, en se rendant compte que ce n'est que Josh, et pas M. Grant venu nous prendre la main dans le sac.

– Oh ! Bonjour Joshua ! s'exclame-t-elle, tandis que ses joues se teintent d'une couleur pivoine.

– Salut ! répond-il avec un sourire éclatant, qui vient très bien compléter son attitude de beau gosse. Qu'est-ce que vous faites, les filles ?

– Rien de spécial, on discutait, avec Mei, c'est tout, répond-elle en relevant son chignon d'un petit mouvement de la main.

Gloria est sous le coup d'une attaque de Sexy-Josh, c'est le moment de rouvrir les négociations !

– Dis, tu m'en prendrais pas deux ou trois de plus ? proposé-je avec un air d'angelot.

Elle me jette un coup d'œil irrité.

– Euh… OK pour un de plus, accepte-t-elle avant de concentrer de nouveau son attention sur Josh.

J'ajoute un dossier à sa pile avec un plaisir évident.

– Je me suis dit que j'allais venir rendre visite aux deux plus jolies filles de l'agence, s'amuse mon ami.

Gloria frémit. Je suis sûre qu'elle est à deux doigts de s'éventer avec mes dossiers. Il vaudrait mieux que Josh s'arrête là, ou notre collègue quinquagénaire va s'allonger d'elle-même en PLS sur la moquette. Et qui tamponnera mes dossiers ? Hein ?

– On s'y remet ? m'exclamé-je avant que ma voisine tombe dans les pommes. C'est pas tout ça, mais une montagne de travail nous attend !

Sortant de sa torpeur, Gloria jette un coup d'œil à ses mains chargées et fronce les sourcils.

– Ça en fait quand même pas mal, finalement…

– Mais tu es super efficace, tu t'en sortiras à merveille, la rassure Josh.

Sa voix grave balaie les réticences de cette perfectionniste du travail ; qui affiche de nouveau un air de jeune fille candide.

– Arrête, tu dis ça pour me flatter.

– Pas du tout, assure-t-il avec un sourire désarmant.

– Roh ! N'importe quoi, roucoule-t-elle en virant carrément au rouge écrevisse. Bon, allez, j'y retourne…

– Bye, fait-il avec un ultime clin d'œil.

Gloria rejoint son bureau et je me tourne de nouveau vers mon acolyte. Loin de moi l'envie de me moquer de ma voisine, il faut admettre que Josh est bâti comme un gladiateur, et que son charme asiatique ne gâche rien.

Pendant des mois, j'ai sous-estimé son pouvoir hypnotique. Si j'avais su, j'aurais sans doute pu mettre en œuvre ce système depuis bien longtemps ! Nos statistiques à tous les deux auraient été proprement hallucinantes !

– Déjà l'heure de la pause ? m'exclamé-je en jetant un coup d'œil à ma montre imaginaire.

Josh rigole et consulte son téléphone une seconde.

– Il n'est même pas 9 heures.

– Il est sans doute celle de la pause quelque part dans le monde. Et puis j'ai été très productive ce matin, vraiment !

Je me lève, ravie d'avoir rempli les objectifs de la journée en seulement cinq minutes. Je ne compte pas le temps de cuisine, étant donné que j'ai aussi fait des nems pour Tom et moi.

– Alors, tu viens ? interrogé-je Josh.

– C'est bon, je te suis, s'amuse-t-il.

Mon ami abandonne son chariot de dossiers sans regrets et on monte à pas précipités l'escalier qui mène au toit. On s'installe sur le muret qui nous sert souvent de banc, avant de contempler la mer silencieusement pendant un moment.

– À quoi tu penses ? demande finalement Josh.

Je réfléchis à ma bande dessinée, que j'adorerais envoyer à l'éditeur de mes rêves tout en craignant qu'il ne la trouve pas à la hauteur. À Tom, dont je suis définitivement en train de tomber amoureuse, malgré les dangers et ma propension à tout ruiner quand quelque chose de positif se profile à l'horizon. À la réunion des anciens de mon lycée, qui arrive à grand pas et me terrorise. À ma grand-mère, qui fera une syncope lorsqu'elle apprendra que je suis en passe d'obtenir un diplôme en gribouillage et que je ne rejoindrai jamais son entreprise florissante.

– À l'océan, annoncé-je finalement. Au moins, ici, je n'ai pas besoin de monter sur ton dos pour l'apercevoir ! m'amusé-je en le bousculant gentiment de l'épaule.

– J'aime bien quand tu montes sur mon dos, moi.

– Moi aussi, avoué-je dans un rire.

– Je suis content qu'on ait repris notre petit train-train ces derniers temps. Je me suis inquiété quand tu as disparu une semaine.

Sa sollicitude me surprend. Bien sûr, je me doutais qu'il allait se rendre compte de mon absence, on prend toutes nos pauses ensemble. Mais je n'imaginais pas qu'elle puisse l'alarmer.

– J'étais juste un peu malade. Rien de grave.

Dans un sens, c'est la vérité. J'étais malade de mes souvenirs et de mes cauchemars, que j'ai de plus en plus de mal à garder à distance.

– Mei, je me demandais si un soir… tu accepterais d'aller boire un verre avec moi ?

– Avec plaisir ! Je peux proposer à Kitty de venir ? Tu sais qu'elle t'adore, m'amusé-je avec un clin d'œil.

Silence.

– Je pensais plutôt à un moment *tous les deux*. Ça fait au moins dix fois que j'essaie de t'inviter à sortir mais tu ne comprends jamais où je veux en venir. Du coup, je vais me montrer factuel : toi, moi, boire un verre. Oui, c'est un rendez-vous et oui, je suis un garçon sérieux qui préfère les relations exclusives. Qu'est-ce que tu en penses ?

J'entrouvre les lèvres, surprise et décontenancée. On ne pouvait pas faire plus clair. Josh vient bien de m'inviter à sortir avec lui, parce qu'apparemment, je lui plais.

OK.

Tout va bien.

Je garde un visage stoïque, alors qu'à l'intérieur, je pousse des hurlements de terreur.

Mon ami me fixe avec des yeux de chiot, suspendu à mes lèvres. Une partie de moi voudrait se défiler, mais… une autre en a marre.

Je suis toujours en train de fuir, de me mentir. À dire vrai, je m'épuise moi-même. Comment font les autres pour gérer leurs angoisses ? Pourquoi suis-je la seule à m'enfermer dans une spirale de non-sens chaque fois qu'un sujet paraît dangereux ? Quel est mon problème, au juste ?

Accepter un rendez-vous, sortir de ma zone de confort me libérera d'une partie de mes peurs. Peut-être seulement pour m'éloigner de l'épineux sujet « Tom Harper », et de la foule de questionnements que ma soirée avec Kitty a soulevés, mais au moins, j'avancerai. Je ne peux pas rester bloquée pour toujours à rêver du prince charmant tout en redoutant qu'il m'approche. J'ai envie de vivre, et d'être heureuse. De prendre mon existence en main ! Telle Wonder Woman, mais en short et en tongs. Alors…

– D'accord, annoncé-je finalement d'une voix tendue.

– Dis donc… quel enthousiasme !

– Pardon, je voulais dire : « Oui, avec plaisir. »

– Tu en es sûre ?

Je lâche un rire nerveux, tout en prenant conscience que je dois beaucoup ressembler à Gloria il y a dix minutes. Une vraie jeune fille en fleur, émue et flattée que Josh lui accorde de l'attention !

– Oui. J'ai très envie de sortir avec toi, affirmé-je en me sentant devenir écarlate.

Il a l'air sincèrement ravi. Tout à coup, je le regarde un peu différemment. Il est vraiment mignon, et puis gentil, doux, serviable. Et c'est mon ami. Il ne me fait pas rêver comme Tom, mais Tom ne sera jamais à moi. Il est temps que j'essaie de tomber amoureuse de quelqu'un d'autre.

CHAPITRE 23

TOM

Elle va arriver. Il n'y a pas de raisons de s'inquiéter, je suis sûr que Mei est en chemin. Elle ne me laisserait jamais tomber alors que c'est elle qui a proposé de faire ça.

Il y a du monde sur le spot, mais j'ai choisi un endroit où on ne gênera personne. Depuis tout à l'heure, je nous visualise sur ce lieu précis. C'est le bon.

Pourquoi elle n'est toujours pas là ?

Je sens ma gorge se nouer au fil des minutes qui passent. On avait bien dit 15 heures, non ? Je suis hyper-stressé. Grâce à Mei, j'ai acté que c'était aujourd'hui ou jamais que je retrouvais l'océan qui m'est si cher. Maintenant que j'ai pris cette décision, j'ai un accord avec moi-même, je ne peux plus reculer. Si elle me plante, je crois que c'est fini. J'abandonne, je range cette foutue planche et je deviens commentateur sportif.

– Hey !

Le son de sa voix envoie mes peurs voler loin de moi. Je pivote et la vois arriver rapidement, tout essoufflée. Le plaisir et le soulagement qui déferlent en moi sont presque étourdissants. À quelques mètres, elle arrête de courir et dégage les mèches qui masquent sa vue, puis s'appuie sur moi pour reprendre son souffle.

– Ça va ? m'amusé-je, gérant comme je peux mon euphorie de la voir là. On dirait que tu viens de finir le marathon de New York.

– J'ai sprinté, prononce-t-elle difficilement. J'ai mis une éternité à enfiler la combi, c'est l'enfer, ce truc ! Et puis je me suis trompée de parking, du coup, j'ai dû faire quasiment deux kilomètres dans le sable.

– T'es irrécupérable.

– Je sais, acquiesce-t-elle avant de s'affaler quasiment sur moi, afin de reprendre ses esprits.

Elle peut prendre le temps qu'elle veut. Maintenant qu'elle est là, je n'ai plus aucune excuse pour me défiler, alors chaque seconde avant d'affronter l'océan est précieuse.

– Et qu'est-ce qui te rend confuse comme ça ? la taquiné-je avec un sourire. On dirait que tu viens de croiser Lady Gaga.

Elle hésite à rire, mais se contente de rougir et de lâcher sa prise sur moi.

– Oh ! Rien, c'est juste…

Elle m'observe, la bouche ouverte. On dirait qu'elle hésite à parler.

– Allô la lune ? C'est juste quoi ? demandé-je en haussant les sourcils.

– J'ai accepté un r…

Je l'observe toujours sans bouger.

– Tu as accepté quoi, petit extraterrestre ? Parle, le suspense est insoutenable !

Mais elle finit par refermer la bouche.

– Nan, laisse tomber, conclut-elle avant de me contourner. On n'est pas là pour ça. C'est pour moi ?

Elle se place devant la planche que je lui ai apportée, plantée dans le sable à côté de la mienne.

– Ouaip.

– Mais elle est immense !

– Deux mètres dix.

– J'ai pas besoin de tout ça ! Tu m'as bien regardée ? Je suis minuscule.

– Crois-moi, tu en auras besoin. Plus la planche est grande et large, plus tu seras stable. Tu seras très bien dessus. Tu me fais confiance ?

Mei hésite un instant puis hoche la tête.

– Ben oui. J'ai pas trop le choix. En plus, c'était mon idée, marmonne-t-elle.

J'enroule un bras autour de ses épaules, comme je le fais souvent, et profite de ce contact pour me gonfler à bloc, avant de la libérer.

– Tu as besoin qu'on révise une dernière fois avant d'y aller ?

– Ah non ! J'ai fait du gainage chaque soir, ramé les bras dans le vide sur une chaise pendant des heures, me suis allongée puis mise debout cinquante fois par jour, je suis prête. On arrête la théorie.

L'écouter retracer son entraînement a un effet curieusement excitant sur moi. Si Mei se met réellement à surfer, je ne réponds plus de rien. *Friendzone* ou pas, je risque d'avoir beaucoup de mal à me retenir de me jeter sur elle.

– Tu as vraiment pris ton entraînement au sérieux, dis-moi, commenté-je d'une voix rauque.

– Un professionnel propose de m'apprendre à surfer, je n'allais pas me traîner comme un mollusque. J'ai une dignité, moi, monsieur ! affirme-t-elle en bombant la poitrine.

Elle m'arrache un rire sincère.

– Alors… tu es prête ?

Je referme un bras crispé autour de ma planche.

Mei se tourne vers moi et son hilarité disparaît peu à peu. Le vent joue avec les mèches qui se sont échappées de sa queue-de-cheval. Elle ancre son regard dans le mien, puis m'offre le plus beau sourire que j'aie jamais vu. Elle a l'air décidée, prête à se laisser gagner par le *surf spirit*, la communion avec les vagues, la sensation d'être privilégié, de danser sur une houle fascinante, vivante.

– Je suis prête. Et toi, tu l'es ?

Mon cœur accélère sa course et accentue la sensation de flottement que j'éprouve depuis que je me suis levé. La peur s'est diffusée en moi pendant plusieurs heures, et l'adrénaline m'a donné cette impression déstabilisante d'être moins profondément ancré dans mon corps. Mais maintenant que Mei est près de moi, la situation s'inverse. Un courant électrique que je connais bien se remet à circuler en moi. J'ai de nouveau l'envie et le besoin de surfer, surtout si c'est avec elle.

J'aimerais qu'elle aussi, pendant quelques minutes ou quelques heures, ait l'impression que plus rien n'existe en dehors de l'océan, sa planche, et elle en train de voler. Je veux lui montrer ce que ça fait. Ce qu'on ressent.

– Je suis prêt.

– Alors on y va !

J'esquisse un signe de tête, et on avance sur le sable. Le simple fait de suivre cette trajectoire avec ma planche me noue la gorge.

J'y retourne, d'accord. Mais l'océan voudra-t-il de moi ?

Au moment où mes pieds touchent l'eau, je m'arrête. J'ai parcouru ce chemin des milliers de fois, il est tellement familier, et pourtant si nouveau. Des années de pratique me percutent de plein fouet. Mes premières tentatives quand j'étais junior, puis mes progrès rapides. Les premiers stages intensifs à l'étranger, la rencontre de mes amis : Neil, Tyler, Jason… dont je me suis coupé après mon accident. J'étais trop honteux, trop déprimé pour accepter que cette vie existe toujours, sans moi.

Je jette un petit coup d'œil en arrière et vois que Mei porte difficilement sa planche. J'essaie de l'aider, au moins à se mettre à l'eau, mais elle m'adresse un grand signe du bras.

– Pars devant ! Je te rejoins ! assure-t-elle, essoufflée.

Je n'ai pas prévu de l'abandonner derrière moi, alors je l'aide à rejoindre l'océan. Je me sens tellement heureux de vivre ce moment avec elle.

On repart et, cette fois, je me mets à courir. La sensation est grisante. Le sable sous mes pieds, le bruit des vagues, l'air de la mer. L'eau froide me saisit au cœur. J'ai l'impression de rentrer chez moi après une absence trop longue.

Je jette ma planche devant moi et m'y installe, dans un état proche de l'euphorie. *Je suis à ma place. Je peux cesser de m'en vouloir pour le jour où j'ai perdu la raison.*

J'essaie d'aider Mei, de lui donner des indications, mais elle reçoit vague sur vague et a un mal fou à utiliser le courant pour atteindre le *line up*. Elle n'a plus de bras au bout de dix minutes, est épuisée à force de ramer. Je réprime mon désir de foncer vers les vagues pour retrouver mon océan chéri, afin de rester avec elle. Mais elle est vite K.-O.

– Tom, je suis là pour toi, pas le contraire, souffle-t-elle au bout d'un moment. Va, tu vois bien qu'elles t'appellent !

Elle désigne les vagues du menton, avec une bienveillance et un plaisir évidents. Elle veut que je vive ce moment à fond.

– Tu essaies de te mettre debout au moins une fois ? proposé-je, tandis qu'on tangue sous les remous.

– Je ne suis pas sûre d'y arriver…

– Moi, si. Viens !

Je donne un peu d'élan à sa planche et rame à ses côtés. On atteint finalement le *line up*, où l'on attend le déferlement de la vague. Mei a l'air un peu stressée, mais j'ai foi en elle, elle va très bien s'en sortir. Après une minute, une vague se forme, tout près de nous, et je l'incite à la prendre, tandis que je reste en arrière.

– Tu es sûr ? s'inquiète-t-elle.

– Vas-y !

Elle avance à toute vitesse et se lève presque au bon moment. On voit qu'elle s'est entraînée, elle se positionne pile comme il faut, mais le timing n'était pas le bon. Elle est à peine accroupie qu'elle bascule sur le côté.

La voir essayer de se mettre debout sur cette planche me donne des idées carrément excitantes. C'est bizarre, non ? Mais j'ai toujours rêvé de partager cette passion avec ma copine, de sortir de l'eau, rincé, plein de sable et de sel, et d'embrasser celle qui partage ma vie à pleine bouche. Qu'on plante nos planches de travers pour se jeter l'un sur l'autre, ivres du même désir. Sauf que Diana ne voulait pas se mouiller les cheveux et détestait avoir de l'eau sur le visage. Mei, quant à elle, est naturelle, elle se jette à la mer avec plaisir au moment de tomber. Quand elle émerge, elle prend une deuxième vague en pleine figure, et rit tout ce qu'elle peut en retrouvant enfin la surface.

Je nage jusqu'à elle.

– Réessaie, je suis sûr que tu vas bien t'en sortir, cette fois.

– Je suis nulle, s'exclame-t-elle avec le sourire, en se cramponnant à sa planche comme à un radeau de fortune.

– Tu vas y arriver, affirmé-je en la regardant dans les yeux.

Elle est bientôt cuite, j'en ai peur. Mais elle est à deux doigts de réussir ! Si elle se met debout aujourd'hui, je suis sûr qu'elle aura constamment envie de réessayer. C'est trop bon, trop addictif pour renoncer une fois que l'océan nous a pris dans ses bras.

Elle approuve d'un hochement de tête, remonte en selle, puis rame, rame encore, et soudain je lui crie :

– Maintenant !

Sous mon regard concentré, elle se lève. Elle est magnifique. Le bonheur qui me foudroie est tellement puissant qu'il me semble irréel. Mei avance sur quelques mètres et finit par se remettre à quatre pattes, avant de basculer sur le côté.

Un soupir m'échappe. *Je suis vraiment très, très amoureux de cette fille.*

Je rame jusqu'à elle et l'aide à s'accrocher à sa planche.

– Ça va ? demandé-je, un peu perturbé par ce moment de grâce.

– Ouais ! C'était génial. Par contre… je suis morte.

Et elle recommence à rire.

– Alors c'est le moment de sortir, avant de te blesser.

– Pour moi, oui, répond-elle avant de fermer les yeux quelques secondes, tandis que les restes d'une vague nous bousculent. À toi, maintenant !

Elle se penche vers moi, passe une main autour de mes épaules et dépose un baiser sur ma joue.

– Épate-moi !

Un peu confus, je la regarde s'éloigner en ramant à moitié, se laissant porter par le courant pour le reste. Elle a tout donné. Elle m'a tout donné. À mon tour de faire de même.

Dès que Mei a rejoint le sable, je sens une autre énergie me gagner. Mes poils se hérissent sur mes avant-bras. C'est parti !

Je me déplace, change de zone sur le spot. Il faut avouer que ce nouvel emplacement est bien meilleur, c'est pour cette raison qu'il est bondé. Je rejoins les autres surfeurs, qui attendent leur tour. Je me place près d'eux et on échange un signe de tête.

On est tous là pour la même chose, on connaît cette sensation grisante, on partage ce plaisir, même si on a rarement les mots pour transmettre notre émotion.

Voilà ce que j'avais oublié, le jour où je me suis jeté sur Mavericks pour la dominer. On n'est pas là pour ça. Ce n'est pas ça, le *surf spirit* que l'on a hérité des Tahitiens, les premiers à s'être dressés sur leurs planches. L'océan ne donne qu'à ceux qui sont humbles, patients, et savent partager ce qu'il leur offre avec leurs semblables.

Lorsque c'est mon tour, je n'hésite pas une seule seconde. Je me sens à ma place. Je me souviens de tout, maintenant. Calme et confiant, je me lève et glisse, face au vent. Je me reconnecte à celui que j'ai toujours voulu être.

Tandis que je laisse ma main effleurer le cœur de la vague, ma douleur se dissout dans l'eau. Je ferme les yeux un instant. C'est bon d'être à la maison.

CHAPITRE 24

TOM

– Tom ? Toooom ? T'es là ?

Mei tambourine frénétiquement à ma porte. Ses appels répétés me sortent de la sieste que j'ai entamée il y a quelques minutes.

Ma matinée de surf m'a terrassé. Depuis que j'ai repris mon entraînement habituel, il y a dix jours, mes journées sont éreintantes, mais le sentiment d'euphorie qui les accompagne m'incite à tout donner. Quant au bonheur évident de mon frère, il ne gâche rien.

J'entrebâille la porte et présente seulement un œil méfiant.

– Encore un témoin de Jehova ! Je ne suis pas intéressé, madame ! m'exclamé-je avant de refermer.

– Tom, il faut que tu m'aides, ronchonne ma voisine derrière le battant.

Je rouvre, cette fois en grand, et redeviens sérieux une minute.

– Qu'est-ce qui t'arrive ?

– Ma voiture est en panne…

J'éclate de rire.

– Tu m'étonnes.

Elle joint les mains devant elle et prend un air suppliant.

– S'il te plaît, il faut que tu me déposes à mon école. C'est seulement pour aujourd'hui, je trouverai une solution demain. S'il te plaîîît.

Elle me regarde avec de grands yeux auxquels je ne peux absolument pas résister. Si elle a besoin d'aide, évidemment que je suis son homme. J'affiche une attitude faussement blasée et enfile des tongs.

– OK, OK… J'arrive.

– Merci ! s'écrie-t-elle en se jetant contre moi pour m'embrasser sur la joue. T'es le meilleur.

Il faut qu'elle arrête ça, ça va finir par me faire perdre les pédales.

– Où est ton école, au fait ?

– À Los Angeles. On y va ? Je suis déjà super à la bourre…

Alors qu'on roule direction la Turner Art School de LA, Mei est cramponnée à un grand carton à dessin noir, qu'elle a décoré avec des tas d'autocollants. Elle regarde sa montre toutes les dix secondes, comme si ça allait nous faire arriver plus vite. Ça fonctionne, dans un sens, car je finis par écraser l'accélérateur pour la déposer le moins en retard possible à son cours.

Mei n'est pas très prolixe aujourd'hui, mais j'aimerais bien en savoir un peu plus sur notre destination, à part l'adresse qu'elle a entrée sur mon GPS.

– Tu as cours de quoi, exactement ?

– De dessin.

– Juste de « dessin » ? Pas une technique particulière… ou…

– Juste de dessin.

– OK. Et c'est tous les mardis ?

– Et les jeudis, répond-elle en regardant à travers la vitre. Ce sont des matières différentes, les autres jours. Plutôt du dessin numérique et de la 3D.

J'ai l'impression d'être le père d'une adolescente qui préférerait mettre sa musique à fond dans ses écouteurs plutôt que de me parler. Pourquoi ne veut-elle rien raconter ? Ses cours de dessin sont un secret mieux gardé que les codes de sûreté nucléaire.

– Tu me montreras ce que tu fais, une fois ?

– Non.

Elle resserre sa prise sur la poignée de son carton à dessin, comme s'il allait s'ouvrir à tout moment et révéler un contenu honteux.

– Mais c'est gentil de m'emmener, murmure-t-elle finalement.

– Pourquoi tu ne veux pas me montrer ce que tu fais ? Tu dessines du *hentai*[6], c'est ça ?

Je tourne la tête vers elle pour essayer de lire une réponse sur son visage.

---

6. Mangas érotiques.

– Mei, raconte-moi !

– Mais non, ce n'est pas du *hentai*, soupire-t-elle. Regarde plutôt la route, on roule à cent trente et j'ai envie de faire plein de choses avant de mourir.

En cas d'interpellation par la police, je pense qu'elle tiendrait au moins huit heures avant d'avouer qu'elle produit des soucoupes volantes. On a regardé des tas de films de super-héros ensemble, elle sait que j'adore ça, je ne vois pas pourquoi je me moquerais.

On débouche sur une avenue splendide. Je longe une rangée de palmiers, avant de m'immobiliser devant un portail en métal de plusieurs mètres.

– C'est là ! Merci beaucoup !

J'aperçois un campus vaste et luxueux, pavé de dalles blanches et ocre. Les murs des bâtiments sont d'un blanc éclatant, bas et carrés, tout à fait dans le style californien.

– Sympa, ton campus !

J'ai du mal à dissimuler mon étonnement. Sans être pauvre, Mei ne roule pas sur l'or, et tous les gens que je connais qui ont étudié dans des endroits pareils en sont sortis avec des prêts étudiants de plusieurs centaines de milliers de dollars. On n'avait jamais parlé de ce détail, elle et moi. Pas que ses dettes me concernent, mais elle ne raconte rien de ce qu'il se passe ici, tout ça est donc très nébuleux pour moi. Et me rend d'autant plus curieux.

Près du portail, des jeunes discutent en petits groupes, cartons à dessin sous le bras. Ils ont tous un petit côté *arty* assez cliché. Je les trouve différents de Mei, sans parvenir à expliquer pourquoi.

Ma jolie voisine ouvre la portière et descend en trombe.

– Attends !

Elle passe la tête à l'intérieur de la voiture.

– Combien de temps ça dure ?

– Trois heures. Mais ne t'embête pas à m'attendre, je rentrerai par mes propres moyens. Merci beaucoup, dit-elle avec un sourire, avant de claquer la portière.

Elle contourne le 4 × 4, traverse la route sans regarder et manque de se faire écraser par un bus.

Voilà, elle est partie, pensé-je tandis que mes warnings continuent à clignoter.

Je pourrais rentrer, et pourquoi pas en profiter pour retourner surfer un peu. Ou bien… je pourrais rester dans le coin et la ramener, montrant ainsi mon utilité.

Mei ne veut pas de moi sur son campus, j'ai compris le message. Mais on est dans un coin chic de LA, je dois pouvoir m'occuper deux ou trois heures sans trop de difficultés. Et quand elle finira son cours, on rentrera ensemble. Ma décision est prise : je vais me balader un peu, et ça va passer à toute vitesse.

Je traîne dans des boutiques branchées qui ne m'intéressent pas puis, sans m'en rendre compte, me retrouve à faire la queue à la station de lavage automatique du coin, sous un soleil de plomb, alors que mon véhicule est déjà parfaitement propre. J'avais oublié que Kyle adorait le lustrer, comme me presser des jus de fruits frais et repasser mes chemises.

Les gens derrière moi râlent en constatant que je passe le jet sur un véhicule étincelant. En conséquence de quoi, je prends encore plus mon temps, juste pour les emmerder.

Mon bolide brillant à l'extrême, je vais boire un café *latte* à 9 dollars dans un bar un peu trop branché à mon goût. La serveuse, la vingtaine et des tatouages partout, me fait un sourire sans équivoque avant de laisser son numéro de téléphone sur une serviette en papier. Je la contemple d'un air maussade. Mei me manque.

Après tout, est-ce vraiment une bonne idée de l'attendre par ici ? Qu'est-ce qu'elle va s'imaginer si elle se rend compte que j'ai fait le pied de grue tout ce temps ? Elle se dira sans doute que j'en pince pour elle. En même temps, ce n'est pas faux.

Deux heures trente se sont écoulées depuis que je l'ai déposée et je m'ennuie comme un rat mort. J'ai bu trois cafés et mangé un banana split étrange dans une coupe triangulaire, où banane, chantilly et glace ne se touchaient même pas. Je m'occupe désormais avec un jeu de mini-voitures sur mon téléphone. N'y tenant plus, je paie et quitte le bar, direction la Turner Art School. Ce n'est pas de la curiosité. C'est juste que j'aimerais bien voir où Mei passe tous ses après-midi.

Devant le portail, j'ai un moment d'hésitation. *Si Mei me trouve ici, elle va me tuer...*

C'est seulement pour cinq minutes, ensuite j'attendrai dehors !

Je remonte une grande allée décorée de palmiers et croise des tas d'étudiants. Certains sont pressés, d'autres traînent sur les pelouses. L'ambiance est cool, elle me rappelle le lycée juste avant les vacances d'été.

Après quelques minutes à me promener l'air de rien, je m'engouffre dans le bâtiment où ma voisine a disparu tout à l'heure. Les installations sont luxueuses et très lumineuses. Des travaux impressionnants sont exposés partout sous des lumières blanches.

J'avance, l'air de rien, lorsqu'au détour d'un couloir, je tombe sur une grande baie vitrée, qui donne sur la classe de Mei. Je m'immobilise, puis effectue un pas en arrière, craignant qu'elle me prenne sur le fait. Malgré tout, je profite de cet instant pour la regarder dessiner.

Penchée sur le carton qui lui sert de support, elle est rivée sur son travail, consciencieuse, appliquée. Elle esquisse une silhouette et lève de temps en temps la tête. Elle a ramené tous ses cheveux du même côté, sur son épaule gauche. Le soleil filtre à travers quelques mèches et trace des stries lumineuses sur sa planche. On dirait un ange.

Mes yeux balaient ensuite la pièce pour tomber sur un modèle masculin complètement nu, assis sur une chaise, les jambes écartées. J'ai un petit hoquet. Je ne savais pas qu'elle passait ses après-midi à dessiner des types dans leur plus simple appareil.

– Vous cherchez quelque chose ?

Je me tourne et tombe sur un homme d'une cinquantaine d'années portant de grosses lunettes et une chemise de créateur.

– Euh… non, j'accompagne une amie.

– Ah ! Oui, fait-il d'un air entendu.

Il se place à côté de moi et contemple la salle à son tour à travers la vitre.

– Je leur laisse quelques minutes pour avancer sans moi, j'ai l'impression que mon regard les stresse, s'amuse-t-il.

Je ne sais pas quoi lui répondre. C'est lui, le prof ? Tout à coup, je me demande si j'ai le droit de traîner ici. Je ne suis pas étudiant en art, ni même capable de dessiner quoi que ce soit avec des crayons de couleur.

– Je vous montre l'exposition ?

Je jette un dernier coup d'œil à Mei à travers la vitre. Elle lève le pouce et le pose sur son crayon, ferme un œil. Je n'y connais pas grand-chose, mais j'imagine qu'elle cherche à reporter les proportions de la… enfin, de ce type, sur son papier.

– C'est par là, dit le prof en avançant dans le couloir.

Je le suis jusqu'à une pièce lumineuse. J'y pénètre et me fige, sous le choc.

– C'est…

– Oui, je sais. Allez-y, vous pouvez faire un tour !

Je ne sais même pas quoi lui répondre, tant ce que j'ai sous les yeux m'impressionne.

– Je retourne voir ce petit monde. Mei n'en a plus pour que pour dix minutes.

Surpris, je me tourne vers lui.

– Comment savez-vous que c'est elle que j'accompagne ?

Pour toute réponse, il se contente de rire. Ce type est vraiment bizarre. Il quitte la pièce et me laisse avec une sensation de malaise.

Je ne devrais pas être là. Pourtant…

Certains travaux sont affichés sur les murs, d'autres, à disposition dans des cartons à dessin, posés sur des supports dédiés, qui invitent à les feuilleter. Je les effleure du bout des doigts. Ces réalisations me semblent intimes. Elles ont beau être mises à disposition du public, je n'ose pas les manipuler. Je me contente donc de regarder celles qui sont exposées.

Je fais lentement le tour de la pièce, épaté par ces traits, parfois si proches de la réalité, parfois abstraits mais empreints de force. Il y a surtout des corps, des silhouettes, des visages, des mouvements.

Certains sont en couleur et légendés « Concept art ». Je sais qu'on n'est pas loin des studios

DreamWorks et Pixar, certains étudiants aspirent peut-être à travailler pour eux après leur diplôme.

J'ai presque fait le tour de la pièce, lorsque je tombe sur un grand format à l'acrylique, que domine un bleu profond. Tout autour du modèle, des rayons jaillissent, puissants, donnant au personnage l'allure d'un dieu. Non… d'un super-héros.

Il me faut plusieurs secondes avant de comprendre ce que j'ai sous les yeux. Quand je m'en rends compte, je suis tellement surpris que je fais un pas en arrière. C'est… Enfin, je ne veux pas me donner plus d'importance que je n'en ai réellement mais… *C'est moi, non ?*

Je regarde autour de moi avec l'impression qu'on me fait une mauvaise blague. *C'est moi, j'en suis presque sûr !* Avec une sorte de combinaison faite de métal et de latex, bardée de symboles étranges. Et sur le buste du vêtement, mes cicatrices sont représentées par des traits lumineux.

Si j'avais un doute, cette fois, ce n'est plus le cas. On ne doit pas être beaucoup de blonds musclés à arborer une cicatrice en croix sur l'abdomen.

Un léger frisson danse entre mes omoplates. Je ne pense pas à ces marques. Je n'en ai pas honte, mais je ne les ai jamais portées comme une fierté non plus. J'ai eu un accident, j'ai des cicatrices, voilà tout. Je les ai oubliées dès qu'elles ont cessé d'être douloureuses, après quelques semaines de convalescence. Mais c'est comme ça que Mei les voit, elle ? Et pourquoi ne m'a-t-elle pas dit qu'elle m'avait dessiné ? Ça m'aurait flatté. D'autant que, désormais, je sais à quel point elle est talentueuse. Ce dessin est stupéfiant.

J'entends des raclements de chaises, puis des affaires que l'on range. *Il devient urgent que je quitte les lieux.*

Le professeur fait de nouveau irruption dans la pièce.

– Alors, vous vous êtes reconnu ?

J'ai un rire nerveux. Voilà comment il a su que j'accompagnais Mei, c'était à cause de ce *concept art*. Il faut que je me tire le plus vite possible.

– Je crois, oui.

J'esquisse un pas vers la porte, pressé de respirer l'air de l'extérieur.

– C'est bien que quelqu'un soutienne Mei, commente-t-il.

J'aimerais que ce type me lâche la grappe. Ma voisine va m'arracher la tête. Elle ne veut pas parler de ce qu'elle fait ici, si elle sait que j'ai vu son travail, ça va partir en sucette.

– J'ai l'impression qu'elle n'a pas besoin de moi, elle est déjà très douée, dis-je en essayant de contourner mon interlocuteur.

– Détrompez-vous, elle a désespérément besoin d'encouragements. J'ignore pourquoi elle se dévalorise de cette manière, mais une chose est sûre, avoir quelqu'un qui croie en elle à ses côtés est essentiel pour elle. Un vieux professeur, c'est bien, mais un amoureux, c'est mieux.

J'ai un pied hors de la pièce quand je m'interromps.

– On n'est pas ensemble, Mei et moi.

Le vieux émet un petit rire et me pose une main compatissante sur l'épaule.

– Qu'est-ce que tu fais là ?

La voix de Mei me fait l'effet d'un coup de massue. Je me contracte des pieds à la tête et me tourne lentement vers elle. *Merde !* Elle est tendue comme un arc et me foudroie du regard.

– J'avais deux trois choses à faire dans le coin, du coup, je suis revenu…

Bon sang, ma voix s'étrangle ! J'ai vraiment l'air de quelqu'un pris la main dans le sac. Parce que c'est le cas, bordel ! Elle me regarde avec un air tellement déçu et triste que je sens le sang refluer de mon visage. *Quel con je suis !* Elle ne voulait pas de moi ici, pourquoi est-ce que je suis incapable d'écouter ? Elle me l'a dit au moins dix fois !

– Et tu as fait une petite visite, rétorque-t-elle, acide, avant de balayer lentement la pièce du regard, jusqu'à cette version de moi encadrée au mur.

Elle déteste me voir ici, à un mètre de son dessin. Un léger voile de larmes lui monte aux yeux.

S'extirpant du drame qui est en train de se jouer, le professeur quitte la salle en disant je ne sais quoi. Je ne l'écoute plus. Mei en profite pour le suivre. Je m'engage immédiatement sur ses talons.

– C'est vraiment chouette, cet endroit… tenté-je de renouer la conversation, derrière elle.

– Oui, c'est ça. On y va ?

Son ton est rude, amer. Dans le couloir, on dépasse son prof, qui salue ses élèves un par un.

– Au revoir Mei, clame-t-il avec un sourire bienheureux.

– Au revoir monsieur Todd, répond-elle sans le regarder.

Moi aussi je suis en colère contre lui. S'il savait dans quel merdier il vient de me mettre, il n'arborerait pas ce sourire de crétin.

Mei se dirige vers la sortie sans m'attendre, je suis obligé de presser le pas pour la suivre. On se dirige vers ma voiture, garée juste en face. Je la déverrouille à distance, et ma voisine monte à l'intérieur sans un mot.

Après avoir démarré le moteur, j'attends une minute ou deux en me passionnant pour les feux rouges et les piétons. Une fois sur la quatre-voies, néanmoins, le silence se fait trop pesant.

– Tu veux mettre la radio ?

– Comme tu veux, répond-elle sèchement.

J'espère que sa colère ne va pas durer trop longtemps, car ça me met extrêmement mal à l'aise et surtout, ça m'inquiète. Je sais que j'ai merdé en venant fouiner jusqu'ici alors qu'elle m'avait spécifiquement demandé de ne pas le faire. Je ne pouvais pas l'écouter pour une fois, au lieu de l'emmerder ? Je ne sais plus quoi dire pour détendre l'atmosphère.

– Il est sympa, ton prof.

– Oui.

Elle se tourne ostensiblement vers sa portière et colle presque son nez à la vitre.

– Il… enseigne depuis longtemps ?

– Il est *concept artist*[7] chez Pixar et donne des cours ici depuis dix ans.

– Oh ! Super. C'est ce que tu voudrais faire, ensuite ? Bosser dans un studio d'animation ?

– Peut-être.

– En tout cas, je comprends pourquoi tu étudies avec lui. Ton travail est vraiment… magnifique.

Il faut qu'on crève l'abcès. Ce n'est pas grave qu'elle m'ait dessiné en super-héros, qu'est-ce que ça peut faire ? Si elle me l'avait dit un jour, comme ça, en buvant un verre sur son balcon, ça m'aurait fait rire. Ça m'aurait plu ! D'ailleurs, ça me plaît. Je suis tellement dingue d'elle que ça donne un coup de boost incroyable à mon *ego*. Si elle me voit comme ça, c'est… plus que ce que je pouvais espérer !

Elle ne me répond pas, scrute obstinément la route.

– Tu le sais, n'est-ce pas ? l'interrogé-je.

– À toi de me le dire, Harper, tu as pris le temps de l'examiner sous toutes les coutures.

Je pousse un long soupir. Je me sens idiot d'avoir trahi sa confiance, mais je n'avais absolument pas idée que c'était aussi grave… J'ai l'estomac en

---

7. Le *concept artist* réalise la vision artistique du projet en concevant personnages, lieux, véhicules, objets, etc.

vrac, je crois que je commence un peu à paniquer. J'aimerais surtout détendre cette atmosphère chargée d'électricité.

– En tout cas, vous avez l'air experts dans l'art de dessiner des types à poil, tenté-je en riant nerveusement.

Elle pivote vers moi sans esquisser un sourire.

– Tu as quel âge, Tom ? On travaille d'après nature. Ce sont des modèles professionnels.

Je préfère me taire pour éviter de laisser s'exprimer la colère sourde qui vient de s'immiscer en moi. J'ai peut-être merdé, mais il est inutile de me parler sur ce ton.

Chaque fois qu'on évoque le dessin, même de loin, Mei sort les griffes. Ce que j'ai vu dans cette salle d'exposition ne m'inspire clairement pas de moquerie. C'était vraiment très bon. Pour ce que peut en juger un néophyte, en tout cas. Pourquoi ne veut-elle jamais en parler ou montrer un centimètre carré de ses travaux ?

Voyant qu'elle ne se déride pas, je finis par lancer une playlist pop sur mon téléphone. Ça détend un peu l'atmosphère, même si Mei est loin de se trémousser sur son siège.

Heureusement, on arrive enfin au bas de la résidence. Je pose la main sur la poignée quand je sens que ma voisine me dévisage. Mes yeux se rivent aux siens et ce que j'y vois me donne l'impression d'avoir reçu une belle gifle.

– Merci de m'avoir amenée là-bas. Je déteste manquer des cours.

Son ton est d'une dureté que je ne lui connaissais pas.

– Je t'en prie.

Tiens, le mien aussi.

Elle ouvre la portière et saute du véhicule pour atterrir sur le parking, puis part droit devant elle, sans m'attendre. Elle essaie de mettre le plus de distance possible entre elle et moi et je ne la laisse pas faire. Je sors à mon tour et me dépêche de revenir à sa hauteur. Je la talonne dans l'escalier où elle me jette un coup d'œil agacé.

– Tu veux aller manger à Los Angeles, samedi ? proposé-je en désespoir de cause. On pourrait essayer un bar à sushis ? C'est moi qui régale.

Je prends mon air habituel de beau gosse qui la fait souvent pouffer de rire. C'est facile, il suffit d'imiter Kyle, ça marche à coup sûr.

– Merci, mais je ne suis pas disponible samedi soir.

On est arrivés dans le couloir, à quelques mètres de nos portes. Le temps presse.

– Ah bon ? Ta copine Kitty vient pour faire une soirée bataille de polochons ?

– Non, j'ai un rendez-vous.

Je m'arrête en plein milieu du couloir, puis me remets en marche car elle m'ignore complètement.

– Comment ça, un rendez-vous ? Avec… un mec ?

– Oui, répond-elle simplement.

La colère naissante que je ressentais se mue en une possessivité surprenante. Une sorte de jalousie écœurante, qui me donne envie de provoquer un scandale. Sauf qu'on n'est pas ensemble, et qu'elle a le droit de faire ce qu'elle veut. Mei ne m'appartient pas, et j'ai bien compris que ce n'était pas dans ses plans.

– Je le connais ? demandé-je d'une voix dure.

– Non.

– Ah ! D'accord.

Je déteste qu'on se quitte comme ça. J'ai vraiment besoin de détendre l'atmosphère et de me convaincre qu'on se retrouvera dès ce soir, malgré tout, pour regarder je ne sais quoi sur son ordinateur avant que je l'observe dormir pendant des heures. *Bon sang, je suis complètement atteint !*

– Tant pis, rétorqué-je avec un ton faussement détaché, je me commanderai une grosse pizza. Kyle engloutira tout ce qu'il reste et tu ne sauras même pas à quoi elle était !

Elle vacille sous le coup de ma blague. *Qu'est-ce que j'ai dit, encore ?*

– T'inquiète pas pour moi. Amusez-vous bien tous les deux. Bonne soirée.

Et elle claque la porte derrière elle.

CHAPITRE 25

TOM

Quatre jours. Ça fait quatre longs jours que Mei m'ignore. Je n'ai pas desserré les dents depuis ce matin, et prends une vague sur deux en pleine face. Kyle est avec sa Rachel chérie, ça m'évite au moins ses commentaires sur ma technique très moyenne.

Chaque fois que je plonge une main dans l'eau, je pousse avec rage pour me propulser en avant. Ce n'est pas vraiment l'énergie que l'océan aime qu'on lui envoie et les gamelles que je reçois toutes les cinq minutes le confirment. On dirait carrément un débutant.

On ne va pas se faire la tronche pendant un mois, quand même, si ? J'ai tapé à sa porte deux soirs de suite, sans succès. J'ignore si elle était là, en tout cas elle ne m'a pas répondu. J'ai collé mon oreille au battant et n'ai rien entendu. Pas de Katy Perry, pas de *Juste Prix*. Rien.

Vers 11 heures, fatigué de laisser passer des séries entières de vagues parce qu'aucune ne me convient ou que je suis trop occupé à ruminer, je préfère sortir de l'eau, ma planche sous le bras. Je me sèche et range tout mon matériel à l'arrière du van, avant de rentrer.

Puisque Kyle n'était pas là ce matin, j'ai mangé une pauvre brioche avec de la pâte à tartiner, j'ai une faim de loup. Heureusement qu'il n'a pas vu ça, ç'aurait été ma fête.

À deux pas de ma porte d'entrée, je m'arrête net. Elle a beau être accroupie pour faire je ne sais quoi, je la reconnais tout de suite. Ces cheveux châtains noués en queue-de-cheval. Ces minuscules boucles d'oreilles en or. Diana doit sentir mon regard dans son dos, car elle se relève en faisant un bond.

– Oh ! Tom ! Salut.

Mon ex-petite amie vient de poser un carton sur le sol et tient ses clés de voiture dans la main. Elle s'apprêtait à repartir comme si de rien n'était.

– Salut.

La femme que j'ai devant moi ressemble beaucoup à la Diana qui m'a quitté il y a des mois, à quelques détails près. Elle a un sourire plus doux. Elle a également l'air plus calme qu'à la fin, quand on ne pouvait plus se parler sans s'agresser.

Ses yeux brillent d'émotion. Les miens aussi, probablement. Mieux vaudrait que la croiser me laisse indifférent, mais il faut se rendre à l'évidence, dix années à s'aimer ne s'effacent pas du jour au lendemain.

– Je voulais te rendre quelques affaires, explique-t-elle. Kyle m'a dit que tu serais à la plage.

Je tique un peu et elle s'en rend compte, si bien qu'elle s'empresse d'ajouter :

– Je l'ai appelé seulement parce que j'ai compris que tu préférais que je te laisse tranquille. Je voulais éviter de te croiser, puisque ça te pose problème. Je comprends, tu sais. Je ne me suis pas comportée avec beaucoup d'élégance en partant.

Je la contemple longuement, avant de hausser les épaules.

– Moi non plus.

Diana pousse un soupir soulagé. Elle devait craindre ma réponse, mais qu'elle se rassure, je n'ai aucune envie de me battre. Je n'ai déjà pas l'énergie de surfer, je ne vais pas en trouver pour argumenter avec une personne qui m'a abandonné depuis des mois.

Je m'avance et ouvre ma porte. Puisqu'elle est là et qu'on a l'air aptes à se comporter en adultes civilisés, c'est peut-être l'occasion de repartir du bon pied.

Je me baisse pour ramasser le carton qui pèse une tonne et le pose dans l'entrée, avant de me retourner.

– Tu veux entrer boire un café ?

Surprise, elle s'empresse de hocher la tête et de me suivre.

La porte se referme derrière elle avec un *clac* sonore. Elle reste dans l'entrée et examine le salon comme si elle n'y avait jamais posé un orteil. Il ne ressemble plus en rien à ce qu'il était lorsqu'on vivait ensemble. On a repeint la majorité des murs, Mei et moi, et elle a insisté pour qu'on retourne chez Ikea choisir des rideaux et de quoi décorer les lieux. Ce n'est plus chez nous, Diana et moi. C'est chez moi.

Mon ex-petite amie ne sait pas quoi dire. Elle aimait beaucoup cet appartement. C'est elle qui l'a choisi, et j'ai dit oui, bien sûr, car il avait une vue splendide sur l'océan. C'était l'endroit idéal pour attendre que les travaux de la maison s'achèvent.

Diana se dirige vers le balcon pendant que je nous prépare deux cafés. Le son de la machine couvre à peine le malaise du moment. Je m'assieds en face d'elle, lui tends sa tasse, et en profite pour jeter un coup d'œil chez Mei. La baie vitrée est toujours fermée.

Celle qui me fait face en silence remue son café, dans lequel j'ai mis deux sucres, comme à l'époque. Ce sont des choses qu'on n'oublie pas. Je pourrais encore cuisiner les yeux fermés des lasagnes au saumon et à la coriandre, son plat préféré. Je saurais toujours trouver ce petit point, juste en dessous de son oreille, qui la faisait frissonner lorsque j'y déposais un baiser.

Les souvenirs se bousculent dans mon esprit et me font un mal de chien.

– Je t'ai rapporté quelques affaires, dit-elle après s'être éclairci la voix. Je me suis un peu emballée en partant, j'ai pris pas mal de choses à toi.

– Ça ne m'a pas manqué tout ce temps, tu aurais pu les garder.

– Je sais. Mais j'ai trouvé que c'était plus correct.

Ou que c'était une excellente excuse pour se rappeler à mon bon souvenir. Je ne me fais pas d'illusions sur la raison pour laquelle elle est ici.

Elle détaille sur ma peau les traces de sel laissées par l'océan. Elle ne le fait pas très discrètement et semble s'en ficher. Je lui ai longtemps appartenu, elle ne compte pas se comporter comme si on était des étrangers.

On reste un long moment sans rien dire. Je suis bien content d'être assis, car j'imagine que je tremblerais, sinon. Ce n'est plus la Diana dont j'étais amoureux, mais elle lui ressemble quand même beaucoup.

– Comment se passent les travaux de la maison ?

– Bien. J'ai choisi la cuisine. Elle sera noire avec du bois de chêne.

Je me suis rallié à l'opinion de Mei, finalement. J'espère que j'aurai l'occasion de le lui dire un jour. Diana déteste les cuisines noires, elle trouve que c'est toujours plein de traces de doigts. Elle accueille toutefois la nouvelle sans remarques. Elle sait qu'elle a renoncé au droit de donner son avis en claquant la porte de cet appartement.

– Et pour la chambre ?

– Je ne sais pas encore.

J'avais acheté cette maison pour elle, je n'imaginais pas devoir tenir un nuancier un jour. Elle aurait dû passer des semaines à feuilleter des magazines de déco, puis se serait baladée en tailleur et en talons hauts sur le chantier en donnant des indications aux artisans. Elle aurait fait un tas de choix sans me consulter et n'aurait attendu qu'un « super ma chérie, j'adore » avant de se précipiter dans les magasins pour mettre ses plans à exécution. Elle aurait tout géré de A à Z, prévu les déménageurs, emballé la vaisselle fragile, et aurait même accroché les rideaux avant qu'on emménage.

Elle aurait rangé mes affaires par saison, classé les papiers, organisé ce qui aurait eu besoin de l'être, et j'aurais pensé être un mec super parce que je l'aurais laissée faire ce qu'elle aurait voulu. En fait, j'aurais juste été complètement désinvesti, comme d'habitude, après avoir signé un gros chèque. Trop obsédé par la prochaine compétition, le prochain sponsor, la prochaine vague. Obnubilé par tout sauf elle, qui aurait dépéri à vue d'œil.

– Kyle m'a dit que tu avais recommencé à surfer. C'est une merveilleuse nouvelle, bravo.

– Merci. Ça va mieux, ces temps-ci.

Le regard qu'elle pose sur moi me rend fébrile. Elle a dû beaucoup m'aimer, un jour. D'un amour pur et sincère, sans m'en vouloir d'être un égoïste. Si je n'avais pas tout gâché, ce serait peut-être encore le cas.

– Je suis heureuse pour toi, murmure-t-elle.

Un ange passe et on contemple tous les deux nos tasses à café sans rien dire.

– Et toi ? Comment vont les affaires ?

– Oh ! Très bien, dit-elle en riant.

Diana est opticienne et travaille dans un quartier chic de Los Angeles. Elle ne vend que des montures de créateur, et les stars s'arrachent ses conseils avisés. Elle a toujours eu pour objectif de monter un petit empire de la lunette et, lorsqu'on s'est séparés, elle gagnait déjà très bien sa vie.

– Tu as une nouvelle boutique ?

– Oui, à Bel Air. Elle ne marche pas mal ! J'en ouvrirai peut-être encore une autre l'année prochaine, les chiffres sont très encourageants.

– J'aurais dû mieux te soutenir, confessé-je. Ou te soutenir tout court, d'ailleurs. Dans notre couple, tu as toujours été celle qui faisait des sacrifices. Pour ma réussite.

J'y pensais depuis longtemps, mais je n'imaginais pas avoir un jour l'occasion de le lui dire. Elle ne s'attendait pas non plus à l'entendre, visiblement, car elle a un sourire ému et surpris.

On finit nos tasses en silence et elle jette un coup d'œil à son portable.

– On m'attend, je ferais mieux d'y aller.

Je suis sûr qu'elle n'est attendue nulle part mais, comme moi, elle est éprouvée par ces retrouvailles. Ou ces adieux.

Je me lève pour la raccompagner jusqu'à la porte.

Alors que je lui ouvre, elle lève les yeux vers moi et, sans prévenir, vient poser ses lèvres contre les miennes. Ce baiser me renvoie des années en arrière, à l'époque où la moindre étreinte, le moindre baiser créait un brasier en moi. Quand ses courbes me rendaient fou, que la voir parler avec un client, sérieuse, ses lunettes épaisses sur le nez, me donnait envie de lui faire l'amour dans la réserve. Quand les choses étaient belles, qu'on avait à peine grandi et que les nouveaux adultes que l'on était se trouvaient mutuellement merveilleux.

Je me rends à peine compte que ma main vient se poser sur sa nuque et l'attire contre moi. Un peu, juste le temps de ressentir de nouveau cette émotion familière. Diana a le goût du connu, celui d'années de bonheur. Mais elle a aussi le goût d'une rupture ignoble, de fiançailles rompues et de mois de désespoir. Je ne crois pas qu'on puisse redevenir des ados insouciants, qui imaginent que tout leur est dû et que leur bonheur est invincible. C'est trop tard.

Je relâche mon étreinte et m'éloigne doucement d'elle, avec l'impression désagréable d'avoir commis une grosse erreur. Elle a immédiatement l'air embarrassée.

– Excuse-moi, je ne sais pas ce qui m'a pris, confessé-je douloureusement.

Elle encaisse sans rien dire.

– Non, c'est moi. C'est juste que… Tu vois quelqu'un ?

– Non. Enfin si. En fait, pas vraiment, bredouillé-je. Mais je pense surtout qu'on devrait en rester là. Je suis désolé.

Je ne veux pas la blesser, mais je ne veux pas lui mentir. Je suis très amoureux de Mei, même si elle a mis les voiles sans un mot, tout en m'annonçant qu'elle avait l'intention de sortir avec quelqu'un d'autre.

– Excuse-moi d'être passée, je voulais juste te rendre tes affaires. À une prochaine, Tom.

CHAPITRE 26

MEI

– Tu peux répéter une dernière fois ? J'ai toujours rien compris à ton histoire.

Kitty enfourne une poignée de chips en attendant de trouver un sens au drame que je traverse.

– Roooh, ce n'est pourtant pas si compliqué !

On est allongées sur son canapé, MTV en fond sonore.

L'appartement que partagent Kitty et Matt est plutôt spacieux, et décoré à leur image : affiches de festival, photos Polaroid d'eux en amoureux, et même de vieux dessins au stylo que j'ai offerts à ma meilleure amie.

Je passe quelques jours ici le temps de « faire le point ». Autrement dit, j'ai une peur bleue de tomber sur Tom et j'ai préféré déménager à cinq kilomètres quelque temps, pour n'avoir aucune chance de le croiser.

J'ai bien conscience d'avoir un peu paniqué avec cette histoire d'atelier, mais c'est le genre de peur irrationnelle qui me prend à la gorge sans que je puisse rien y faire. C'est comme dire à quelqu'un qui est terrorisé par les araignées : « Relax, c'est qu'une tarentule, ça ne mord pas ! Prends-la donc dans ta main, elle veut devenir ton amie ! » Dans cette métaphore exotique, moi, je suis moi, et la tarentule représente ma crainte viscérale que quelqu'un pointe un de mes dessins du doigt en riant, parce que mon travail est nul, que je suis ridicule et que tout ce que j'entreprends sera évidemment un échec cuisant.

N'importe quel arachnophobe aurait fait comme moi : il aurait fui. Sauf que Kitty ne comprend toujours pas pourquoi je me suis repliée chez elle.

– Il a vu mes dessins, et surtout le *concept art* que j'avais fait de lui en Captain Fire. Tu ne comprends pas ce que ça veut dire ? m'agacé-je.

– Bah… non, pas vraiment. Enfin, je comprends les mots que tu as mis les uns à la suite des autres, mais le sens profond de tes paroles m'échappe.

Je pousse un râle de colère et d'épuisement.

– Il a dû trouver ça pourri, d'une part, et me juger ridicule de l'avoir dessiné en super-héros, d'autre part !

Kitty mâche lentement ses chips, le regard dans le vide.

– Il te l'a avoué ?

– Bah non ! Il a lancé : « Ton travail est magnifique, gnagnagna. » Que voulais-tu qu'il dise ?

Il n'allait pas me balancer à la figure que c'était naze !

– C'est sûr que t'es pas contrariée du tout, il a donc bien fait de choisir cette option.

– Pourquoi tu ne comprends pas ? la supplié-je, les larmes aux yeux.

Sentant que je suis au bord de la crise, Kitty se redresse et pose le bol de chips sur le sol.

– Écoute, Mei chérie. Ne te méprends pas, j'adore que tu crèches ici quelques jours, même si je n'ai jamais aussi mal dormi de ma vie. Quand tu ne parles pas à mon buffet en lui reprochant de t'avoir enfermée dans ton casier, je t'entends ronfler du bout du couloir. C'est l'enfer. Mais tu ne crois pas que c'est un peu trop de mélodrame pour pas grand-chose, au sujet de Tom ?

Je la dévisage, remontée comme une horloge.

– Non.

Elle soupire gentiment et me prend la main.

– Pourquoi tu lui en veux tellement, à ce pauvre petit chat ?

– Il m'a trahie, voilà pourquoi !

– Mais non… Il s'intéresse à toi, c'est tout. Ils sont canon, tes dessins. Laisse Tom les apprécier, bon sang ! Est-ce que tu m'envoies bouler quand je te dis que ce que tu fais est génial ?

– Non, mais toi, tu es ma meilleure amie, c'est ton job de me mentir !

– Non, mon job, c'est de vendre des cocktails en bord de plage. Mon rôle de meilleure amie, c'est de te prouver régulièrement que tu es ravagée et de te ramener à la réalité, parce que si on te laisse, tu as tendance à péter des durites pour des raisons qui n'existent que dans ton cerveau.

Je me laisse retomber sur son canapé, abattue. Je sais que mon absence de confiance en moi me fait tout le temps dérailler. Mais quand je suis comme ça, mes réactions ne passent pas un centième de seconde par la case « rationnelle » de mon esprit. Je panique, me roule en boule et me hérisse de piques. Et il me faut souvent l'aide de Kitty pour que j'arrive à redescendre.

– Tu as peut-être raison…

– Je sais, répond-elle en battant des cils.

Je sens le nœud dans ma poitrine se desserrer doucement.

– Je me suis peut-être un peu emballée. Comme souvent. Je vais aller lui parler, tu as raison. On ne peut pas rester comme ça.

Kitty opine doucement, les paupières fermées, avec un sourire satisfait. Elle récupère son bol de chips et se remet à mâchonner en m'observant d'un œil désespéré.

– Ah là là, jolie Mei. Qui pourrait croire que des œuvres d'art aussi stupéfiantes sortent d'une petite cervelle si tourmentée ?

Pour toute réponse, j'attrape un coussin et le lui envoie en plein visage. Elle le repousse en pouffant de rire.

– Bon allez, c'est sympa de se morfondre cinq minutes, fait-elle en le ramassant, mais si tu veux pécho le petit Josh ce soir, il va falloir se bouger !

***

Toutes les filles ont besoin de leur meilleure amie le jour de leur premier rendez-vous. Pour choisir une jolie robe, mettre du gloss et recevoir un tas de conseils qui les terrifient au lieu de les rassurer. La seule différence entre les autres et moi, c'est que je n'ai plus seize ans, et que mon prétendant n'est pas un garçon stressé que j'ai croisé au lycée.

– Tu crois que je peux encore annuler ?

Je tourne sur moi-même devant le miroir et évalue la longueur de la jupe que m'a prêtée Kitty.

– Non, répond-elle en faisant une bulle avec son chewing-gum.

– Ce serait impoli ?

– On s'en fout, de la politesse, une fille n'a pas à se forcer à sortir avec quelqu'un si elle n'en a plus envie. Mais je pressens que ce n'est pas le manque d'envie qui te fait dire ça, mais la trouille d'enfer qui monte en toi !

Je souffle un coup, ne pouvant décemment pas la contredire.

– Tu vas assurer ! s'exclame Kitty avant de sauter de sa chaise pour venir se poster derrière moi.

Il est presque l'heure d'y aller. J'ai l'impression que mes jambes ne me portent plus. Une boule d'angoisse remonte dans ma gorge et j'ai envie de pleurer.

– Mei, dit-elle d'un ton solennel.

– Oui ?

– Si un ange passe et que ça devient gênant, vise la braguette.

– Kitty !

Je me prends la tête dans les mains. Je ne suis pas aussi à l'aise qu'elle, je ne peux pas sauter sur un mec comme ça, sans réfléchir, juste parce qu'il est canon.

Je pousse un soupir angoissé.

– Tu sais… murmure-t-elle, ils ne sont pas tous Sean Lawson. Ce qui s'est produit ce jour-là n'arrivera plus.

Il n'en faut pas plus pour me faire réagir.

– Je sais, merci. Laisse Sean où il est.

Je me retourne et fais semblant d'étudier mes cheveux dans le miroir.

– Tu vois ce que je veux dire… Certains sont… civilisés.

Je soupire, les larmes aux yeux.

– T'as raison, ce type était un crétin, comme tous ceux qui l'accompagnaient, soufflé-je.

Kitty regarde par terre, tendue.

– Mei… Ce n'étaient pas des crétins. C'étaient des bêtes sauvages.

CHAPITRE 27

MEI

Cinq ans plus tôt
Lycée de Ventura High

La cloche résonne et déclenche en moi un pic d'adrénaline. Je m'élance vers la sortie. Mindie, le sbire décérébré de Lorelei, la reine des abeilles, glisse un pied sur le côté pour tenter de me faire trébucher. Cependant je commence à avoir l'habitude, et je l'enjambe sans difficulté. Je m'en sors moins bien avec le coup de coude de Lorelei, qui se lève au moment où je passe à sa hauteur. Mais la douleur cuisante dans mes côtes ne m'arrête pas, elle me ralentit, tout au plus, avant que je m'enfuie dans le couloir.

Depuis que j'ai bousculé la coqueluche du lycée, un jour maudit où j'aurais vraiment mieux fait de me casser une jambe, et que j'ai aspergé par la même occasion son jean de créateur de smoothie à la fraise (le tachant à jamais), ma vie est devenue un enfer. Intimidations, insultes, coups discrets mais efficaces, tout y passe. J'ignore comment me rattraper et calmer la situation. J'ai tenté de m'excuser des dizaines de fois, sans succès. Je lui ai même racheté un jean identique, dans une boutique hors de prix, dilapidant un an de revenus de baby-sitting pour rien. Lorelei ne souhaite pas me pardonner, elle a envie de me torturer, et elle s'y emploie avec un plaisir évident.

Le flux d'élèves dans le couloir est un océan dans lequel je me fais le petit poisson le plus discret et rapide possible.

J'avance de quelques mètres, rejoins l'escalier et file au rez-de-chaussée. Il faudra remonter dans deux minutes, mais je préfère parcourir le chemin qui me sépare de mon prochain cours à cet étage. Au moins, aucun élève de ma classe ne risque de m'assommer contre un casier.

Alors que je progresse, je me frotte les côtes, toujours douloureuses. Lorelei n'y est pas allée de main morte…

Je ne réapparais au premier étage que lorsque la sonnerie retentit de nouveau, et entre dans la pièce au moment où la porte allait se fermer. Tous mes retards de l'année sont dus à cette technique qui comporte des risques. Un bouchon dans l'escalier et *bam !* une retenue.

Je remonte l'allée en prenant garde à mes jambes et à mes côtes. Pam, le sbire numéro deux, tire la chaise au moment où j'allais m'asseoir. Raté, je m'y cramponne rageusement. J'aimerais tellement la traiter de tous les noms, si ça ne signifiait pas par la même occasion risquer de me noyer au prochain cours de natation. Elle m'en a déjà menacée et je prends les avertissements de mes camarades très au sérieux, car ils ont tendance à mettre leurs projets à exécution.

– Sortez vos livres, on reprend page 137, annonce M. Banks, notre prof de maths.

Je me penche et attrape mon livre dans mon sac quand, soudain, il m'échappe des mains. Pam vient de me l'arracher et le pose sur son bureau, l'air de rien.

– Qu'est-ce que tu fais ? lui chuchoté-je, les sourcils froncés.

Je tends le bras pour le récupérer mais elle enfonce ses ongles dans le dos de la main.

– Eh ! Mais t'es dingue ? m'écrié-je, cette fois à voix haute.

Pamela entretient méticuleusement sa manucure. À ce stade, je n'appelle plus ça des ongles, ce sont des griffes. À croire qu'elle les taille en pointe !

Mon cri attire l'attention de tout le monde, y compris celle de M. Banks. Ma gorge se noue, tandis qu'il vient vers moi. *Oh ! Non, qu'est-ce qui va m'arriver encore ?*

Je n'en peux plus, je passe ma vie à slalomer entre ces crétins dans l'indifférence générale, et quand on se rend compte qu'il y a un problème, c'est toujours moi qui trinque ! J'ai envie de tout balancer ici, maintenant, devant la classe, moi qui n'ai jamais osé en parler à personne, pas même à ma famille. Mais j'ai tellement peur de ce qui m'arrivera ensuite, dès l'instant où je me retrouverai seule avec l'un de ces dégénérés…

– Mei, qu'est-ce que vous faites ? Vous croyez que c'est le moment de vous amuser ?

– Je…

Les regards sont braqués sur moi, et la peur enfle dans ma gorge.

– J'ai juste…

Mon envie de tout déballer est plus forte que jamais, mais je croise le regard de Lorelei, froid et menaçant, et le courage me déserte. Lorelei, Dylan, Pam, Mindie et les autres sont des stars par ici. Bons élèves, étudiants sportifs, impliqués dans les œuvres caritatives du lycée. Et surtout, ils font corps. Si j'avais l'idée de dénoncer l'un d'entre eux, les autres jureraient unanimement que je suis une menteuse et qu'ils sont d'innocentes victimes de ma jalousie.

– J'ai oublié mon livre, M. Banks.

Mon professeur de mathématiques soupire, tandis que je dissimule ma main blessée sous mon bureau. Je suis une élève plutôt moyenne, surtout en mathématiques. Avec la peur qui me tenaille du matin au soir, j'ai beaucoup de mal à suivre les cours. Et à manger. Et à dormir, aussi. Le lycée est un enfer pour moi et je compte les jours avant les vacances comme un prisonnier attend sa libération. Mais tout ça, les profs n'en ont aucune idée.

– Vraiment, Mei, il va falloir vous mettre au travail. Vos résultats sont insuffisants, si vous n'y mettez pas du vôtre, vous n'allez pas vous en sortir.

J'ai pourtant l'impression d'engager beaucoup de bonne volonté dans cette année de terminale ! À mon avis, personne dans cette école ne lutte plus ardemment que moi pour arriver au mois de juin en un seul morceau, et à peu près sain d'esprit.

– Désolée, M. Banks, murmuré-je honteusement.

– Allez, on continue. Ceux qui ont leur livre, c'est le moment de vous mettre au travail.

Dès qu'il s'éloigne, les filles derrière moi pouffent de rire. Pam a même le toupet de glousser : « Mais quelle conne ! »

Quelle conne toi-même, espèce de blonde peroxydée !

Si seulement sa chaise pouvait céder sous son poids. Ou le plafond lui tomber sur la tête. Un oiseau arriver à toute vitesse par la fenêtre et l'assommer ! Développer une allergie à son horrible gloss rosacé ! Ou bien ses lèvres se couvrir d'herpès !

Comme ces rêves sont doux dans mon esprit… Je crois que si j'étais différente, c'est-à-dire moins apte à transformer ce qui m'arrive en un conte cruel de type *Peau d'âne* ou *Cendrillon*, ce serait vraiment insupportable. Je crois que je péterais les plombs, tout simplement. Seule ma capacité à voir la vie du bon côté me permet de me lever le matin sans aller droit vers ma fenêtre pour me jeter dans l'océan.

À l'heure du déjeuner, je vais m'isoler dans l'une de mes cachettes préférées : sous les gradins du stade de foot. Sur le chemin, je croise Jack Truly, bardé d'un appareil dentaire invasif (comme moi) et de pas mal d'acné (comme moi également). Tout le monde l'appelle Ugly Jack, j'ignore si c'est mieux ou pire que Ching-Chong.

J'ignore aussi pourquoi je préfère rester seule, et pourquoi on n'essaie pas d'allier nos forces pour faire face à nos bourreaux. Sans doute parce qu'on a peur que l'inertie de notre nullitude attire encore plus de malveillance.

Jack aime bien se réfugier sous l'escalier du gymnase, et c'est vrai que c'est un bon spot. Mais je m'y ennuie vite. Moi, je préfère de loin m'installer sous les sièges du stade. Je suis à l'ombre pour manger le sandwich que ma mère m'a préparé, et aux premières loges pour observer l'équipe de foot à l'entraînement. Dont Sean Lawson, bien sûr. Le quarterback des Red Eagles, l'équipe de Ventura High.

Je sais que c'est un peu cliché de baver sur le capitaine, et qu'il y a plein d'autres garçons craquants sur le terrain, mais rien à faire, je n'ai d'yeux que pour Sean. Grand et musclé, il n'est pas seulement beau garçon, il est l'étoile montante de notre lycée. On dit que des sélectionneurs viennent à chaque match pour lui proposer d'intégrer leur équipe universitaire. Il paraît qu'il hésite encore.

Si seulement Sean pouvait poser les yeux sur moi. Juste une fois… Mais il ne sait même pas que j'existe. Et c'est peut-être aussi bien comme ça. J'ai tendance à m'amouracher des mauvaises personnes. Et puis, on sait tous que Lorelei est folle de lui. Il lui faudrait deux secondes et demie avant de décider de me briser si je m'approchais de Sean. Pas que ce soit dans mes plans, évidemment.

J'engloutis mon déjeuner puis sors mon carnet à dessin. Mes écouteurs dans les oreilles, je reprends mon croquis d'hier en écoutant Rihanna. Dans cette nouvelle bande dessinée, mon aventurier, torche à la main, se dirige droit vers un trésor englouti depuis des millénaires. Sous son chapeau kaki, on reconnaît aisément le beau Sean Lawson, bien que le mien fasse un peu plus âgé, avec sa barbe de trois jours et ses mèches rebelles.

Un coup de sifflet retentit et les garçons se jettent sur le ballon en se poussant comme des taureaux. Le sport m'a toujours laissée un peu circonspecte, mais si ça les amuse, pourquoi pas ? Je profite des scènes les plus épiques (plaquages, sprints et bagarres générales) pour capter des postures réutilisables dans ma bande dessinée.

Le midi est un instant de grâce pour moi, où je peux relâcher ma vigilance. Il n'y a plus que mes crayons et moi. Et Sean Lawson !

Je fredonne tranquillement, lorsqu'un bruit de porte qui claque derrière moi me fait sursauter. *Non, pas elles !*

Le club des sorcières se dirige droit vers les gradins. Pas dessous, comme moi, évidemment, mais dessus, pour aller soutenir leurs précieux joueurs de foot. Mais leur trajectoire va tout de même les amener à me croiser. Ni une ni deux, je fourre mes affaires dans mon sac et détale comme un lapin.

– Hey demeurée ! Reste ! s'écrie Mindie tandis que je m'échappe.

– Venez, on la suit, ordonne Lorelei.

Je jette un coup d'œil affolé derrière moi et continue de courir. Il faudrait être folle pour rester près de ces sauvages alors qu'il n'y a aucun témoin potentiel à la ronde.

Malheureusement, vu la direction que j'ai choisie pour prendre mes jambes à mon cou, je n'ai pas trente-six solutions, je dois passer par les vestiaires. Les garçons sont à l'entraînement, la voie devrait être libre, *a priori*.

L'odeur de transpiration me prend à la gorge, c'est écœurant. Les couloirs se ressemblent tous, mais je vais bien gagner une sortie ! Je m'arrête net en me retrouvant face à un cul-de-sac. La voix de Lorelei court le long des murs et déclenche chez moi une peur viscérale. Mon cœur résonne dans mes tympans, tandis que je continue à chercher une issue, cette fois sur la pointe des pieds. Au moment où je pense l'avoir dénichée, je sens une main me saisir par le col et me tirer violemment en arrière. Je pousse un cri.

– Alors Ching-Chong, on espionne les garçons dans les vestiaires ? s'amuse Lorelei.

– Avec sa tronche, il vaut mieux le faire en douce, elle n'est pas près de voir un mec à poil, renchérit Pam.

Elles éclatent de rire.

– T'es sourde ? hurle Mindie, me faisant faire un bond.

Désolée, je ne pensais pas que je devais participer !

– Non, c'est juste que… c'est bientôt l'heure de retourner en cours… Je prenais simplement un raccourci.

Elles partent d'un rire hystérique. Cela me blesse profondément, mais me met en colère, aussi. Qu'est-ce que j'aurais pu dire, de toute façon, qui n'aurait pas attiré leur mépris ? J'ai envie de leur rendre leurs coups, leurs insultes. Elles sont peut-être six et moi, seule, mais j'ai quand même un honneur à défendre.

– Lâchez-moi. Je m'en vais.

Je tente de forcer le passage, mais un bon coup d'épaule me repousse en arrière. Je serre mon sac contre moi et affiche un air méprisant à mon tour.

Alors ? Qu'est-ce que ça fait ?

Rien, apparemment.

Pam se dresse devant moi.

– Baisse les yeux ! rugit-elle.

– Tu n'as qu'à me laisser partir, si tu veux que j'arrête de te regarder.

– Qu'est-ce que t'as dit ? s'énerve-t-elle en me poussant en arrière.

Ma tête heurte le mur et sa peinture beige écaillée. Le courage, c'est bien, mais les choses sont en train de dégénérer. Mon sang pulse si fort que j'ai l'impression de vibrer comme une enceinte. Je les entends de loin, tout mon être tendu vers la sortie, que je vois se dessiner derrière elles. C'est par là qu'elles sont entrées, et donc par là que je dois m'enfuir.

Lorelei esquisse un pas en avant et m'attrape par les cheveux.

– Bouffeuse de chien ! assène-t-elle.

– Retourne dans ton sale pays de merde ! renchérit Mindie.

– Va te faire foutre ! éclaté-je, humiliée.

La douleur cuisante de mes cheveux me fait monter les larmes aux yeux, si bien que je comprends un peu tard que Lorelei me traîne derrière elle. La panique s'empare de moi, pourquoi ai-je cru bon de lui répondre ? Je suis dingue ! Je sais qu'elles sont dangereuses !

Finalement, la reine des abeilles s'arrête et j'entends un grincement métallique. Je me rends compte avec horreur qu'elle a ouvert un casier juste au moment où elle me pousse dedans.

– À tout à l'heure ! s'exclame-t-elle en riant.

Elle claque la porte et la verrouille de l'extérieur. Je suffoque immédiatement. Le casier est juste assez grand pour m'accueillir, ma poitrine et mon dos en touchent chaque recoin. J'ai l'impression que je vais mourir.

Je ferme les yeux et essaie de respirer doucement, à deux doigts du malaise. Il faut que je me calme, ça va aller. Les garçons vont bientôt revenir de l'entraînement…

J'ignore combien de temps s'écoule avant que du bruit me sorte de la transe dans laquelle je me trouve. J'ai l'impression que mon esprit et mon corps se sont séparés, que j'ai disparu quelques instants. Entendant des pas puis des voix masculines, je me mets à crier. De toutes mes forces, des sanglots dans la voix, maudissant le bruit des douches qui les empêche de me remarquer plus vite.

Au bout d'un moment, je prends conscience que le casier est en train de s'ouvrir, mais, sonnée, je continue à crier. Je m'effondre dans les bras qui m'accueillent et me déposent doucement par terre.

– Qu'est-ce qu'elle a ?

– Je sais pas… c'est pas la fille qui est toujours sous les gradins ?

– C'est chelou de se cacher dans un casier, franchement…

– Tu crois vraiment qu'elle s'y est enfermée toute seule ? s'agace celui qui m'a récupérée.

Je suis libre. Tout va bien. Je bats des cils et me rends compte que je suis dans les bras de Sean Lawson. Cette fois c'est clair, je suis morte et j'ai rejoint directement le paradis sans passer par la case Ange Gabriel !

– Ça va ? demande-t-il gentiment. Rien de cassé ?

Je secoue doucement la tête de droite à gauche, incapable de répondre.

– Alors viens, je suis là. Ça va aller.

CHAPITRE 28

MEI

Toujours cinq ans plus tôt
Lycée de Ventura High

Ma vie ressemble à s'y méprendre au paradis. Non, mieux ! À un *teen movie*, dans lequel le vilain canard avec un appareil dentaire et de l'acné devient un magnifique cygne dont les pom-pom girls sont jalouses. Sauf que mon allure ne s'arrange pas vraiment. Je me contente de me balader avec le garçon qui fait rêver toutes les filles du lycée, ce qui n'est déjà pas mal. Et, avec ce bouclier en vibranium (comme celui de Captain America), rien ne peut m'atteindre. Plus personne n'ose se moquer de moi en classe. Nul ne m'attend à la sortie pour me courser. Et, ce que je ne considère pas comme un détail : je ne mange plus sous les gradins, mais dessus.

On n'est pas ensemble, Sean et moi, évidemment, mais il a fait de moi sa petite protégée. Je n'ai plus la boule au ventre. Je suis libre, je suis forte ! Celui qui me cherche des noises aura affaire à Sean, et Lorelei le sait. Il n'en est pas au point de m'inviter à la table des footballeurs, mais je peux déjeuner certains jours dans un coin de la salle sans angoisser, ce qui est appréciable.

Ce midi, on se retrouve justement sur la pelouse derrière le réfectoire. Je n'y vais jamais d'habitude, car c'est une zone densément peuplée de gens cool, mais depuis mon passage dans un cercueil métallique, j'y ai droit. C'est aussi ma pelouse, désormais !

Je me sens privilégiée de partager ces moments avec celui que tout le monde vénère dans ce lycée. À quelques mètres de nous, Lorelei et son cercle de mégères nous espionnent en oscillant entre messes basses amusées et commentaires perfides. Je ne les entends pas, d'ici, mais je lis très bien sur leurs visages de pestes.

Pendant ce temps, Sean feuillette mon carnet de croquis avec des étoiles dans les yeux. Des héroïnes en tenue de cosmonaute, des levers de soleil sur Neptune, des créatures tapies dans l'ombre, dont on devine à peine les silhouettes. Et, finalement, il découvre les dessins de mon aventurier dans la jungle.

– Franchement, Mei, je suis hyper-flatté.

– Vraiment ? demandé-je, le rouge aux joues.

– Vraiment. Ça me fait super plaisir que tu me voies comme ça. Et puis, un aventurier dans la jungle, c'est la classe !

On rit avec complicité, tandis que le gang des teignes nous observe en gloussant.

– J'avais un peu peur que tu trouves ça bête…

– Pas du tout. J'adore.

– Oh ! Qu'est-ce qu'elles ont à la fin ? fulminé-je.

Le soutien de Sean compte énormément pour moi, alors les rires incessants de ces pimbêches m'agacent. Je le considère désormais comme mon ami. Il faut au moins ça pour que je le laisse tenir entre ses mains mon bien le plus précieux. Tous mes plus beaux travaux sont dans ce carnet à la reliure dorée, broché à la main. Je l'ai acheté dans un atelier pendant des vacances dans le Minnesota avec mes parents, j'y tiens comme à la prunelle de mes yeux. Sean me le rend avec douceur.

– Mei, tu sais…

Je range mon carnet, étonnée par son changement de ton.

– Oui ?

– Je te trouve vraiment surprenante et… Je crois que j'ai des sentiments pour toi.

Mon cœur s'embrase. *Qu'est-ce qui se passe ?* J'entrouvre les lèvres, surprise et émue.

– C'est vrai ?

– Oui. Voilà longtemps que j'y pense et j'ai enfin le courage de te l'avouer.

Mon ventre se réchauffe. Je meurs d'envie que Sean m'effleure, qu'il m'embrasse, qu'il me prenne dans ses bras et me serre contre lui. Et il me fait carrément une déclaration ! Ses yeux brillent d'une lueur d'envie déstabilisante. Tous mes sens sont en alerte, je tremble comme une feuille.

Sean se penche doucement vers moi, ses lèvres chatouillent les miennes. Je ne sais plus où j'habite, j'ai les mains moites, chaque muscle de mon corps se tend. Mais soudain, il pouffe. Bruyamment.

Je recule et fronce les sourcils. *Qu'est-ce qui lui prend ?*

La bouche encore entrouverte, je suis totalement décontenancée. Le beau quarterback se passe une main sur le visage et part d'un grand éclat de rire.

– Désolé mais vraiment, je peux pas ! s'écrie-t-il, hilare.

Je sens tous mes organes tomber au fond de mon corps. Je ne sais plus à quoi me raccrocher, je ne comprends rien.

– Oh ! Sean, putain ! Tu crains ! s'écrie Lorelei, tandis que tout le monde hurle de rire, de l'autre côté de la pelouse.

Je ne parviens pas à admettre ce qui est en train de se passer, tant ça me semble cruel. Ma gorge est sèche et, pour la première fois depuis que la reine des abeilles m'a prise pour cible, je laisse mes larmes couler. Elles jaillissent dans des sanglots irrépressibles, qui inondent mes joues en quelques instants.

Tout ça, ce n'était que de la comédie... Un mensonge. Un long et douloureux mensonge.

– Tu m'as menti...

Son regard sur moi change radicalement.

– Mais tu crois que je ne te voyais pas, entre les gradins, tout le temps en train de m'espionner comme une tarée ? Et puis, ton mec dans la jungle, là, t'as quel âge pour dessiner des trucs pareils ? Tu fais pitié, Ching-Chong. Sérieux, regarde-toi deux secondes !

Ses mots sont comme des lames chauffées à blanc, ils me crucifient, lacèrent mon cœur tendre. Sur la pelouse, des ombres se dressent tout à coup derrière moi. *Pitié, pas elles…*

– Alors, bouffeuse de nems ? Qu'est-ce qui se passe ? Tu veux un mouchoir ? demande Lorelei avec une moue exagérément triste.

– Fous-moi la paix ! fulminé-je en me relevant.

La haine est en train de tout balayer sur son passage. Je la sens m'élever, rugir, gronder.

Je la hais. Je les hais tous !

– T'aurais mieux fait de rester dans ta cave à fabriquer des baskets, s'amuse-t-elle. Il n'y a rien pour toi ici. Tu t'es vue ? T'es même pas bonne à baiser, ma pauvre !

La gifle part toute seule. J'ignorais que j'avais ça en moi, mais ma main a agi comme par réflexe. J'en ressens encore la brûlure cuisante sous les doigts. Ma haine et mon dégoût suintent par tous les pores de ma peau. Une trace rouge apparaît lentement sur le visage sidéré de Lorelei.

Tout le monde retient son souffle, moi y compris. *Qu'est-ce que je viens de faire ? Je suis dingue ou quoi ?* Lorelei me dévisage sans bouger, puis porte doucement une main à sa joue.

– Tu ferais mieux de courir.

Il y a une seconde de flottement, à l'issue de laquelle j'attrape mon sac et détale à toute vitesse. Cette fois, c'est le bureau du directeur ou la raclée de ma vie.

Je m'engouffre dans le lycée, et cours vers les bureaux de l'administration. Je crois que c'était mon dernier jour à Ventura High, je ne pourrai plus jamais mettre les pieds ici sans subir de représailles.

Alors que je suis à mi-chemin, deux mains m'attrapent fermement et me propulsent sur le côté. Je m'écrase sur les casiers et finis ma course à moitié assommée dans les toilettes pour filles. Les deux élèves qui s'y lavaient les mains ont un moment d'arrêt, puis se précipitent vers la sortie.

Pam m'arrache mon sac et le tend à Lorelei. Je pense immédiatement à mon carnet, et c'est bien vu, puisque cette dernière l'ouvre et jette mon cartable avec dédain. Il se vide de son contenu sur le carrelage, laissant apparaître portable, tampons de secours et élastiques pour les cheveux.

– Rends-le-moi, lui intimé-je en faisant un pas en avant.

Pam me retient avant que je me jette sur elle.

– J'ai pas fini de regarder, répond-elle avec un claquement de langue. C'est vraiment à chier.

Et elle déchire une page.

– Arrête ! m'écrié-je, les larmes aux yeux.

Pas mon carnet ! J'y tiens tellement.

– C'est moi qui décide, dans ce lycée.

Elle continue à arracher les pages et les balance dans le lavabo, avant d'ouvrir le robinet pour s'assurer que je ne pourrai rien récupérer. *Je la hais tellement !*

Mindie et Pam resserrent leurs griffes sur moi, mais je relève la tête. J'imagine qu'un super-héros quelconque est à nos côtés, il me souffle de rester forte, de les affronter.

– Dans ces toilettes, c'est peut-être toi qui décides, mais dans ce lycée, tu es comme moi. Une ado. Tu es juste un peu plus cruelle que la moyenne. Papa et maman ne sont pas gentils avec toi, c'est ça ? craché-je. Pas la peine de te venger sur moi !

Le regard de Lorelei se fait glacial. Je ne l'ai jamais vue comme ça.

– Foutez-lui la tête dans les chiottes, ordonne-t-elle, impassible.

Alors que ses deux acolytes s'exécutent, Lorelei se dresse derrière nous. Les mots qu'elle prononce me marqueront à jamais.

– T'es une ratée, Mei. Personne ne voudra jamais de toi. Tous ceux qui prétendront le contraire mentiront, comme Sean. Tu ne vaux rien, tu m'entends ? Rien.

Oui, je l'entends. Et, quelque part, je la crois. Nul ne voudra jamais d'une perdante comme moi. Une fille pathétique, qu'on noie dans les toilettes de son lycée. Je ne sais plus où trouver de l'air, dans cette cuvette comme dans mon existence. J'ai l'impression de mourir. D'ailleurs, ce ne serait pas une si mauvaise chose. Au moins, tout ça s'arrêterait enfin.

Un cri strident me sort de ma torpeur. Quelque part derrière moi, quelqu'un vient d'entrer.

Je me remets à lutter, recrachant l'eau immonde que j'ai dans la bouche. *Ça ne va pas, non ? Je délire, là ! Est-ce qu'une héroïne cosmique se laisserait noyer dans les chiottes ? Je ne crois pas !*

Je me dégage avec un coup d'épaule en arrière, bousculant Pam.

– Vous êtes complètement siphonnées ou quoi ? hurle de nouveau cette voix inconnue.

Je me retourne pour découvrir une fille en rangers, les cheveux teints en vert. Elle est couverte de bijoux à tête de mort et se dresse face aux filles avec aplomb.

– Dégagez d'ici ou j'appelle le directeur ! s'écrie-t-elle.

Lorelei éclate de rire.

– Et tu crois que Hardings fera quoi que ce soit à ses précieuses pom-pom girls ?

L'autre s'approche encore d'un pas.

– Ouais, je pense. Vu que c'est mon père, connasse.

L'ambiance change dans la pièce. Sans un mot, Lorelei ordonne à ses acolytes de me lâcher, et elles lui obéissent aussitôt. Je retombe sur le carrelage, épuisée.

Les sorcières quittent les toilettes sous l'œil perçant de la jeune fille, qui se précipite sur moi.

– Ça va aller… me rassure-t-elle. Je m'appelle Kitty. Je reste avec toi.

***

Retour au présent

Bon, la vérité a éclaté très rapidement : M. Hardings n'est absolument pas le père de Kitty. Mais sur le coup, ça a quand même bien fait pencher la balance en notre faveur. D'ailleurs, Lorelei avait raison : après que j'ai déballé mon histoire aux côtés de trois jeunes filles qui ressemblaient à des martyres innocentes, notre directeur s'est contenté de soupirer. Il a rappelé qu'il attendait de nous un comportement exemplaire et nous a gentiment demandé de dégager.

Ce que j'ai fait, définitivement. Et à l'instant où j'ai franchi le portail du lycée, j'ai tout laissé derrière moi. À l'exception de Kitty, cette élève de première qui m'avait sauvée, et qui est devenue ma meilleure amie.

La vérité n'est pas très valorisante, mais elle est très simple : je détruis toutes mes relations amoureuses parce que j'ai peur. Chaque fois que mon cœur s'emballe pour quelqu'un, je crains de finir humiliée, et d'être de nouveau trahie.

Alors je préfère lever un épais bouclier entre moi et tout ce qui pourrait se passer. En vibranium, comme celui de Captain America.

CHAPITRE 29

MEI

Kitty me pousse à sortir de sa voiture en multipliant les signes d'encouragement.

– N'oublie pas ! Vise la braguette ! crie-t-elle, scandalisant un couple de personnes âgées qui passait par là.

Je m'éloigne avec une main en visière, prétendant ne pas la connaître, et l'entends rire comme une hyène dans mon dos.

Josh est déjà assis à la table de la terrasse quand j'arrive. Il a choisi un café branché de Santa Monica, qui donne sur la plage. Le mobilier est blanc, les parasols aussi, et l'ensemble est décoré de feuilles de palmier qui dressent un mur végétal par endroits.

Si j'ai mis une heure à choisir ma tenue avec ma meilleure amie, il n'a pas non plus fait les choses à moitié. Il porte un joli T-shirt près du corps faisant ressortir sa musculature de rêve, et ses cheveux sont coiffés décoiffés juste comme il faut. Il fait partie de ces Asiatiques canons dont rêvent les filles : grands, musclés et ténébreux. Le côté taiseux s'estompe vite quand on connaît un peu Josh, mais vu d'ici, c'est un tombeur.

Allez, je peux le faire. Il y a des hommes bien, c'est certain. Il n'y a qu'à voir Achariya et Gary, ma mère et mon père, Tom et Kyle. Il y a des hommes bien, et j'en ai sûrement un juste devant moi.

Je souffle un coup. Dans ma tête se déroule un véritable meeting politique.

Est-ce qu'on va laisser Lorelei gâcher notre vie ?

Noooon !

Est-ce qu'on veut voir Josh torse nu et le toucher partout ?

Ouiiiii !

Je m'approche de la table à pas de loup. Josh tapote sur son téléphone, puis le range dès qu'il me voit. On ne sait pas trop comment se dire bonjour, alors on opte pour une accolade. C'est un peu gênant, on est plutôt habitués à se taper dans la main et à rire en mangeant des sandwiches au thon. Ce virage dans notre relation me semble infiniment périlleux.

Et si ça marche ? Est-ce que je vais perdre ma virginité avec lui ? Quand ? Ce soir ?

Dès que je suis installée, une serveuse apparaît, nous sert un verre d'eau, comme dans tous les bars de la côte, et nous tend une carte à chacun. Elle adresse un sourire charmé à Josh. Un instant, je me demande si je devrais rappeler que je suis là. Suis-je trop petite pour qu'elle me remarque ? Pourtant, je dépasse bien de la table !

– Je suis Vanessa, votre hôtesse ce soir. Je suis à votre *entière* disposition.

Josh la regarde en biais, un peu gêné. Si ça se trouve, il est déjà sorti avec elle. Il est déjà sorti avec tellement de filles. Ça expliquerait qu'elle reste plantée contre la table et que sa jambe touche presque celle de mon prétendant. Ça commence bien !

Heureusement, elle n'insiste pas et retourne rapidement d'où elle vient.

– Tu es vraiment très belle, ce soir, lâche Josh sans prévenir.

– Merci. Tu es très élégant aussi, murmuré-je en finissant ma phrase sur une toux, tellement je suis tendue.

Je suis beaucoup trop stressée, je sens que je ne vais rien pouvoir avaler.

Au bout d'une minute, il pose la carte.

– C'est un peu bizarre hein, s'amuse-t-il.

– Tu l'as dit, rétorqué-je en faisant les gros yeux.

On rit, ce qui détend un peu l'atmosphère. Je ne sais pas trop comment enchaîner, alors je me replonge dans la carte.

– Tu es déjà venu ? Qu'est-ce que tu me conseilles ?

– Hmm… le Sunday Pleasure est délicieux. Le Bloody Mary aussi. Oh, et le Manhattan, pareil.

– Tu as l'air connaisseur, tu viens souvent ?

– Euh… De temps en temps.

OK, c'est donc LE bar. C'est ici qu'il emmène toutes ses conquêtes. En fait, ça ne me dérange pas, c'est très bien qu'il soit en terrain connu. Je suis tout à fait consciente de n'être qu'un numéro pour lui qui enchaîne les filles à vitesse grand V.

J'ai juste à me laisser tracter, et au bout, je serai sûrement enfin débarrassée de ma virginité. Voilà mon objectif. Je n'ai pas l'audace d'espérer que cette soirée débouche sur une love story à faire pâlir Elizabeth Bennet[8] !

L'air de rien, je jette un coup d'œil sur ma gauche, pour voir ce que les autres filles boivent. À la table la plus proche, une blonde plantureuse rit à gorge déployée, une coupe de champagne à la main. Je n'ai pas beaucoup d'expérience, mais il me semble qu'il est un peu tôt, dans la soirée et dans notre relation, pour trinquer au champagne.

En désespoir de cause, je demande un Pimm's Cocktail, à base de gin. Je n'en ai jamais bu, mais je suis sûre que ce sera délicieux.

L'avantage, c'est que je ne bois jamais, alors l'alcool fait très vite son effet. À la moitié du verre, j'écoute Josh raconter sa dernière randonnée dans le désert, la joue dans la paume de ma main, l'air béat.

– On a cru à des pumas mais pas du tout, c'était des traces d'ours !

---

8. Héroïne d'*Orgueil et préjugés*, écrit par Jane Austen.

Qu'il est beau. Qu'il est séduisant, vraiment. Peut-être moins que Tom, mais quand même... Je bats lentement des cils, le détaille. Ce n'est pas parce que je n'ai jamais sauté le pas que ma libido ne me travaille pas. Et Josh me plaît beaucoup.

J'efface de mon esprit l'histoire qu'il me raconte sur cette fois, en festival, où il s'est lavé les mains avec une bombonne d'eau qui était en fait pleine d'urine. Je n'entends pas. Je raye de ma mémoire, je supprime, je quitte sans sauvegarder. Je me concentre plutôt sur ce torse musclé et ces yeux noisette.

– Et toi, tu as des passions ? me demande-t-il en commandant un autre cocktail pour chacun.

J'hésite un instant à lui parler de ce que je fais vraiment durant mon temps libre. Le dessin, ce n'est même pas envisageable. Je suis vaccinée, aucun mec n'en entendra plus parler avant mes cent ans. J'opte pour mon deuxième passe-temps favori.

– J'adore la science-fiction.

– Ah ouais ? Moi aussi !

– C'est vrai ?

Je sens tout mon être rayonner. *C'est lui ! C'est mon futur mari !*

– C'est quoi ton film de SF préféré ? demandé-je d'une voix tremblante de bonheur.

– Euh… *Fast and Furious* !

Attendons un peu avant de publier les bans.

– Euh… non, attends… *Transformers* !

Hein ?

– C'est plutôt des films d'action, constaté-je d'un air contrit.

– Mais il y a des robots, plaide-t-il.

– Pas dans *Fast and Furious*, rétorqué-je en rigolant. Tu vois, *Blade Runner*, par exemple, c'est un livre et un film de science-fiction. C'est une sorte d'observatoire des temps futurs. La SF est un terrain parfait pour examiner les peurs et les désirs du présent. Tu vois ?

Josh fait oui avec la tête mais je sens bien que son cerveau fait non.

– Les auteurs parlent de manière détournée des problèmes du présent… complété-je, en prédisant leurs dérives dans le futur…

– Ah ! OK… comme dans *Le Seigneur des anneaux*, avec Sauron ?

Mais il est con ou quoi ?

Josh, ressaisis-toi !

Bon, ne nous indignons pas, Josh n'est pas tenu contractuellement d'être l'homme de mes rêves, et d'en posséder absolument toutes les qualités. On lui a juste demandé d'être gentil et de prendre ma virginité ce soir, avec respect et douceur. Ce n'est pas sa faute s'il fait de la gonflette au lieu de regarder des monuments sacrés du cinéma.

– Euh… ouais, acquiescé-je gentiment. Et *Harry Potter*, aussi.

Josh affiche un sourire si innocent qu'il me fait fondre. Son côté mignon est vraiment son arme secrète.

– J'adore *Harry Potter* ! s'extasie-t-il. Tu serais dans quelle maison, toi ?

Voilà une très jolie question à poser lors d'un premier rendez-vous !

– Poufsouffle, je crois, me lamenté-je en riant. Et toi ?

– Gryffondor !

T'emballe pas, Josh, je suis sûre que dans la vraie vie, un étudiant de Gryffondor connaîtrait parfaitement *Star Wars*, et ferait Klingon deuxième langue avec le professeur McGonagall. Mais va pour Gryffondor.

Après avoir longuement exploré le sujet de ses séances de musculation (quatre fois trois heures par semaine, tout de même), de ses apports protéiniques, du cross-fit qu'il pratique religieusement, j'ai l'impression d'en savoir très long sur la fonte et d'avoir décroché un diplôme de nutritionniste.

Heureusement, j'enchaîne les cocktails et je me sens donc de plus en plus décontractée. On retrouve nos discussions habituelles. On en serait presque à se taper dans la main quand on raconte de bonnes blagues, comme au boulot. Je fais des bulles avec ma paille, il essaie de citer trois présidents américains (il ne connaît que Trump et Biden, dommage). J'ai oublié qu'on était à un rendez-vous galant, du coup l'ambiance est excellente. Pouf ! Mes peurs se sont envolées avec les bulles de mon Gin Fizz !

– Tu veux manger ici ? demande-t-il en jetant un coup d'œil à la serveuse qui le dévisage sans cesse.

– Non, on peut aller ailleurs. Peut-être dans un endroit moins…

– Guindé ? complète-t-il.

– Oui !

Après avoir réglé tous nos cocktails (je ne me sens pas très moderne sur ce coup, mais je dois admettre que c'est agréable de le voir dégainer sa carte bleue pendant que j'attends dehors) on se rend jusqu'au centre de Santa Monica.

Tandis que l'on descend la rue principale, je lui fais un petit signe de tête en direction de la salle d'arcade.

– Prêt à prendre ta raclée ?

Vingt secondes plus tard, on est assis dans de fausses voitures de course, en train de se traiter de tous les noms. Une fois qu'il m'a battue à plate couture à *Fast and Glorious*, on décide de changer de jeu. Mes yeux balaient la salle, je sens l'adrénaline me gagner. *Il va voir de quel bois je me chauffe, Schumacher.*

– Aliens *vs* soldiers ! Tu vas morfler, mon pauvre Josh.

Il éclate de rire. Mais, effectivement, j'explose dix fois plus de monstres que lui.

– Ben alors, on a oublié comment se servir de son fusil *power blaster* dans le vaisseau ? le taquiné-je.

Il est en train de se faire dévorer vivant par des vagues d'aliens déchaînés.

– Qu'est-ce que c'est que ce bordel ? s'écrie-t-il, avant d'insulter la borne d'arcade.

– Pfff ! Amateur ! le provoqué-je en soufflant sur la mèche qui me tombe sur les yeux.

On rit, on se bouscule. J'essaie de me concentrer sur le jeu, mais je ne peux pas m'empêcher de penser à la suite. Est-ce qu'on va s'embrasser ? Chaque fois que je pense à ça, le visage de Tom apparaît dans mon esprit et je le chasse aussi vite que possible. Non, ce soir, c'est *ma* soirée, *mon* avenir. Finie la malédiction de l'amour impossible.

Josh finit par abandonner la partie.

– Je laisse tomber, t'es trop forte.

– Bah je t'avais prévenu !

Je souffle sur le canon de mon fusil laser avant de le reposer. Il fait pareil, puis reste un moment à me regarder.

Un ange passe. On se dévisage.

Bien sûr, puisque personne ne dit rien, la voix de Kitty résonne dans ma tête : « S'il y a un blanc, vise la braguette ! » Je me sens brûler sous son regard, alors je décide de couper court à ce moment.

– On se la fait, cette pizza ?

Il hausse les épaules en souriant.

– Si tu veux.

Et nous voilà partis.

Le restaurant est sympa, l'ambiance, animée.

– Tu viens souvent ici ? demandé-je entre deux parts de pizza au *pepperoni*.

– Oui, j'habite juste en face, répond-il avec un sourire charmeur.

Habile transition. On voit qu'il a l'habitude. Je jette un coup d'œil dans la direction qu'il m'indique : c'est un joli immeuble en briques, de style industriel.

Voilà. Je n'ai pas trop l'habitude de ces choses-là, mais pour avoir vu pas mal de films romantiques, j'imagine que si je le suis chez lui, je vais enfin perdre ma virginité. Je me sens pragmatique sur ce coup. C'est en effet très simple, pour deux adultes consentants. On se caresse, on s'embrasse, on se déshabille. Et on fait enfin cette chose qui m'effraie de manière pathologique depuis mes seize ans. Depuis que Sean Lawson a presque posé ses lèvres sur les miennes, et que j'ai failli mourir noyée dans l'heure qui a suivi.

C'est apparemment le genre d'anecdote qui laisse des séquelles à l'âge adulte.

Ce soir, il me suffit de le vouloir et je serai débarrassée de ce fardeau. Je prouverai enfin que ce que disait Lorelei était faux. Que moi aussi, je suis « bonne à baiser ». Si tout le monde y arrive et le fait constamment, pourquoi je n'y parviendrais pas ? En plus, Josh est gentil et très beau garçon, alors qu'est-ce qui pourrait mal tourner ?

– On va chez toi ? proposé-je soudainement.

CHAPITRE 30

MEI

L'appartement de Josh n'est pas très grand, mais plutôt sympa. Tout est étrangement bien rangé. Quelque chose me dit que si j'ouvrais un placard, je prendrais une avalanche de plats à emporter sales sur la tête.

– Tu veux une bière ? propose-t-il en se rendant au frigo.

– Non, merci.

Je suis encore sous le coup des cocktails que j'ai avalés tout à l'heure, et je préfère avoir les idées claires pour le grand moment.

Je visite le salon d'un air dégagé, dissimulant tant bien que mal mon angoisse. Combien Josh a-t-il de conquêtes à son actif ? Trente ? Deux cents ? Et est-ce que c'est important pour moi ?

Au bout d'un moment, il pose son verre et s'approche de moi. Je passe en alerte rouge. Il est tout près de moi, je sens son souffle chaud, son torse, ses pectoraux. Mon cœur s'emballe, j'ai les mains moites. *Ça y est ! C'est maintenant* ! Tambours et trompettes résonnent sous mon crâne.

Il pose une main sur ma joue, approche tout doucement ses lèvres des miennes. *Impact dans trois, deux, un…*

Hm. Tiens, c'est curieux. Je pensais que ce serait plus… Enfin un peu plus…

Ce n'est pas désagréable, mais ce n'est pas… comme je m'y attendais. Je pensais que ça ferait des étincelles, que mon cœur battrait comme un dératé. Mais rien. Absolument rien. Juste des lèvres accolées, et une sensation d'étrangeté.

Josh s'éloigne un peu et me dévisage.

– Ça va ?

Sans lui répondre, je l'attire vers moi et lui propose un deuxième baiser, plus passionné, plus fiévreux. Je n'ai pas enduré tout ce stress pour rien ! *Maintenant qu'on est là, on y va !*

Finalement, ce n'est pas sorcier. Il suffit de se laisser porter, de prendre ses marques. Mes mains caressent son dos et ses bras. Je le sens frissonner. Pourquoi est-ce que je ne frissonne pas, moi ? J'ai l'impression d'être en pilote automatique. Qu'est-ce que j'ai raté ? Josh est parfait, je devrais remercier le DRH des Assureurs de la dernière chance de l'avoir mis sur mon chemin !

Nos baisers sont de plus en plus sensuels. Sa langue s'enroule autour de la mienne et il presse mon bassin contre le sien, avant de poser une main enhardie sur mes fesses.

Sur la pointe des pieds, je dépose quelques baisers dans son cou et le sens durcir contre moi. *Bingo ! Pour quelqu'un qui n'y connaît rien, je trouve que j'improvise plutôt pas mal !* Je m'y prends comme on est censé s'y prendre. Comme je l'ai vu dans les films, comme je l'ai lu dans les livres. Même si à l'intérieur de moi, il ne se passe rien. Je continue et fais semblant, ça va bien finir par venir.

Josh dépose un long baiser sur mes lèvres. Sa langue caresse tout doucement la mienne, avec une forme de tendresse qui me touche. Je sens ma tête basculer en arrière tandis qu'il reprend ses caresses. Josh maîtrise son sujet.

Doucement, il m'attire dans sa chambre à coucher. Il n'allume pas la lumière mais laisse la porte ouverte. Une partie de moi est très soulagée de ne pas faire ça au grand jour. J'ai l'impression d'avoir un écriteau « débutante » rivé sur le front.

Mon collègue et ami m'allonge sur son lit et je le regarde étrangement. Il a l'air heureux d'être là, et carrément chaud. Son jean est déformé par une belle érection. Je m'en veux de ne pas être sur le même tempo, j'ai l'impression d'avoir trois trains de retard, et ça commence à m'inquiéter.

Josh pousse un long soupir, ferme les yeux, m'embrasse de nouveau. Soudain, les choses s'accélèrent. Tandis que je garde les yeux grands ouverts, me demandant ce que je suis censée faire, ses baisers deviennent fiévreux, ses mains glissent sous mon T-shirt à la découverte de mes seins, dont il presse les tétons. Ça ne me gêne pas, mais… je sens que mon corps ne répond pas. Peut-être parce que j'ai du mal à lâcher prise. *Oh ! Et Tom, qui hante mes pensées ! Laisse-moi, bon sang !*

Je devrais commencer à sentir le désir me gagner, non ? Pour l'instant, on n'est pas sur des sommets d'excitation. Des sommets d'interrogations, éventuellement. Un mont Fuji du désarroi. À part ça, rien ne se passe.

Les choses s'accélèrent encore et, cette fois, Josh se presse contre moi, glisse une main sous ma robe et saisit mon sous-vêtement, qu'il fait glisser le long de mes cuisses. Ce mouvement agit comme un détonateur, je passe de la circonspection à une vive appréhension. Mon cœur bat à toute vitesse.

Je sais qu'un mot de ma part suffira à tout arrêter. Je n'ai pas peur de mon partenaire, mais de moi. De me tromper, tout simplement.

Je m'accroche soudain à ma culotte comme si ma vie en dépendait, et essaie de la remettre en place. Étant donné qu'elle s'enroule sur elle-même, ce n'est pas simple.

Je suis en train de faire une belle connerie, tout en moi me le crie depuis plusieurs minutes. Je ne peux pas faire ça comme ça.

– Josh… Je ne me sens pas très bien.

Je me redresse, ce qui l'incite à basculer sur le côté. Il calme son ardeur et me dévisage avec une légère incompréhension.

– Désolée, je pensais que j'avais envie, mais en fait…

Il se passe une main dans les cheveux, l'air un peu déçu, mais finit par hausser les épaules.

– D'accord, je comprends.

Je sens qu'il est déçu, mais tant pis. Je ne peux pas, et j'ai même envie de partir le plus vite possible. J'étais sincère tout à l'heure, je ne me sens vraiment pas bien.

Tous les signaux avaient l'air d'être au vert, mais je ne veux pas perdre ma virginité comme ça. Pas avec un garçon tellement convoité qu'il a l'air de s'être tapé la moitié de Los Angeles, et pour qui tout ça n'est qu'une formalité. Ce n'en est pas une pour moi, j'ai besoin de plus. D'une connexion, d'être en confiance. J'aspire à quelque chose de plus romantique. Si je me doute bien que ma première fois ne sera pas sensationnelle, je voudrais au moins que ce soit avec la bonne personne. Et ce n'est pas Josh.

– Je suis désolée, je pensais que ça le ferait, mais…

J'attrape mon haut et me prépare à partir.

– Tu es sûre que tu ne veux pas rester ? On peut prendre notre temps, regarder un film…

Je crois que Josh se sent mal que ça se passe comme ça. J'hésite un instant. Dans ses yeux, je reconnais la personne que j'aime bien au quotidien, qui m'amuse et fait toujours preuve de gentillesse. Mais si c'est pour m'imposer une autre tentative pendant le film, je ne suis pas sûre.

– Allez, dis oui ! Je crois que j'ai un film sympa en Blu-Ray. On mange du pop-corn et après je te ramène chez toi.

– Je ne sais pas… hésité-je. De quoi ça parle ?

– Euh… attends. Je crois que ça se passe dans une ferme.

Dans une ferme ? Vraiment ?

Il quitte la chambre et je l'entends fouiller dans son meuble TV.

– Ah voilà ! l'entends-je dire depuis le salon. C'est bien ce qu'il me semblait, c'est avec des animaux. *Le Silence des agneaux,* tu connais ?

OK c'est bon. Je rentre chez moi.

Sur le trajet du retour, on essaie de prétendre que tout va bien, alors qu'on a tous les deux un vilain goût d'échec dans la bouche. Il roule prudemment, mais il a hâte de me déposer en bas de chez moi pour que cette soirée prenne fin. Moi aussi, à vrai dire.

Sa voiture s'immobilise devant la résidence.

– Bon ben, merci, prononcé-je difficilement. C'était chouette.

Question de politesse !

– C'était un fiasco, hein ? répond-il après un silence embarrassé.

Un lien invisible semble tout à coup nous unir. Cette soirée, avec ses questionnements et ses rebondissements, c'était beaucoup d'émotions à gérer pour moi.

– Le début était très chouette. La fin était plus… compliquée.

On rit et on échange un sourire complice.

– On oublie ? On revient à ce qu'on avait avant ? proposé-je.

– Ça marche.

On hésite un peu et, finalement, on se tape dans la main, comme après chaque matinée de travail.

– Bye !

– À lundi !

Je descends et il me fait un dernier salut avec la main. Je claque la portière et le regarde partir.

C'est fini. J'ai laissé passer ma chance de faire l'amour avec quelqu'un. Je me sens mal.

Je tourne les talons, direction la résidence, quand je croise Kyle, qui sort de l'immeuble.

– Bonne soirée ? demande-t-il avec un sourire en coin, en donnant un léger coup de menton en direction de la voiture de Josh qui s'éloigne.

Je ne me vois pas répondre la vérité à quelqu'un qui a passé la soirée à peloter l'homme dont je suis folle amoureuse.

– Super…

Il m'adresse un clin d'œil avant de me dépasser, en direction de son véhicule.

– En tout cas, belle prise, il est canon, fait-il avec un clin d'œil.

Ça va en effet m'être très utile, maintenant qu'on a décidé de ne plus jamais sortir ensemble.

CHAPITRE 31

TOM

– Demain, on commencera par la musculation, ensuite on travaillera ton équilibre. Je dors chez Danna, ce soir, je te laisse des fruits frais pour ton petit déj.

Mutique, je garde les yeux rivés sur l'océan tandis que Kyle se promène dans l'appartement. Je suis d'une humeur de chien. Ce soir, au lieu de m'apaiser, le bruit des vagues me rend marteau. J'imagine Mei en train de rire aux éclats, un verre de vin à la main. Je vois un type l'embrasser. Il est soit grand et fort, soit c'est un geek à lunettes qui connaît tout *Lovecraft* par cœur. Quelle que soit sa tête, je le déteste.

– Hey, tu m'écoutes ? Me fais pas le mec surpris demain quand tu me verras débarquer à 6 heures.

Les mâchoires serrées, je continue à tapoter ma cuisse avec le *leash* de ma planche, allongée en travers de mon balcon. Kyle se plante à côté de moi et serre mes joues entre ses doigts pour faire bouger mes lèvres, comme une marionnette.

– Oui, Kyle, je serai prêt demain à 6 heures pétantes, fait-il comme si j'étais un pantin.

Je me dégage d'un coup sec.

– Oh ! Ça va, lâche-moi la grappe.

– Mais qu'est-ce que t'as ? On dirait que t'as mangé trop de chili con carne.

– Va rejoindre ta Rachel et fous-moi la paix.

Il soupire, exaspéré.

– Danna, rectifie-t-il.

– Qu'est-ce qui s'est passé avec Rachel ?

– Ce n'était pas la bonne.

– Ce n'est jamais la bonne, marmonné-je. T'as vraiment un problème.

– Ce n'est pas la peine d'être désagréable, rétorque-t-il d'un ton tranchant. S'il y a un souci, tu m'en parles. Tu oublies ton attitude de diva contrariée.

– Tu sais ce qu'elle te dit, la diva ?

Kyle quitte le balcon.

– Bon, allez, je te laisse à ton excellente soirée. N'oublie pas de rentrer ta planche.

– C'est ça.

Il claque la porte en partant.

J'y suis peut-être allé un peu fort. Je passe mes nerfs sur lui, alors qu'il n'a rien à voir avec cette histoire. Mais je me sens tellement mal ! Je suis jaloux. Oui, c'est le mot. Jaloux. Je ne veux pas que Mei sorte avec un autre type. Je veux qu'elle soit à moi. Je veux la sentir contre moi. Je veux qu'on retourne surfer ensemble, dévorer sa bouche lorsqu'on est sur le sable, et qu'elle ne sorte plus jamais avec un tocard qu'elle aura rencontré je ne sais où.

Je me prends la tête dans les mains, me demandant quand elle acceptera de nouveau de m'adresser la parole.

C'est le moment que choisit une voiture rouge pour s'arrêter au bas de l'immeuble. Je me décale un peu pour l'observer à travers deux barreaux du balcon. C'est Mei, qui claque la porte et fait un petit coucou à son chauffeur.

Minuit ! Elle a eu le temps de faire tout et n'importe quoi avec celui qui se cache derrière ce volant.

Elle croise Kyle, qui descend de chez moi, et ils discutent une minute. J'aimerais bien savoir ce qu'ils se disent. Il faut absolument que je sache comment ça s'est passé. Si cette soirée était un succès et qu'elle croit en cette histoire, je dois m'effacer. Elle a le droit d'être heureuse. Mais si ça s'est mal déroulé… c'est le moment de sortir le grand jeu. Je ne peux pas rester comme ça à vie, guettant un signe de sa part comme un désespéré.

J'attends le petit *ding* de l'ascenseur, et lorsqu'elle arrive près de sa porte, j'ouvre la mienne. Je me cale dans l'encadrement sans rien dire. Je suis un peu tendu par nos retrouvailles et tente de lire sur son visage un signe sur la conduite à tenir.

Elle fait une tête de six pieds de long. J'ignore cependant si c'est dû au fait de me voir ou bien parce que sa soirée était pourrie.

– Alors, ce rendez-vous ? demandé-je.

Elle insère la clé dans la serrure de son appartement avant de répondre :

– Fantastique.

Une sorte d'alarme s'active à l'intérieur de moi. Du genre instinct de protection primaire. Si le blaireau avec lequel elle est sortie lui a fait du mal, je jure d'attraper cette enflure de geek à lunettes et de lui faire manger tous ses comics à la con.

– Qu'est-ce qui s'est passé ? Il s'est mal conduit ?

– Non, non…

Elle entre chez elle et, comme elle ne referme pas la porte, j'envisage de la suivre.

– Je peux entrer ?

– Oui, viens…

Hourra ! On a l'air d'être en phase de réconciliation ! J'entre et referme derrière moi.

– Tu me racontes ?

– Il n'y a pas grand-chose à dire, murmure-t-elle en déposant son trousseau et son sac à main dans un coin de son salon.

Elle va se pelotonner dans son canapé en serrant un coussin contre elle. J'hésite une seconde, puis vais m'asseoir à ses côtés.

– Il y a forcément quelque chose à raconter, on dirait que ton chaton vient de se faire écraser par un camion.

– Laisse tomber.

Bon. Elle n'a pas l'air de vouloir parler de sa soirée. Qu'est-ce qui lui changerait les idées ?

– Tu veux mettre un replay du *Juste Prix* ?

Elle esquisse un sourire. Eh oui, je la connais par cœur. Rien de tel qu'un lave-vaisselle à 393 dollars pour lui remonter le moral.

– Non, c'est bon, lâche-t-elle, son coussin toujours serré contre elle. Tu enchaînais les conquêtes, toi, avant ?

Avant quoi ? Avant d'être un trentenaire dépressif qui se laisse pouponner par son frère ?

– Un peu, quand j'étais au lycée. Mais je suis plutôt du genre relations longues.

Elle hausse les épaules. Est-ce qu'elle enregistre, quelque part dans son esprit, que ça veut dire que quand je me lance avec une fille, ce n'est pas pour un coup d'un soir ? Et que ça explique peut-être à quel point je suis *leeeeent* à passer à l'action avec elle.

– Bon alors, tu vas me dire ce qui s'est passé ?

– C'est juste qu'il était... très...

J'attends qu'elle finisse sa phrase, mais ça ne vient pas.

– Intello ?

Elle rit jaune.

– Non, pas intello.

– Trop chétif ?

Elle me regarde en levant un sourcil.

– Mais non, il est taillé comme une armoire à glace.

Au temps pour ma théorie du geek à lunettes.

– J'ai juste paniqué. Et je suis partie.

– Tout d'un coup ? Entre le plat et le dessert ?

– Non, quand on était dans son lit.

– Ah ! Vous avez couché ensemble ? Pas que ça m'intéresse mais…

Ça ne me regarde pas, et alors ? Il y a une loi qui interdit de poser la question ?

J'essaie de me contrôler, mais il y a bien du reproche dans ma voix. C'est plus fort que moi. À l'idée qu'un type vienne juste de lui faire l'amour, je me sens très, très remonté. Un peu contre elle, mais surtout contre lui, vu la tête qu'elle fait. Si je la chope, l'armoire à glace, elle aura affaire à moi.

– Non. Je n'étais pas prête.

– Ah ?

Je suis tellement soulagé que j'en soupire. Vraiment pas très discrètement.

– Je ne l'ai jamais fait, en réalité.

– Quoi donc ?

– Coucher avec un garçon, annonce-t-elle en me regardant droit dans les yeux. Je ne l'ai jamais fait.

Sa voix est devenue acide, un poil agressive. Elle doit lire mon étonnement sur mon visage, car elle s'empresse de préciser :

– La bonne occasion ne s'est jamais présentée, c'est tout ! Je n'ai pas de problème.

J'ouvre la bouche, décontenancé, dans une parfaite imitation d'un poisson hors de l'eau.

– Oh ! C'est bon, rentre chez toi si c'est pour faire cette tête, Harper, s'agace-t-elle tout en s'empourprant.

Apparemment, Mei misait sur cette soirée pour faire le grand saut et ça ne s'est pas passé comme elle l'espérait. Je ne sais pas quoi lui dire, je suis nul pour réconforter les gens, surtout ceux auxquels je tiens. Et puis, elle me prend de court ! Elle est tellement géniale, tellement jolie, je suis surpris qu'elle n'ait jamais trouvé un garçon pour lui faire l'amour, c'est tout. Je ne la juge pas. Je ne vois pas ce qu'il y aurait à juger, d'ailleurs, elle fait bien ce qu'elle veut. Elle est peut-être tombée sur un tas de trouillards comme moi, pas foutus de se lancer, ou sur des mecs comme ce soir, pas capables de prendre soin d'elle.

– Je n'ai pas dit que tu avais un problème, précisé-je simplement.

– Tu n'as rien dit, c'est pire.

– Mais non, c'est juste que… Le garçon avec qui tu le feras pour la première fois aura beaucoup de chance. C'est tout.

Oh là là, sortez les violons. On se croirait dans un épisode de *Sept à la maison.*

Ajoute quelque chose d'un peu inventif, Tom, allez !

– Je veux dire… Tu as eu raison de refuser, si tu ne le sentais pas. La première fois, c'est important.

Saison 18, épisode 32, Mary perd sa virginité avec le voisin et reçoit un sermon ultra-culpabilisant de la part du pasteur Camden.

– Tu crois ?

– Oui, j'en suis sûr.

Sans prévenir, elle se blottit contre moi.

– J'ai vraiment de la chance de t'avoir dans ma vie, murmure-t-elle.

Son contact doux et chaud me ferait presque vaciller.

– Tu restes dormir ?

– Évidemment !

CHAPITRE 32

MEI

Kitty : Tu te rends compte ?
La réunion des anciens est aujourd'hui !
Je vais aller allumer un cierge
pour que l'un d'entre eux se fasse
écraser par un bus en sortant !

Moi : Ah ah. Ouais, c'est clair.

Kitty : On aurait dû y aller,
on aurait pu mettre le feu
aux robes de ces poufs !

Moi : Dommage…

Je ne mens jamais à Kitty, mais lui avouer que j'ai décidé de me confronter à mes anciens bourreaux relèverait de la folie. Il ne faudrait pas beaucoup d'insistance de sa part pour me faire renoncer. Et, au plus profond de moi, je veux me mesurer à Lorelei. J'en ai besoin.

Kitty : Mais plutôt tomber la tête
la première dans un broyeur à déchets
que revoir ces blaireaux ! Hein ?

Moi : Je t'appelle ce soir, d'accord ?

Kitty : Mei Bradley,
vous avez quelque chose à me dire ?

J'abaisse mon téléphone et déglutis difficilement. À cet instant, je ressens la même chose qu'avant d'entrer chez l'esthéticienne, quand je sais qu'un pot de cire XXL m'attend de l'autre côté du rideau. Je préférerais manger un gros insecte gluant comme les candidats de *Survivor* plutôt que d'y aller.

Devant l'hôtel dans lequel doit se dérouler la réception, je ne parviens pas à faire un pas de plus en direction de l'entrée.

– Tu sais quoi, on ferait mieux d'aller à la plage, qu'est-ce que t'en penses ? proposé-je à Tom dans une tentative d'évasion évidente.

– Je croyais que tu voulais te la péter ? Je te signale que j'ai fait l'effort de mettre une chemise ! Blanche. Pas avec des fleurs. Une vraie chemise. Avec un pantalon de smoking. J'ai pas fait tout ça pour rien quand même !

Son air scandalisé parvient à me faire rire malgré mon stress. Si seulement il imaginait l'importance que cette réunion des anciens revêt pour moi… Je sais que son attitude serait radicalement différente. Mais je ne me sens pas le courage de le lui expliquer.

Comment expliquer à Tom tout ce qui s'est passé sans qu'il comprenne à quel point j'étais une perdante au lycée ? Lui qui m'a raconté, un soir, avoir été trois années de suite le roi du bal de promo, et avoir mangé à la table la plus cool de la cafétéria, et écumé à peu près toutes les soirées de Los Angeles. Il a même vu DiCaprio un jour dans un bar lounge !

– Finalement, je me fiche de tous ces ploucs, on ferait mieux de rentrer, annoncé-je en toute mauvaise foi.

– Tu n'as pas l'air de quelqu'un qui s'en fiche, tu as l'air de quelqu'un qui a peur.

– Bien dit, monsieur j'ai-peur-devant-*Scary-Movie*.

– Ça n'a strictement rien à voir ! Ce masque est horrible. Eux, ce sont juste des blaireaux prétentieux. Et puis, je croyais que tu voulais montrer à une nana à quel point tu étais devenue cool ?

J'ai fini par avouer à Tom que j'avais des comptes à régler avec une personne en particulier. Je ne suis bien sûr pas entrée dans les détails, mais il me semblait important qu'il sache qu'on avait Lorelei pour cible. Lui qui avait une flemme épique de venir a fait montre d'un regain d'énergie surprenant !

Je souffle un grand coup. *Je suis là pour une seule chose : regarder Lorelei dans les yeux et lui prouver qu'elle ne m'a pas détruite. Alors on y va !*

Tom me prend par la main, et la sensation me fait tressaillir. Je lève les yeux vers lui et son regard d'acier me foudroie.

– Rappelle-toi seulement que ce sont des tocards. Tu es la personne la plus formidable que je connaisse. La plus culottée, la plus créative et la plus drôle de Californie. S'ils sont trop stupides pour s'en rendre compte, ne gaspille pas plus d'énergie et oublie-les.

Je sens mes yeux s'humidifier. J'essaie désespérément de les oublier, j'y mets même toute ma volonté. C'est d'ailleurs pour ça que je suis ici aujourd'hui.

Mon voisin doit sentir que le moment est chargé d'émotion et que ça devient gênant pour tout le monde, parce qu'il se racle la gorge et s'empresse d'enchaîner.

– Bon, et la plus bizarre, aussi. Mais ça ne veut pas dire que tu ne peux pas botter le cul de tous ces ringards.

– Comment tu sais que ce sont des ringards ?

Il me dévisage, incrédule.

– Bah, ils vont à leur soirée des anciens.

– Moi aussi.

– Mais toi, c'est parce que tu as des comptes à régler. C'est beaucoup plus cool. Allez, on y va !

Je me sens tellement plus forte lorsque je suis avec Tom. S'il me tient la main de cette manière, je peux tout affronter.

Il me tracte plus qu'il ne m'accompagne, et je me laisse faire.

Dans le hall de l'hôtel, j'aperçois immédiatement le stand où une jeune femme gère la distribution des badges. Il y a pas mal de monde, l'établissement doit accueillir plusieurs événements simultanément. Je fais mine d'aller dans l'autre sens, mais Tom tire vigoureusement sur ma main.

– Regarde, c'est par là !

On ne peut pas me reprocher d'avoir essayé !

Tom attrape mon badge et le fait passer autour de mon cou, avant de littéralement jeter un billet 20 dollars pour obtenir son badge invité. La fille coche mon nom sur une liste et nous souhaite « une excellente soirée de retrouvailles ! ».

Face à ma tête d'enterrement, elle se détourne avec un sourire gêné.

Tom nous immobilise juste devant la double porte qui nous sépare de la soirée.

– Allez Mei, serre le poing et dis : « Je vais tout déchirer. »

Je lève les yeux au ciel, puis effectue un pas en direction de mon enfer, mais il me retient et me scrute, sans bouger.

– Je ne plaisante pas.

Je regarde autour de nous, déjà morte de honte.

– Là, devant tout le monde ? On ne pouvait pas faire ça à la maison ?

Un sourire se dessine sur ses lèvres. Parce qu'il est ravi de me coller la honte, ou parce que j'ai encore dit « à la maison », comme souvent depuis qu'on est sans cesse fourrés ensemble ?

– Mei, je ne lâcherai pas l'affaire. Obéis, on gagnera du temps.

Je pousse un petit soupir contrarié.

– D'accord, bon sang ! T'es vraiment un tyran ! Je vais tout déchirer… murmuré-je en jetant des petits coups d'œil autour de nous.

– T'as pas serré le poing.

– Tom !

– Je ne suis pas pressé.

Je ferme les yeux, puis finis par serrer mollement le poing.

– Je vais tout déchirer.

– Mieux que ça !

– Je vais tout déchirer, bordel ! finis-je par crier, hors de moi, attirant les regards de quelques inconnus.

Il sourit, satisfait.

– Tu vois, ce n'était pas si compliqué.

Il se rapproche de moi et son contact m'électrise. Mon cœur bat à tout rompre. Un peu à cause de lui, mais surtout à cause de ce que je m'apprête à vivre. Ce sera peut-être très satisfaisant, mais peut-être ultra-traumatisant.

La pièce dans laquelle nous pénétrons ressemble aux photos que j'ai vues des bals de promo de Ventura High. Je me réfère aux images publiées sur Facebook à l'époque car, bien sûr, je ne suis jamais allée aux soirées de mon lycée.

Des dizaines de ballons gonflés à l'hélium décorent le plafond et un large buffet est installé dans un coin de la pièce. Les filles portent des robes meringues carrément ringardes. Ça allait quand on était ados, mais maintenant, c'est vraiment *has been*, même moi je le sais !

La musique est assez forte, sûrement pour atténuer le malaise au cas où les invités n'auraient rien à se dire. En fait, j'ai l'impression que cette réunion des anciens, un peu prématurée, est une soirée nostalgie. Sauf que je ne suis nostalgique de rien du tout de cette époque, alors je la trouve juste vieillotte.

Dès l'entrée, un grand panneau en carton, bleu canard nous saute aux yeux. Les visages des cent vingt étudiants des cinq classes de cette promotion de terminale de Ventura High sont alignés pour former un grand damier. Nos années lycée ne remontent pas assez pour qu'on ait l'air totalement *vintage*, avec des choucroutes sur la tête et de gros binocles à larges montures, comme nos parents. En revanche, mon appareil dentaire, lui, restera collector à jamais. Mes boutons d'acné aussi.

Tom ne masque même pas son amusement et fait mine de dégainer son téléphone pour immortaliser ce portrait de moi catastrophique. Je lui donne un bon coup de coude pour l'en dissuader.

– J'avais un problème à la mâchoire !

– Je n'ai rien dit !

Il range son téléphone à regret.

On avance un peu dans la salle et je serre sa main plus fort que jamais. Je me suis rapprochée jusqu'à me presser contre son bras. Si je pouvais, je me cacherais carrément derrière lui, ce serait encore plus confortable.

On a à peine parcouru dix mètres que les yeux de Tom se posent sur deux filles qui me montrent du doigt en pouffant de rire. Un frisson glacé me parcourt l'échine. En un éclair, j'ai l'impression d'être propulsée de nouveau au lycée. Mindie et Pam n'ont pas changé. En revoyant leurs visages, je m'imagine dans ces toilettes de Ventura High. Ce jour maudit où l'une me maintenait à genoux tandis que l'autre appuyait sur ma tête pour me noyer dans la cuvette.

Mes larmes sont proches, trop proches. Je détourne le regard pour que Tom ne s'en aperçoive pas.

– Qu'est-ce qu'ils ont, Laurel et Hardy ? m'interroge-t-il en fronçant les sourcils.

– Rien, c'est bon.

Pam et Mindie finissent par se détourner en voyant que mon cavalier les dévisage.

Je fends la foule jusqu'au buffet, traînant mon complice derrière moi, et essaie de détourner son attention sur des mini-éclairs au chocolat. Je n'ai jamais été aussi concentrée de ma vie sur des gâteaux miniatures.

– Il y en a au café, si tu préfères !

– Elles te regardaient bizarrement, non ? insiste-t-il, l'air suspicieux.

– Je ne sais pas. Elles montraient peut-être quelqu'un juste derrière nous.

Quand je finis par oser lever le nez, je croise le regard perçant de Tom. Il ne me croit pas une seule seconde.

– Mei, c'est qui, ces filles ? Pourquoi elles se marrent toutes seules ?

– Ce sont des idiotes, ne fais pas attention.

– C'est-à-dire ?

Je laisse mes yeux embués de larmes aller et venir sur le buffet pour cacher mon désarroi.

– Du genre à essayer de te noyer dans la cuvette des toilettes.

– Pardon ?

Surprise et colère s'entrechoquent dans sa voix.

– Je n'ai pas envie de parler de ça. On est là pour Lorelei.

Tout sourire a déserté son visage et sa posture est en train de changer. Il pensait m'accompagner à une soirée pour que je fasse la maline et que je me moque de mes anciens camarades, mais la vérité est tout autre : le sujet de railleries, ici, c'est moi.

Il se retourne et cherche les filles du regard, à deux doigts de me planter là pour aller leur régler leur compte.

– S'il te plaît… On n'est pas là pour ça.

– Je vais les choper et leur expliquer la vie. J'en ai pour cinq minutes, dit-il en s'éloignant.

Je le rattrape et m'accroche à lui pour l'empêcher d'avancer.

– Arrête ! S'il te plaît !

Il se retourne, l'air grave et de plus en plus en colère.

– Tu veux t'en charger toi-même ?

– Non, c'est juste que… J'ai besoin que tu restes avec moi, d'accord ? Il faut choisir ses combats. Celui-ci n'est pas pour ce soir. Viens. Tu veux un éclair ? proposé-je pour le forcer à changer de sujet.

Je ne lui laisse pas le choix et lui fourre dans les mains une assiette remplie de mini-pâtisseries.

Bien sûr, donner carte blanche à Tom est tentant, mais on se ferait éjecter *illico* de la soirée et je n'aurais pas le plaisir d'exhiber mon beau surfeur devant Lorelei, ni même de l'insulter comme elle le mérite.

Tom n'a pas l'air spécialement emballé mais accepte de me suivre, voyant que je suis déjà sur le point de fondre en larmes. *Allez, on se reprend !* Je ne dois pas me laisser déconcentrer.

Mon chevalier finit par se calmer. On traverse la pièce, guettant la chevelure blonde de mon ancien bourreau. Les choses se passent à peu près sans encombre, jusqu'au moment où Tom entend Dylan, à quelques mètres de nous, dire à ses potes : « Tiens, Ching-Chong est de retour ! Sans les boutons, c'est mieux ah ah ah. »

Ses pieds se rivent alors brutalement au sol. Il ne fera pas un pas de plus et affiche un état de fureur que je ne lui connaissais pas. J'ai l'impression qu'il va se jeter sur Dylan et lui arracher la jugulaire avec les dents.

– Je vais l'encastrer.

Il me lâche la main et se retourne, mais je me cramponne à lui au niveau de la taille, de toutes mes forces.

– Non, le supplié-je. Ne me force pas à me confronter à ces gens-là. Je veux seulement voir Lorelei.

– Mais pourquoi tu laisses ces abrutis parler de toi comme ça ? Il vient de t'appeler Ching-Chong ! C'est du racisme primaire. Je vais lui coller mon poing dans la gueule.

Kyle a évoqué un jour la propension de Tom à se battre, mais je pensais que c'était des histoires, juste pour me faire rire. J'en doute fortement aujourd'hui.

J'ai tant espéré, au lycée, que quelqu'un intervienne pour m'aider, me protéger. N'importe qui, même un inconnu. Mais à l'exception de Kitty, personne n'a jamais pris part à cette histoire, hormis pour se repaître du spectacle désolant que j'offrais. Voir Tom me supplier de le laisser cogner un de ces abrutis, c'est un peu comme si mon rêve le plus cher se réalisait. En mieux, parce qu'en plus, c'est Tom. Mais je ne dois pas céder à la tentation.

– Viens, trouvons Lorelei. On se concentre sur l'essentiel, d'accord ?

Mon voisin ronge son frein. On n'est là que depuis cinq minutes et il est à deux doigts de casser des genoux à la chaîne.

Il s'éloigne un moment, le temps de se calmer. Quand soudain, je le vois. Sean Lawson, le seul, l'unique, en train de se servir un verre de punch. Mes mains deviennent moites, ma poitrine se resserre. *Ça, ça ressemble à une crise d'angoisse !*

Je me détourne immédiatement.

– Meg ! Meg ! Eh ooh Meg ! s'écrie-t-il, visiblement à mon attention.

Je plisse les yeux. *Meg ? Sérieusement ?*

La musique n'est pas assez forte pour couvrir les appels répétés de Sean. Tout le monde tourne la tête vers nous. Je produis un effort démesuré pour lui faire face et afficher un air détaché.

– Tiens… Sean… Quelle surprise ! m'étranglé-je en tentant de contenir ma panique.

Ma voix sonne terriblement faux. Sean arrive à ma hauteur et… me prend dans ses bras. Il y a sûrement un bug dans la matrice. C'est aussi le moment que Tom choisit pour revenir à mes côtés, tel un garde du corps sur les dents.

– C'est super que tu sois venue ! s'exclame Sean.

Super, je ne sais pas.

Surprenant, peut-être.

Idiot, certainement.

C'est étrange, je pensais que nos retrouvailles seraient plus… tendues. Plus gênées. Est-ce qu'il me confond avec quelqu'un d'autre ? Devant son air enthousiaste, Tom se détend, il n'a aucune idée du rôle central que cet imbécile a joué dans le cataclysme de mon année de terminale.

Tom tend la main à Sean, qui la secoue un peu trop vivement. On dirait un enfant qui apprend à donner une poignée de main.

– Tom Harper, dit mon surfeur sereinement.

– Sean. Lawson.

L'émotion passée, je regarde Sean d'un peu plus près. Je lui trouve mauvaise mine. Il a des cernes et l'air hagard. J'ai aussi l'impression qu'il a perdu pas mal de poids, depuis le lycée.

– Alors… qu'est-ce que tu deviens ? finis-je par articuler.

Dis-moi juste que ta maison a brûlé. Je me fous du reste.

– Ben, ça va. Je vis du côté de Paso Robles. Je fais un peu de ci, un peu de ça…

– Ah ? m'étonné-je en fronçant les sourcils.

– Oui, j'aide dans les ranchs quand on a besoin de moi.

– OK, OK, super… C'est drôle, je t'imaginais plutôt travailler dans le milieu sportif. Vu que tu as intégré une super équipe après le lycée et…

– Oh ! Non, répond-il d'un air triste. J'ai eu une grosse commotion juste avant les sélections. La chance m'est passée sous le nez… J'ai eu quelques… Comment on dit ? Séquelles. Depuis, j'ai du mal à me concentrer, et puis mes souvenirs sont souvent flous, alors je ne peux pas faire n'importe quel boulot. Mais bon, je me débrouille.

La haine que je nourrissais pour Sean depuis des années retombe comme un soufflé. Je ne sais même plus quoi dire.

– Tu ne te rappelles plus ce qui s'est passé à cette époque ?

– Pas trop, non… Mais je sais que je t'adorais !

Preuve s'il en fallait que ce plaquage lui a écrabouillé la cervelle.

La compassion parviendrait presque à balayer la rancœur que j'éprouve pour lui. Tout simplement parce que j'ai l'impression que ce n'est plus la même personne. Mais est-ce que ne se souvenir de rien efface ce qui s'est passé ? Est-ce qu'on n'est plus coupable de rien ? Je n'en ai aucune idée.

– Au fait… T'aurais pas 20 dollars à me prêter ?

Sa question me sort de mon silence méditatif.

– Comment ?

– Je ne peux pas conduire et j'ai oublié de prendre ce qu'il fallait pour le bus…

À une époque, savoir que tous ses rêves s'évaporeraient, comme il avait tenté d'écraser les miens, m'aurait sans doute fait du bien. Mais aujourd'hui, cette histoire ressemble à un immense gâchis. Une sensation désagréable déserte ma poitrine. C'est assez déstabilisant. Je crois que les marques que Sean avait gravées sur mon âme sont en train de disparaître.

Je regarde dans mon sac et me rends compte que je n'ai pas d'espèces sur moi, je règle quasiment tout par carte bancaire.

– Je suis désolée, non, dis-je finalement.

– Oh…

Je dois avoir un sérieux problème quelque part, car j'ai de la peine pour lui. On est d'accord, j'ai un fusible grillé ? Un connecteur débranché ?

Je me passe en boucle la scène que j'ai vécue sur la pelouse de Ventura High. Son rire retentit encore à mes oreilles. Il devrait déclencher quelque chose, mais non, plus rien. Et quelque part, cela me libère de son emprise. Le souvenir de Sean est en train de s'évaporer.

Sans prévenir, Tom lui tend un billet.

– Tiens, si ça peut te dépanner.

– Merci mec ! s'exclame mon ancien camarade, l'œil brillant.

– De rien.

– Je vais y aller, j'ai envie de dire bonjour à plein de gens. À une prochaine, Meg ?

Je déglutis difficilement.

– À une prochaine.

L'ex-quarterback se tourne vers Tom et je sens qu'il hésite.

– Tom, lui rappelle le surfeur avec un sourire complice.

Sean paraît soulagé.

– Merci, désolé, j'ai du mal. À la prochaine, Tom !

Et il disparaît.

Une fois que Sean s'est éloigné, mon voisin me bouscule tout doucement avec son épaule.

– T'étais amoureuse de lui au lycée, c'est ça ?

– En quelque sorte… En fait, je crois que venir était une erreur. Je me sens encore plus mal qu'avant. Et si on rentrait ?

Tom s'apprête à me répondre, mais des exclamations interrompent notre échange. Un attroupement s'est formé à quelques mètres de nous. Il tend l'oreille, soudain captivé par l'agitation au milieu de la salle. On dirait un papillon qui vient de trouver un lampadaire.

Une dizaine de personnes se sont réunies autour d'un type grand et musclé, dont la veste en lin semble prête à craquer, vu l'ampleur de sa musculature.

– C'est pas le type qui est partout en photo dans Los Angeles ? Jack Vends-ta-Caisse ou quelque chose comme ça ? me demande Tom en levant un sourcil.

Je regarde dans la direction qu'il m'indique. *Ah oui, tiens. C'est bien Jack le Pro de l'Occase.* On ne peut pas traverser une rue dans Los Angeles sans croiser son sourire éclatant sur des panneaux de quatre mètres par trois. Que fait-il ici ?

Tom engloutit un mini-éclair au chocolat et décide de s'approcher. Pas très convaincue, je le suis discrètement. Je m'arrête à quelques mètres, mais parviens quand même à lire son badge. Jack Truly ! Ugly Jack ! Mais qu'est-ce qui s'est passé ? Lui dont le physique disgracieux lui a valu des moqueries chaque jour de sa scolarité à Ventura High. Lui qui se cachait dans la réserve des concierges (si je n'occupais pas déjà la place) quand le harcèlement devenait trop insupportable, et que je croisais tous les midis près du stade !

Jack est devenu fort comme un bœuf. Il s'est laissé pousser la barbe, sans doute pour dissimuler ses cicatrices d'acné, mais d'ici, on ne peut que le trouver impressionnant. Les filles se bousculent pour minauder, un verre de punch à la main. Elles n'ont pas honte, après avoir gâché son adolescence ? Mais Jack n'a pas l'air de leur en vouloir, il se pavane au milieu d'elles, répare son *ego* grâce à leurs compliments. Si c'est comme ça qu'il prend sa revanche, tant mieux, finalement. J'en suis heureuse pour lui.

Je reste à distance, pas pressée d'aller me mêler à ces pimbêches.

– C'est une belle revanche, quand on y pense, murmuré-je à Tom. Lui aussi a été harcelé. Il était obèse, ravagé par l'acné. Il a vécu l'enfer, tout le monde l'appelait Ugly Jack, c'est horrible, non ? Et regarde où il en est aujourd'hui.

Il y a dans ma voix une pointe d'admiration.

Tom croque dans un petit chou garni, l'air concentré.

– C'est fou, non ? insisté-je, espérant qu'il acquiesce. Hein, Tom ?

– Tiens-moi ça.

Il me fourre son assiette dans les mains et fend la foule.

– Hey ! Ugly Jack ! Ugly Jack !

Mais il est dingue ou quoi ? Et puis, c'est odieux d'appeler encore Jack de cette manière. Qu'est-ce qu'il fout ? Il va s'en prendre une !

Quand il entend son ancien surnom, le visage de Jack se déforme. Je suis à deux doigts de me cacher les yeux. Jack va lui coller une mandale qui lui décrochera la tête.

– Tom ! Reviens ! appelé-je, paniquée. Qu'est-ce que tu fous ?

– Comment tu m'as appelé, blondinet ? demande Jack très lentement, rouge de colère.

Cette réunion est en train de partir en vrille. Où sont les issues de secours, déjà ?

Tom dégage énergiquement les prétendantes de Jack pour venir se dresser devant lui. Il a beau être grand, il doit lever la tête pour regarder le colosse dans les yeux.

– Je voudrais vendre ma voiture, explique Tom, un grand sourire aux lèvres. C'est toi, Ugly Jack ? Le type là-bas m'a conseillé de venir te voir.

Tom désigne quelqu'un du doigt et je fais volte-face pour comprendre ce qui est en train de se passer. Il montre Dylan, qui m'a appelée Ching-Chong tout à l'heure !

Oh, Tom !

– Il m'a raconté qu'il adorait se foutre de toi quand t'étais au lycée, mais que t'étais une star maintenant. Désolé, je ne voulais pas te vexer, fait Tom en levant les mains en signe d'impuissance. C'est lui qui m'a expliqué que…

Jack le bouscule en passant et se dirige droit vers Dylan.

Très fier de lui, mon complice se précipite vers moi et m'attrape par la main.

– Ça y est, on peut rentrer, ricane-t-il.

Je devrais m'agacer, lui dire qu'il est idiot, mais son tour me faire rire, je l'avoue, même si c'est aux dépens de Jack. Ce sera surtout très aux dépens de la mâchoire de Dylan. Seul Tom pouvait balancer une poignée de confettis pour cacher la laideur de cette soirée.

On fend la foule d'un pas rapide, en passant assez près du lieu du crime pour entendre Dylan prononcer : « Attends l'ami, je crois qu'il y a un malentendu. » Un cri s'élève dans la foule. Tom, hilare, compte quitter les lieux rapidement. Il me tient fermement la main.

Soudain, je freine des quatre fers.

Oh non ! Pas par là ! Pas par là ! On court droit à la catastrophe.

Je tire désespérément sur son bras, mais il est trop content de lui et poursuit sa route, n'ayant aucune idée des gens que l'on croise en chemin. Mindie. Pam. Julia, Peppa, Ashley… mon ancienne classe !

Oh non, oh non, oh non !

Au moment où *elle* se retourne, je ferme les yeux. Comme on le ferait lors d'un accident de voiture, juste avant l'impact.

– Mais c'est elle ! s'exclame une voix stridente, bien trop enthousiaste pour être honnête. C'est Mei Bradley ! Regardez les filles ! C'est Mei !

Le cri exalté de Lorelei retentit si fort que tout le monde s'écarte de Tom et moi. Le vide autour de nous me rappelle ces cercles que formaient mes camarades, tandis qu'on m'humiliait.

Lorelei a les deux mains levées, l'une à côté de son visage et l'autre tenant une coupe de champagne du bout des doigts. Tom l'examine minutieusement, et comprend instantanément de qui il s'agit.

Mon estomac remonte dans ma gorge. Je crois que je vais être malade.

Dieu, si tu existes, sors-moi de là ! J'arrêterai les tablettes de chocolat au petit déjeuner, je te le promets. Je ne toucherai plus dix fruits différents chez le maraîcher avant de n'acheter qu'une pomme. Et j'avouerai à Achariya que c'est moi qui ai décapité sa Barbie prof de gym, par un après-midi d'ennui.

Mais Dieu ne m'entend pas. Il me laisse dans ma mouise.

– Euh… Salut Lorelei.

CHAPITRE 33

MEI

La reine des abeilles est, comme elle l'était à l'époque, entourée d'une cour d'admiratrices. Si Sean a semblé avoir vieilli prématurément au soleil, elle est resplendissante. Elle porte un élégant chemisier en soie et de hauts talons, tandis que ses longs cheveux sont réunis en un chignon doré. C'est indéniable, aujourd'hui, elle a une pointe d'élégance en plus. Elle n'est plus seulement cool, elle a de la classe. Et c'est difficile pour moi à supporter. Pour le dire plus clairement : je suis jalouse à en mourir.

– Ça alors, Mei ! Tu n'as pas changé d'un iota !

Pas même un peu, depuis l'appareil dentaire et les boutons ?

Je sors mentalement Lorelei de la fosse à zombies quelques secondes, uniquement pour avoir le plaisir de l'y pousser de nouveau.

– Qu'est-ce que tu fais là ? Je ne pensais pas qu'après… tout ça, tu serais de la partie !

Elle a prononcé « tout ça » en tordant la bouche et en regardant sur le côté d'un air complice, comme pour dire : « Ce petit incident gênant, tu sais. »

– Ah… Oui…

Je n'avais pas promis d'enchaîner les punchlines. J'ai réussi à lui parler, c'est déjà pas mal !

J'ai envie de partir en courant. Mes jambes tremblent, ma gorge est nouée. Si je pensais être stressée en revoyant Sean, ce n'est rien à côté de ce que j'éprouve face à Lorelei. Je me sens transpirer sous mes cheveux et ma vision se trouble. Je me sens partir. *Oh ! Non, pas un malaise. Pas devant elle, pas devant eux tous !*

– Hey, tout va bien, me chuchote Tom. Je suis là.

Ses paroles me sortent immédiatement de ma spirale d'angoisse. Le contact de sa main sur mon épaule, son regard rassurant me donnent l'énergie de regarder la reine des pestes dans les yeux.

– C'est inattendu, même pour moi, marmonné-je.

Je me demande bien où cette conversation va nous mener. Certainement pas dans la direction dont je rêve. Maintenant que je suis face à elle, je dois me rendre à l'évidence : je n'ai pas le courage de lui sauter à la gorge pour lui dire ses quatre vérités. Elle, en revanche, jubile de m'avoir de nouveau à sa merci.

– Mais… tu es Tom Harper ? s'exclame-t-elle soudain.

Mon surfeur contemple la main qu'elle lui tend d'un air dédaigneux, puis la fixe de nouveau dans les yeux.

– On se connaît ?

– Bien sûr que je te connais ! Le grand Tom Harper, champion du monde de *Big Wave Surfing* ! J'ai appris pour Mavericks, je suis vraiment désolée. Je travaille pour Calgary. On rêve d'avoir des champions comme toi au menu, susurre-t-elle d'un air aguicheur.

Elle nous offre un éclat de rire cristallin, ravie d'avoir comparé Tom à un burger.

Voyant ma mine incrédule, la reine des pestes se tourne vers moi.

– C'est une boîte de pub, m'informe-t-elle d'un air compatissant, estimant (à raison) que je suis totalement à la ramasse dans le domaine. On recrute de grands champions pour des campagnes internationales. Roger Federer, Ronaldo, Michael Jordan… On les a tous !

Elle annonce ça avec un petit signe de la main, ravie d'étaler ses sportifs comme des cartes Pokémon.

– Hmm… répond Tom, morose.

Voyant qu'il n'embraie pas, elle alimente seule la conversation.

– On a essayé de te joindre, mais ton agent te disait toujours indisponible. Quel dommage ! C'est une chance qu'on se croise ici ! Où étais-tu, tout ce temps ?

– J'ai beaucoup voyagé, répond-il entre ses dents, avant de me faire les gros yeux, comme pour dire : « Elle est insupportable. »

– Oh là là, moi aussi ! Je voyage beaucoup. Brésil, Singapour, Afrique du Sud, Europe. Je n'arrête pas !

Derrière elle, Pam et Mindie défaillent en imaginant son existence de rêve. *Allez hop, fosse à zombies pour vous aussi, les filles !*

– Et toi Mei, qu'est-ce que tu fais de ta vie, maintenant ?

Je tressaille. J'aimais bien quand l'attention se portait sur Tom, je pouvais presque prétendre ne pas être dans la pièce. Adieu, désir de vengeance, désormais je voudrais juste me faire toute petite et filer d'ici. Pourquoi ai-je eu envie de revoir cette fille ? Elle m'a détruite, elle continuera de le faire tant que je serai dans son champ de vision. J'aurais dû jeter ce carton d'invitation à la poubelle quand il en était encore temps.

– Je suis agent d'assurances, soufflé-je, à deux doigts de me cacher derrière Tom.

Lorelei pose une main sur sa bouche, faussement stupéfaite.

– Vraiment ? Je ne savais pas qu'on pouvait bosser dans les assurances sans avoir fini le lycée !

Tout contre moi, Tom tique de manière à peine perceptible. Je ne lui avais pas dit que j'avais quitté l'établissement avant la fin de la terminale. Qu'est-ce que ça aurait changé ? La Turner Art School demandait du talent en arts graphiques, elle n'a même pas réclamé un relevé de notes pour me laisser m'inscrire. Mon portfolio a suffi.

– Tu as fait du droit, alors ? s'étonne-t-elle.

Bien sûr, fais-en des caisses, sale peste...

– Non, je recueille les certificats de litiges, ce n'était pas nécessaire, avoué-je, de plus en plus mal dans mes baskets.

– Oh ! Je vois. Ça doit être reposant de ne pas avoir de responsabilités.

Elle couvre sa bouche avec sa main gauche pour exhiber un caillou de la taille de l'Australie. Puisqu'elle est mariée, elle ferait mieux d'arrêter d'essayer de charmer Tom avec ses éclats de rire de diva.

Je n'ai rien à répondre. Pas de quoi me vanter. J'ai seulement l'impression d'étouffer un peu plus chaque minute qui passe.

Enfin, je n'ai rien à part peut-être…

– Mais tout ça est temporaire, annoncé-je en me redressant, jusqu'à ce que Tom reparte faire le tour du monde. On avisera à ce moment-là. Pas vrai, mon cœur ?

Au moment où je prononce ces mots, mon cœur se met à tambouriner dans ma poitrine. *S'il te plaît, Tom, suis-moi !*

Il baisse les yeux vers moi et un sourire se dessine sur ses lèvres. J'imagine qu'il va enchaîner avec une petite phrase sympa, mais il préfère glisser une main sur ma joue et caresser ma tempe du bout du doigt, avant de poser les lèvres sur les miennes.

Le temps s'arrête. Un coup de tonnerre retentit à l'intérieur de moi. Je me cambre instinctivement et viens plaquer ma poitrine contre son torse, puis me hisse sur la pointe des pieds. Je n'ai jamais rien vécu de semblable, mes reins s'embrasent, un frisson me parcourt l'échine. La sensation de ses lèvres contre les miennes me met K.-O. en une fraction de seconde. Il se détache ensuite de moi tout en laissant sa main glisser le long de mon épaule, puis se tourne vers Lorelei :

– Il y a des plages très romantiques sur les lieux de compétition, c'est vrai.

La chair de poule couvre ma nuque. Je crois que je vais défaillir. Je fais les gros yeux en essayant de reprendre mon souffle. *Alors c'est ça, un vrai baiser...* Rien à voir avec ce qui s'est passé avec Josh. Celui-ci était… parfait. J'ai du mal à m'en remettre.

Lorelei reste muette un instant, surprise par l'émotion du moment. Pas autant que moi, ça va sans dire.

– Ah ! grince-t-elle en étudiant Tom. J'ai oublié de te demander ce que tu pouvais bien faire à cette soirée ! Alors tu es en couple avec…

– Ching-Chong ? complété-je pour elle, en la fixant droit dans les yeux.

Elle a un temps d'arrêt

Si elle ose répondre « oui », je jure que je me jette sur elle et que je l'étrangle.

Qu'est-ce qui m'arrive ? Depuis que Tom m'a embrassée, je me sens parcourue d'un courant électrique. Tout est exacerbé. La musique, trop forte, la température, qui me donne l'impression de brûler, le duel de regards avec mon ancien bourreau.

Son attention se porte sur nos mains enlacées. Qu'est-ce qu'elle imaginait ? Que je venais de le rencontrer sur un coin de plage et que je l'avais traîné ici parce que c'était la fête la plus cool de Los Angeles ?

– On repart bientôt en Polynésie pour que Tom puisse surfer Teahupoo, la vague géante, tu connais ?

« Vague géante », c'est à peu près tout ce dont je me souviens au milieu de ce que m'a raconté Tom, mais ça devrait être suffisant pour l'impressionner.

– Teahupoo ? Bien sûr ! J'ai passé un mois en Polynésie, l'année dernière !

Oh ! Bon sang ! Y a-t-il une seule chose pour laquelle Lorelei ne me surpasse pas, même les mensonges ?

La main de Tom entoure ma hanche et effleure ma peau à l'endroit où mon haut se soulève. Ce contact me fait tressaillir.

Un torrent d'incompréhension dévale les yeux émeraude de Lorelei. Y a-t-il le même dans les miens ?

Puisque cette rencontre ne tourne pas à l'humiliation, l'esprit pragmatique de la reine des abeilles reprend le dessus et tente de la convertir en opportunité business.

– Tu sais, Tom, on a de très beaux contrats pour des sportifs comme toi. Tu devrais passer me voir à mon bureau un de ces jours.

Elle n’est vraiment pas gênée !

– On pourrait prévoir un rendez-vous, qu’est-ce que tu en penses ? insiste-t-elle d’un air langoureux.

– On a déjà des contacts chez Calgary, répond-il avec une moue indifférente.

Mon cœur manque un battement, prend de l’élan, puis explose comme dans un feu d’artifice. Je lâche pour la première fois la main de Tom, puis croise les bras et affiche un sourire bienheureux.

– Ah bon ? Et qui ça ? demande-t-elle, piquée à vif.

– Mei m’a mis en contact avec Franck Dernings, ajoute-t-il sans émotion.

J’essaie de ne pas avoir l’air trop surprise. S’il y a bien une chose que je sais, c’est que j’ignore totalement qui est ce type. Mais j’examine tranquillement mes ongles, comme si c’était la routine, pour moi.

– Franck Dernings, le directeur de Calgary ? répète-t-elle.

Elle a l’air vraiment confuse.

– Ben oui, t’en connais d’autres ? lâché-je d’un ton entendu.

Je me fais plaisir, on est là pour ça, après tout !

– Ah ! Très bien. Je ne savais pas que classer des dossiers apportait autant de réseau, répond-elle, vexée.

– J’ai dû rencontrer Franck dans une soirée un peu huppée, je ne me souviens plus exactement.

Je lâche ce commentaire d'un air désabusé, comme s'il m'était compliqué de me remémorer cette période, rendue floue par l'alcool.

Je suis en roue libre !

– C'est aussi là que tu as rencontré ce joli spécimen ? demande Lorelei, cette fois d'un ton acide, son regard rivé au mien.

– L'homme de ma vie, tu veux dire ?

Dressée aux côtés de mon super-héros, je me sens pousser des ailes. La colère, qui s'était retranchée derrière une peur étouffante vient de percer. Et elle a très, très envie d'exploser.

– Tu m'en diras tant… répond Lorelei froidement, en détaillant Tom qui, tel un mannequin de magazine, affiche l'air de quelqu'un trouvant tout ennuyeux à mourir.

Surtout elle.

Lorelei crève de jalousie. Malgré son attitude élégante, sa noirceur et sa méchanceté transpirent par tous ses pores, pour qui sait où regarder.

– On peut dire que tu t'es bien rattrapée depuis le lycée, constate-t-elle, la mâchoire crispée. Tom, tu savais qu'autrefois, on appelait Mei Ching-Chong ?

Il esquisse un léger mouvement en avant, comme s'il allait se jeter sur elle. Franchement, s'il n'arrivait plus à se contenir, je ne suis pas certaine que je l'arrêterais.

– J'avais compris, répond Tom entre ses dents. Une de tes idées brillantes ?

Au lieu de se sentir gênée, elle éclate de rire.

– Oui, il faut croire que j'avais déjà du talent pour trouver la bonne formule. J'étais faite pour la pub et le marketing. Ta copine n'avait pas trop la cote, mais tu dois t'en douter.

Je la hais tellement.

– Tu as intérêt à t'arrêter. Tout de suite, ordonne-t-il.

– Tu te rappelles la fois où quelqu'un t'a volé tes vêtements dans les vestiaires, pendant que tu étais sous la douche ? me murmure-t-elle, perfide.

– Vaguement.

Elle lâche un grand éclat de rire. Bien sûr que je m'en souviens, c'est le concierge qui m'a apporté un jogging trop grand et qui sentait la transpiration. J'ai pleuré tout le long du chemin jusque chez moi.

Le regard d'acier de Lorelei me transperce, mais je refuse de baisser les yeux. C'est fini.

– Oh ! Et quand les filles t'ont mis la tête dans les WC ! Qu'est-ce qu'on a ri !

Transportée par sa cruauté, elle avance d'un pas vers moi. Malgré ma colère, je sens les larmes prêtes à jaillir. Mon ancien bourreau se heurte à la main puissante de Tom.

– Il vaudrait mieux que tu recules avant que je perde mon calme.

Elle dégage son épaule et fait mine d'embrasser ses doigts, comme un Italien.

– Tu étais mon chef-d'œuvre, ma plus grande réussite !

– C'est vrai que tout ça était hilarant, rétorqué-je froidement.

– Et cette fois où je t'ai enfermée dans ton casier, et où j'ai convaincu Sean de te sauver, juste pour gagner ta confiance. On t'entendait pleurer depuis le terrain, mais personne n'a bougé ! Ils ont carrément prolongé les étirements !

Elle se met à hurler de rire. Je me revois dans ce cercueil pile à mes dimensions, en train d'étouffer.

– J'ai cru mourir.

– Ooooh ! Toujours en train de tout dramatiser ! Et quand Ashley t'a collé du chewing-gum dans les cheveux ? Tu te souviens de ça aussi ? Remarque, le carré t'allait bien, ensuite. Elle aurait dû le placer plus haut, tu aurais enfin eu une coupe à la mode. On s'est tous demandé si tu avais pleuré quand ta mère te les avait coupés. Ils étaient si longs ! C'est bien elle qui s'en est chargée, non ? Parce que vu le résultat, c'était soit elle, soit un gosse !

Notre auditoire échange des coups d'œil troublés depuis un moment. Chacun sait que sa malveillance la rendait créative, mais l'entendre dresser la liste de ses coups fourrés est embarrassant.

– La ferme, dis-je sèchement.

Elle a un petit hoquet de surprise, mais son hilarité ne la quitte plus.

– Et cette fois où tu t'es assise à une table au réfectoire et où tout le monde est parti en emportant son plateau, pour que tu te retrouves seule ? Tu te rappelles ? Quelle époque, quand on y pense ! Et le jour où tout le monde t'a parlé avec l'accent chinois ? Ça te revient ? Bondour, ze fabrique des T-shirts à seulement 1 dollar dans ma cave et zaime le riz catonnais ! On s'est même fait des yeux bridés !

– La ferme ! répété-je, un ton plus haut.

– T'as fini de vomir ta bile ? demande Tom en passant une épaule devant moi, comme pour me protéger de ses piques.

Elle éclate d'un rire mauvais. Elle n'arrête plus de parler, elle allonge la liste des horreurs qu'elle a dites, qu'elle a faites, juste pour retourner le couteau dans la plaie. Mais soudain, le masque tombe. Je ne vois plus que la laideur en elle. Je la trouve pathétique et me demande même comment j'ai pu l'envier, tout ce temps.

– Et cette journée où chacun a prétendu que tu n'existais pas, même la dame de la cantine, et où tu… Pourquoi tu souris ?

Elle est presque essoufflée, à force de détailler ses méfaits. Elle ne s'attendait certainement pas à ce que je les accueille de cette manière.

– Je préfère être à ma place qu'à la tienne, c'est tout, constaté-je en haussant les épaules.

Lorelei lâche un soupir incrédule.

– Ah bon ? Vraiment ?

– Tu es un monstre, et les années n'y ont rien changé. Ce doit être très dur de t'aimer.

Cette fois, elle a un temps d'arrêt.

– Quoi ?

– J'ai longtemps imaginé ce que j'aurais dû te dire, à l'époque. Ce que j'aurais dû faire pour que tu me laisses tranquille. Comment j'aurais dû avertir mon entourage, trouver des alliés, prouver que tu me harcelais au point de mettre ma vie en danger. J'ai listé tout ce qui clochait chez moi, passé des heures à me regarder dans la glace, à maudire mes boutons, et été tentée parfois de m'arracher cet appareil dentaire juste pour ne plus être ta cible favorite.

– Tu…

– Je n'ai pas fini ! m'écrié-je, presque en rugissant. Je n'ai pas fini, alors tu vas m'écouter. J'ai toujours cru que c'était moi le problème. Plusieurs années après, alors que je souhaitais désespérément être heureuse, tu étais toujours là, en train de me hanter. Mais c'est terminé. Parce que je viens enfin de comprendre.

Autour de nous, les ex-pom-pom girls se taisent, médusées que j'ose répondre à la reine des pestes, surtout avec ce calme olympien. Ugly Jack a refait son apparition, tout près de nous, et ce petit monde attire l'attention vers nous. Je devrais trembler, hésiter, reculer. C'est ce qu'aurait choisi la Mei d'avant. Pas moi. Parce que Lorelei ne m'a pas brisée, et qu'auprès de Tom, je suis indestructible.

– Et qu'est-ce que tu as compris, on peut savoir ? persifle-t-elle.

– Que ce sont les gens malheureux qui éprouvent le besoin d'humilier et de faire du mal. Les gens heureux ont d'autres choses à penser. Ils sont occupés à aimer, à construire, à rêver. Ils ne s'enlisent pas dans la malveillance. Il m'a fallu cinq ans pour m'en rendre compte.

– N'importe quoi, tu devrais arrêter de…

– Cinq ans, répété-je un ton plus haut. Pour saisir que tu aurais dû me faire pitié. Je tamponne des formulaires débiles, c'est vrai. Et je n'ai aucune idée de qui est Franck Dernings. Je n'ai pas écumé les plus belles soirées de Los Angeles non plus. Mais j'ai un ami en or, qui me porte assez d'affection pour traverser la ville et venir se planter devant toi, prétendant carrément être amoureux de moi, juste pour m'aider à cicatriser. Juste pour que je gagne cette guerre stupide contre toi.

– Et tu crois l'avoir gagnée ? répond-elle d'une voix blanche.

– Il n'y a pas de guerre. Tu n'es qu'un souvenir, conclus-je en haussant les épaules. Plus rien d'important ni pour moi, ni pour grand monde. Juste une fille triste pleine de venin. Je ne sais pas qui t'a fait du mal quand tu étais ado, pour te rendre à ce point teigneuse, mais je n'y étais pour rien. Ce n'était pas ma faute. Et il est temps que je me pardonne d'avoir été sur la route de quelqu'un d'aussi malheureux que toi.

Malgré la musique qui retentit toujours, la soirée semble plongée dans un silence glacial. Jack, près de moi, pose une main sur mon épaule. Je lui souris. On vit tous les deux un moment de communion, étrange, décalé. Hors du temps.

Lorelei pousse un cri. Je tourne la tête pour la découvrir dégoulinante de punch, et le verre vide dans la main de Tom.

– Mais t'es complètement dingue ? vocifère-t-elle, mortifiée.

Mon voisin pivote vers moi.

– Très joli discours, mais je ne pouvais pas laisser passer ça. Cette fille est une putain de psychopathe !

J'explose de rire et Jack tape dans la main de mon amoureux.

– On se casse ? propose Tom.

– Oui, on rentre, acquiescé-je avec un grand sourire.

Sans prêter plus d'attention à Lorelei, on se retourne, direction la sortie.

– Mei ! Reviens, on n'en a pas fini ! s'écrie-t-elle derrière nous.

L'issue de secours me fait de l'œil. Tom se penche vers moi.

– Tout est en ordre ?

Enfin en paix, je jette un dernier regard sur cette brochette de minables dans leurs tenues ringardes. Ce sont eux, les ratés. Pas moi. Moi, je n'avais pas de problème. J'avais le cœur tendre, je ne méritais pas ce qui m'est arrivé.

Tom ouvre la porte d'un mouvement d'épaule et on sort enfin sous les étoiles de Los Angeles. J'ai l'impression de revenir de l'enfer. Cette bulle n'était qu'un souvenir, une vue de mon esprit.

Cette fois, c'est fini.

On marche un bon quart d'heure sans rien dire, encore sous le choc du flot d'horreurs sorti de la bouche de Lorelei. À présent, Tom sait. J'espère que ça ne changera pas la manière dont il me voit.

– Qu'est-ce qu'on fait, maintenant ? demandé-je timidement.

Il pose une main douce sur ma nuque.

– Maintenant, on va manger une glace et oublier ces abrutis, qu'est-ce que tu en dis ?

– Excellente idée.

Assise sur un muret, les yeux perdus dans les vagues que l'on distingue au loin, je me laisse aller contre ma statue grecque, tandis qu'il pianote sans s'arrêter sur le clavier de son téléphone.

Je lui jette de petits coups d'œil de temps en temps, puis, un peu gênée, je finis par murmurer :

– Merci.

– On recommence ça quand tu veux. Comment tu te sens ? demande-t-il en dégustant sa glace choco-coco.

– Ça va, j'ai l'impression que… Mais qu'est-ce que tu fais depuis tout à l'heure ?

Il redresse la tête et m'offre un grand sourire.

– Quand tu étais au buffet, juste avant qu'on croise Sean, je me suis débrouillé pour dégoter les numéros de Pam et Mindie auprès d'un type, ricane-t-il. Je les mets sur Craiglist[9] : « Vends

9. Équivalent du Bon Coin français.

blu-rays érotiques, prix à débattre. » C'est deux cents appels assurés dans la soirée.

Je pose la main sur la sienne pour l'empêcher de valider l'envoi du formulaire.

– Tu es gentil, mais c'est inutile. Je n'ai plus besoin de me venger. C'est du passé, tout ça.

Waouh ! Gandhi, sors de ce corps !

Tom pose une main caressante sur mon épaule, me faisant frissonner. Le souvenir de notre baiser est encore extrêmement vivace dans mon esprit.

– Ça me fait plaisir d'entendre ça. Je suis content que tu sois passée à autre chose.

Il m'offre un sourire affectueux, avant d'appuyer quand même sur « publier ».

CHAPITRE 34

TOM

J'examine le contenu de mes placards avec détermination. Mei adore manger des chips en regardant des émissions de cuisine et j'ai vraiment envie qu'elle se change les idées après cette soirée perturbante. À la place des chips, je tombe sur une bouteille d'alcool fort. J'imagine qu'un verre ne nous fera pas de mal.

– Tu aimes la tequila ? lui demandé-je par-dessus mon épaule.

Elle s'est installée sur le balcon et regarde la mer.

– Je ne sais pas, je n'en ai jamais bu.

Sa voix est plus calme et plus basse que d'habitude. Elle est encore secouée par ces retrouvailles douloureuses. Je saisis la bouteille, deux verres à shooter, la salière et un citron, avant de la rejoindre.

Elle tourne un regard intéressé vers les quartiers de citron que je découpe sur la petite table. Elle observe chacun de mes mouvements avec attention et je me sens brûler sous cet examen minutieux.

– C'est très simple. D'abord, la tequila, dis-je en remplissant les deux petits verres.

Elle saisit la bouteille et respire l'odeur avant de la reposer. Ça semble lui plaire.

– Ensuite, le sel.

Je saisis doucement sa main. Elle pousse un long soupir et regarde le sel tomber entre son pouce et son index sans rien dire. Mei muette, c'est assez rare pour m'inquiéter. Ces filles du lycée lui ont fait assez de mal pour que ça la poursuive des années. J'espère qu'elle parviendra réellement à laisser tout ça derrière elle, comme elle l'a affirmé à Lorelei.

– Et puis, le citron. Allez, fais comme moi.

Elle m'adresse un sourire timide. Je plaque la main gauche contre mon verre, le claque sur la petite table en métal puis l'avale d'un trait. Dès que c'est fait, je porte le sel à ma bouche puis croque dans le citron en plissant les yeux. Son visage se ranime, s'éclaire d'un sourire, et je me sens tout à coup très fier de moi.

Mei m'imite et fait une tête épouvantable.

– Ça envoie ! s'amuse-t-elle.

Au lieu de renoncer, elle s'empare de la bouteille. Je la laisse faire, après tout, elle a le droit d'en boire un autre si elle en a envie.

Au deuxième, tout va bien. À partir du quatrième, je me sens obligé de proposer une nouvelle activité.

– Tu veux aller faire un tour ?

La lueur malicieuse, d'habitude omniprésente dans son regard, est de retour. Ça devrait être une bonne nouvelle, mais une part de moi craint que la Mei ivre soit totalement incontrôlable.

– Tu sais ce qu'on devrait faire ? demande-t-elle en se rapprochant de moi.

Je crains le pire.

– Euh, non ?

– Un Monopoly.

Je m'attendais à autre chose, je dois l'admettre. J'ai un peu joué avec la limite, tout à l'heure, en l'embrassant. Vu le contexte, elle a dû balayer ce baiser comme si c'était un accident.

Ce n'en était pas un.

– Un Monopoly ?

– Oui ! Tu n'es pas trop mauvais perdant, j'espère. Parce que je vais te détruire.

Elle me regarde comme un petit diablotin.

– En fait, je n'y ai pas joué depuis mon adolescence. Et je n'ai pas de Monopoly.

– T'inquiète ! Moi, j'en ai un ! Je reviens !

Elle bondit comme un suricate et laisse ma porte d'entrée ouverte en se rendant chez elle. J'ai l'impression qu'on est en colocation, et qu'elle va chercher le jeu dans sa chambre.

Ma voisine revient moins d'une minute plus tard, munie de la boîte rectangulaire. Je déteste ce jeu. Mais bon, si ça lui fait plaisir.

Mei ouvre la boîte d'un geste expert et commence à déballer les cartes et tous les accessoires sur la table basse du salon.

– Je suis contente que tu aies envie de jouer, je ne trouve jamais personne pour m'accompagner. Même Kitty m'envoie les hôtels au visage ! Il paraît que je fanfaronne quand je gagne. Tu le crois, ça ?

Ce que je me demande surtout, c'est qui utilise encore le verbe « fanfaronner », à part Mei Bradley.

Je m'assieds par terre, un coude posé sur la petite table.

– Je prends la chaussure, s'exclame-t-elle. Je prends toujours la chaussure !

On dirait surtout qu'elle a avalé de l'ecsta.

– Attends. Si j'accepte de jouer, on ajoute une règle.

– Mais tu as déjà accepté de jouer ! plaide-t-elle en tournant son adorable visage vers moi.

– Non, pas encore.

– OK, c'est quoi, ta règle ?

Je la regarde en plissant les yeux d'un air amusé.

– À chaque double, on devra enlever un vêtement.

Je la charrie, évidemment, mais elle me regarde un long moment sans bouger.

– Un strip Monopoly, tu veux dire ?

– Exactement.

Je m'attends à recevoir la fameuse chaussure en métal en plein visage. Mais Mei hausse les épaules et se contente de lancer les dés pour engager la partie.

– OK, si tu veux. Double quatre. Ça commence mal, commente-t-elle en enlevant son T-shirt.

Oh ! Bordel...

Après deux heures de jeu, on est proches de l'apocalypse. Mei a avalé trois tequilas supplémentaires et j'ai été obligé de l'accompagner pour ne pas la laisser boire seule. Par pure galanterie, évidemment.

Elle a installé des hôtels sur les trois quarts du plateau et je suis obligé de vendre mes rues au compte-gouttes pour payer le droit de séjourner sur ses propriétés. Elle hurle chaque fois que j'effectue un lancer de dés et fait même parfois la danse de la joie. *Je veux que ça s'arrête, pitié !*

– Tu savais que la partie la plus longue de l'histoire du Monopoly avait duré soixante-dix jours ? C'est fou, non ? s'extasie-t-elle, un brin hystérique.

Quelle horreur ! Un peu comme la damnation éternelle, mais avec des dés et des hôtels.

– Calme-toi, la nôtre sera moins longue, lui indiqué-je en lui vendant à un prix inacceptable Kentucky Avenue[10], que j'avais réussi à conserver jusque-là.

À part deux gares, tout appartient désormais à Mei.

Côté déshabillage, en revanche, je m'en sors bien. Elle a enchaîné les doubles et me rackette depuis une demi-heure vêtue d'une culotte en dentelle et d'un

10. Avenue Matignon de la version française.

soutien-gorge minuscule. Je n'arrive pas à détacher les yeux de sa peau veloutée, ni de la courbe de ses seins. J'ai une érection tellement violente qu'elle est presque douloureuse.

J'avais déjà du mal à me concentrer au début de la partie, vu que je déteste ce jeu, mais depuis qu'elle a enlevé son short, mon cerveau est complètement hors-service. J'ai envie d'elle. Tellement que ça annule toutes les autres pensées que je pourrais avoir. Comme je ne réagis plus assez vite, elle se penche par-dessus la table et attrape elle-même mes billets directement sous le plateau, où je cache mes dernières économies.

Mon ultime coup de dés m'amène sur Boardwalk[11], la rue la plus chère. C'est fini, je n'ai plus rien à vendre, plus un sou en banque, alors qu'elle s'obstine à empiler ses hôtels les uns sur les autres.

Adossée au pied du canapé, elle rit et accumule ses billets en une grande liasse, qu'elle admire sans vergogne. Je préfère largement la voir ainsi que la larme à l'œil comme tout à l'heure.

Prenant conscience que je m'attendris, je me sens obligé de râler.

– Fais gaffe, tu fous des chips sur mon tapis !

Elle regarde autour d'elle sans comprendre, puisqu'elle n'a rien renversé. Heureusement qu'elle est bourrée. Sans prévenir, elle se met à quatre pattes pour chasser les chips sous la petite table.

---

11. Rue de la Paix de la version française.

Elle ne devrait vraiment pas faire ça. Mon pouls cogne frénétiquement, j'en ai quasiment des sueurs froides.

Comment peut-elle être aussi loufoque et m'exciter autant ? Elle allonge la main sous la table et tend les fesses, heureusement dans la direction opposée.

– Allez, laisse les miettes et range ton jeu, là, je ne veux plus le voir, m'exclamé-je avec un brin de panique dans la voix.

– Oh ! Ça vaaa, tu te remettras de ta défaite, se moque-t-elle en se relevant et en posant une main sur mon torse.

Elle baisse les yeux et caresse mes pectoraux, surprise comme si c'était la première fois qu'elle les voyait. Elle les examine avec de grands yeux et les caresse du bout du doigt, hypnotisée.

– Mei… dis-je d'une voix soudain grave.

– Tom, souffle-t-elle.

Si j'esquisse le moindre mouvement, elle risque de crier en voyant l'érection qui ne va pas tarder à déchirer mon short.

Je m'empare de son poignet et la tire à moi d'un coup, le souffle court. Je saisis son visage entre mes deux mains et l'embrasse brusquement. Elle ouvre de grands yeux, surprise, mais enroule immédiatement son bras autour de mes épaules pour m'attirer vers elle. Dressée sur les genoux, comme moi, elle presse sa poitrine contre mon torse.

Nos lèvres s'entrouvrent et nos langues se caressent, s'effleurent, puis notre baiser devient carrément passionné. Cette fois, plus question de rire. Mon cœur semble exploser. Mei est tellement belle que ça me donne le vertige, je ne sais plus où j'en suis.

Je l'étreins de plus en plus fort et laisse mes mains descendre sur ses fesses. C'est divin, un doux mélange entre plaisir et retenue. Elle pousse des soupirs d'extase qui me feraient presque perdre la raison. Sauf que ce n'est pas le cas. Mei a bu, et n'est clairement pas au top de ses capacités. À regret, je m'éloigne d'elle.

Elle me fixe du regard, étendue sur mon canapé, les mains au niveau du visage, le cœur battant. Son air abandonné me rend dingue. Je l'embrasse de nouveau, à peine, et elle en profite pour m'attirer contre elle.

La pièce disparaît entre nous, l'électricité crépite dans l'air. Je savoure chaque seconde passée près d'elle, chaque instant où je caresse sa peau dénudée, avant de m'intimer de la laisser tranquille.

Lorsque j'essaie de me reculer de nouveau, elle se cramponne à moi. Je me débats dans un mélange de passion et de raison difficiles à démêler.

Le bruit de clés dans la serrure nous sort brutalement de notre moment de grâce. On fait tous les deux un bond en voyant la porte s'ouvrir.

– Salut ma poule ! s'exclame Kyle en entrant.

Il me cherche un instant dans la pièce, avant de baisser les yeux.

– Ouh là ! Je tombe mal.

– Qu'est-ce que tu fous là ? m'écrié-je en me redressant, pas vraiment à l'aise que mon frère me voit aussi… en forme.

Dans mes bras, Mei est tellement surprise, qu'elle se jette sur le côté et, dans sa chute, renverse les verres de tequila, le plateau de Monopoly et tous ses hôtels.

– Oh non ! Oh noon ! s'écrie-t-elle, mortifiée.

Elle essaie de dissimuler son soutien-gorge avec les mains, pendant que Kyle, hésitant entre l'hilarité et la gêne, esquisse un pas en arrière en détournant le regard.

– Je vais vous laisser finir ce que vous avez commencé, s'amuse-t-il, désolé pour l'interruption !

Il fait demi-tour, ce qui me soulage beaucoup, mais Mei s'écrie :

– Non, non Kyle, c'est moi qui m'en vais !

Elle se relève, l'air complètement affolée.

– Mais pourquoi ? C'est à lui de s'en aller, il débarque sans prévenir, souligné-je en fronçant les sourcils.

– Désolé, je pensais que tu dormais, explique Kyle en haussant les épaules.

– Raison de plus pour dormir chez toi !

Tout ça ne rassure absolument pas ma jolie voisine. Elle a l'air terrorisée et, très vite, je comprends que ce n'est pas parce qu'elle se retrouve en soutien-gorge devant Kyle. J'essaie de la prendre dans mes bras pour l'apaiser. On est tous les deux à moitié à poil, mon frère à deux mètres, bonjour le malaise.

– Tout va bien, Mei, lui murmuré-je. Kyle va s'en aller. Hein, Kyle ?

Celui-ci comprend qu'en effet, il devrait être parti depuis longtemps, et esquisse un mouvement pour s'en aller. Mei se dérobe et se cache à moitié derrière moi.

– Je suis désolée ! Je suis désolée, Kyle. Pardonne-moi !

Pourquoi est-ce qu'elle lui dit ça à lui ? Elle a peur que nous trouver ensemble détruise ses plans avec… Kyle ? Des nuages se forment dans ma poitrine.

– Je ne voulais pas vous séparer, je ne veux pas briser votre relation, pardonnez-moi tous les deux, s'il vous plaît !

Et elle se met carrément à pleurer. La tempête se dissipe en moi. Je la regarde avec Kyle sans rien comprendre. J'essaie de resserrer mon étreinte autour d'elle, mais elle se débat.

– Mei, dis-je en cherchant son regard. Kyle est un gros lourd, il allume tout le monde, ce n'est pas grave. On ne va pas s'engueuler parce qu'il essaie de coucher avec toi.

Kyle lève les sourcils.

– Hey ! Je suis pas un gros lourd !

– Alors tu sais qu'il me drague ? me demande Mei d'une petite voix.

– Ne le prends pas mal mais… c'est quasiment pathologique, Kyle est un dragueur compulsif, il ne peut pas s'en empêcher.

– Ah bon ? geint-elle.

– Hey ! Je suis pas un dragueur compulsif !

– Pardon, excusez-moi tous les deux, implore Mei en se passant les mains sur le visage, pleurant maintenant à chaudes larmes. Je… je me sens très mal.

Je n'aurais jamais dû lui proposer de boire après la soirée épouvantable qu'elle a passée. J'éprouve une horrible culpabilité. Un instant, on se pelotait comme des ados, et la minute suivante, c'est un vrai psychodrame.

Mei finit par s'essuyer les joues et se redresse un peu. Elle nous dévisage longuement, l'un après l'autre, puis bombe ses petits seins vers nous. Elle s'éclaircit la voix. On dirait qu'elle rassemble son courage avant une grande révélation.

– OK, annonce-t-elle d'un ton très solennel, c'est bon. Je me rends. Je suis d'accord pour coucher avec vous deux !

– Quoi ? m'étranglé-je.

– Il vaut mieux qu'on règle ça une fois pour toutes. On le fait tous les trois, on ferme les yeux et on y va ! Comme ça, on n'en parle plus.

Kyle pose une main ferme sur mon épaule.

– Écoute, me dit-il d'un air grave, je sais qu'elle te plaît beaucoup, mais là, c'est trop bizarre pour moi. Désolé.

Je me passe une main sur le visage. Je dois avoir l'air désespéré. Mei, elle, s'énerve, carrément vexée. Ses yeux lancent des éclairs.

– Faudrait savoir, Kyle ! Tu me dragues depuis des semaines et maintenant tu ne veux plus qu'on fasse ce plan à trois ?

– Je n'ai jamais parlé d'un plan à trois ! jure-t-il en se tournant vers moi. Ce serait franchement tordu !

Elle nous regarde l'un après l'autre, renfrognée comme jamais.

– Oh ! Et puis vous me saoulez, tous les deux, je rentre chez moi !

Mei se fraie un chemin vers la porte, toujours en petite culotte et soutien-gorge.

– Tu as besoin que je te raccompagne ? lui demandé-je d'un ton inquiet.

– C'est bon, je connais la route, rage-t-elle avant de claquer la porte derrière elle.

Le silence retombe dans l'appartement. Kyle cherche les mots adéquats. Après un moment, il semble les avoir trouvés :

– Elle est complètement jetée.

– Mei n'est pas folle ! m'agacé-je. Elle est sensible, un peu loufoque à certains moments, mais son problème, là tout de suite, c'est surtout qu'elle est bourrée. Et je ne suis pas certain d'être en meilleur état qu'elle.

Mon frère me donne un petit coup d'épaule, le sourire aux lèvres.

– Alors ça y est ? Ça roule avec Mei ?

– Tu vois bien que non !

– Mais tu y travailles.

– Rah !

Il me passe un bras autour des épaules.

– Je crois que tu devrais aller voir si elle va bien. Les filles adorent qu'on leur courre après. Va t'excuser, c'est mieux.

– Mais de quoi ? C'est toi qui as débarqué alors qu'elle était à moitié à poil ! Ensuite, elle propose un plan super tordu et c'est moi qui dois m'excuser ?

Kyle éclate de rire.

– Mec, j'aurais sans doute dû me limiter à un seul conseil l'autre jour, parce que c'est le plus important : ne cherche pas à savoir qui a raison et qui a tort ! Quoi qu'il arrive, tu t'excuses, c'est tout !

Ma raison, elle, me conseillerait d'aller me coucher, cependant mes sentiments pour Mei sont trop forts.

Suivant les instructions de mon coach, je me retrouve devant la porte de ma voisine et y frappe doucement, étrangement gêné tout à coup.

– Mei ?

Pas de réponse.

– Mei, tu vas bien ? Je peux entrer ?

Toujours rien. J'entrouvre la porte et jette un coup d'œil à l'intérieur de la pièce. La lumière est allumée et Mei est étendue sur son canapé, en train de ronfler, la tête renversée. Une position plutôt dangereuse quand on vient de boire bien plus qu'on en a l'habitude.

Je m'approche d'elle et essaie de lui parler doucement pour ne pas la surprendre.

– C'est Tom. Je vais te porter jusqu'à ton lit, OK ?

Je l'imagine trop saoule pour me répondre, mais elle lève un bras de zombie vers moi et me touche le visage.

– Tom, tu es tellement beau, si tu savais…

Son bras retombe d'abord sur le canapé, puis s'égare dans le vide. Je ne peux pas retenir un petit rire amusé. Finalement, ça valait le coup de venir jouer les infirmiers.

– Allez, on va se lever. Prête ?

Elle pousse un « guuuh » que je considère comme un oui. Je la serre contre moi et passe son bras autour de mes épaules. Ses genoux ploient sur le sol, elle est vraiment complètement à l'ouest. Finalement, je la prends dans mes bras et la porte jusqu'à son lit où je la dépose délicatement, et lui tourne la tête sur le côté avant de la border.

Je m'apprête à partir, puis hésite. Ce n'est pas très prudent de la laisser dormir seule dans cet état. S'il lui arrivait quoi que ce soit ce soir, je n'entendrais rien depuis chez moi.

Finalement, j'opte pour une nuit à côté d'elle sur la couette. On en a l'habitude, elle ne devrait pas être trop surprise en me voyant demain matin.

Je m'allonge et passe un bras sous ma nuque. Je la contemple longuement. Même ivre morte, elle a l'air d'un ange. J'ai bien du mal à la cerner. Tout est tellement simple et en même temps si compliqué, avec elle.

Je ferme les paupières, prêt à m'endormir, quand je sens sa main se poser sur mon torse.

– Vous êtes très beaux, tu sais ? marmonne-t-elle, les yeux fermés. Kyle et toi, je veux dire. Vraiment canons…

Nous y voilà. Kyle et sa belle gueule.

– Toi aussi, tu es très belle, Mei, murmuré-je, pas rancunier.

Elle ne bouge plus. J'ai l'impression qu'elle s'est rendormie, la tête à moitié dans son oreiller, les cheveux devant les yeux, la main posée sur moi. Au moment où je l'imagine bien installée dans les bras de Morphée, elle se redresse et essaie maladroitement de me caresser le visage.

– Je ne veux pas créer de disputes entre vous… marmonne-t-elle.

– Je sais, je sais. Ne t'inquiète pas.

Je repousse la mèche qui cache son visage derrière son oreille.

– Bonne nuit, Mei.

– La vie est si injuste… soupire-t-elle en se tournant dos à moi.

Elle se blottit contre son oreiller, puis marmonne :

– Pourquoi les hommes les plus merveilleux sont-ils toujours gays ?

Je reste immobile un instant, certain d'avoir mal compris.

Non, j'ai très bien compris.

Je me redresse sur mes coudes et me penche par-dessus son épaule. Trop tard, elle dort.

Qu'est-ce que c'est que cette histoire ?! Il y a un très léger malentendu, je crois !

J'ai le vertige, tout à coup. Depuis quand imagine-t-elle quelque chose d'aussi absurde ? Pourquoi s'est-elle mis cette idée dans la tête ? Est-ce que je semble gay ? Est-ce que Kyle a l'air…

Oh bon sang ! pensé-je, tandis que l'air commence à me manquer. Kyle ! Séparément, on n'a sans doute pas l'air spécialement gays, mais tous les deux, on est un putain de couple en chemise hawaïenne. Évidemment qu'elle croit qu'on est ensemble, Kyle se comporte comme si on était mariés depuis trente ans !

En une fraction de seconde, deux mois de conversations me frappent comme un éclair. Pas une seule discussion à propos de Diana, que je cachais pour ne pas avoir l'air pathétique. Pas la moindre explication sur ma relation avec Kyle, puisque j'ai toujours peur qu'on le trouve plus intéressant et plus séduisant que moi, et qu'on me largue pour lui. Quant à nos parents, je n'en parle jamais, il n'y a rien à dire.

Bordel ! C'est impossible. Deux mois ! Deux mois qu'elle imagine que je me tape… mon frère ! Je suis totalement désemparé. Je m'assieds dans le lit, à deux doigts de la réveiller pour la forcer à entendre la vérité. Mais connaissant sa propension à paniquer quand les choses la mettent en difficulté, je sais d'emblée que ce n'est pas la bonne solution.

Je soupire, à mi-chemin entre panique et espoir. *Voilà ce qui nous empêche d'être ensemble depuis le début ! Ce quiproquo stupide !* Quoi qu'il arrive, demain, je lui dis tout. Ça ne peut plus attendre. Mon cœur bat à mille à l'heure, comme si je venais de faire une découverte qui allait changer le destin de l'humanité. Il s'agit seulement de ma vie amoureuse, mais ça reste relativement important pour moi.

Je me laisse retomber contre le matelas et me passe une main sur le visage, épuisé par cette journée et par l'alcool. Mais, évidemment, je ne dors pas de la nuit.

CHAPITRE 35

MEI

Une légère vibration me sort de ma torpeur. J'ouvre un œil et, ne trouvant pas le responsable du bruit, le referme avec un soupir. Une seconde vibration me ramène à la réalité, un peu de mauvais poil. Le volet est resté grand ouvert et la lumière inonde la pièce.

On est quel jour, déjà ? Et qui sont ces gens qui font du marteau-piqueur sous mon crâne ? Je bouge à peine, lève doucement la tête. Le drap se décolle lentement de mon visage et je sens qu'il y a laissé une longue marque rouge. Je suis poisseuse, fatiguée, et j'ai l'impression qu'un animal est venu mourir dans ma bouche cette nuit. C'est forcément ça, sinon, comment expliquer ce goût et cette odeur de l'enfer ?

Je bats lentement des cils, essaie de m'asseoir. J'ai envie de vomir.

– Hello.

Je fais un bond et manque de tomber du lit. Je prends cependant vite conscience que l'inconnu à mes côtés n'est autre que Tom, ce qui n'empêche pas mon cœur de mettre un moment à se calmer. On dort ensemble presque toutes les nuits depuis des semaines, mais curieusement, sa présence à mes côtés ce matin m'inquiète au plus haut point.

– Qu'est-ce que tu fais là ?

Il est allongé, en train de pianoter sur son téléphone, et me jette un coup d'œil moyennement intéressé.

– J'essayais de te garder en vie. J'avais peur que tu t'étouffes dans ton vomi.

Je sens immédiatement mes joues s'embraser.

– Qu'est-ce que tu racontes ? Pourquoi j'aurais besoin de…

– Tes affaires sont au pied du lit.

Mes yeux se posent sur mes vêtements pliés sur le sol et mon portable soigneusement posé sur le dessus. C'est en voyant mon débardeur plié en quatre que je baisse les yeux sur mon soutien-gorge. Je n'arrive pas à retenir un cri affolé et tire vivement le drap pour le dissimuler à la vue de mon voisin.

– Qu'est-ce qui s'est passé ?

Je fouille tant bien que mal dans mes souvenirs embrouillés, essaie de reconstruire la soirée d'hier. On était sur son balcon, il m'a préparé une tequila, je crois, ensuite j'ai voulu jouer à un jeu de société…

– On a fait une partie de Monopoly ! m'écrié-je d'un ton où perce une légère interrogation, au cas où il voudrait me rappeler les détails.

– Tout à fait. Je t'ai battue à plate couture. La prochaine fois, je prendrai la chaussure, ça vaudra mieux.

Je hausse un sourcil, sceptique.

– Tu m'as battue au Monopoly ? Toi ?

– Oui, déclare-t-il d'un air solennel.

– Vraiment ?

– Oui.

– Je ne te crois pas. Et puis, qu'est-ce que je fais dans cette tenue ? On a… ?

Il me scrute d'un air très sérieux.

– Oui.

Je me sens blêmir. *Non, on n'aurait pas fait ça quand même... Pas comme ça...* Même si j'en avais très envie, et que Tom hante mes jours et mes nuits, je ne veux pas avoir oublié ma première fois !

– On a bien fait un strip Monopoly, Mei Bradley, que tu as perdu, comme tu peux le constater.

Une vague de soulagement m'envahit. Et peut-être une petite pointe de déception.

– On a fait *quoi* ?

– Un strip Monopoly, répète-t-il, visiblement ravi.

Avisant mon air scandalisé, il lève les mains en signe d'impuissance.

– C'était ton idée ! J'ai dû me cacher les yeux toute la soirée !

– Tu mens ! Il ne me serait jamais venu à l'esprit de proposer une version déshabillée de mon jeu préféré.

– Eh bien si.

Est-ce que quelque part, j'ai cru pouvoir attirer son attention si je faisais tomber le haut ?

Je mène ces réflexions silencieuses en m'enroulant dans le drap. Tom est allongé dessus et je tire au maximum afin de récupérer assez de tissu pour me couvrir tout entière. Il bouge à peine, bien décidé à me rendre la tâche la plus difficile possible, un sourire au coin des lèvres.

– Tu voulais quelque chose ?

– Bouge tes fesses, Harper ! grogné-je.

Je bondis hors du lit pour m'éloigner, mais continue à tirer sur le tissu. Tom accepte de remuer un peu et le drap m'arrive d'un coup dans les mains. Déséquilibrée, je manque de m'écrouler sur le sol et me retiens au mur après avoir marché sur une chaussure qui traînait.

Je finis par me planter à côté du lit, le drap resserré autour de mes épaules comme une couverture de survie. J'ai la tête qui tourne et la nausée se fait encore plus présente.

– On est quel jour ? Et il est quelle heure ?

– Nous sommes le dimanche vingt-quatre août et il est… (il jette un coup d'œil à son téléphone) 10 h 37. La température extérieure est de vingt-huit degrés.

– C’est bon, pas trop de détails, grincé-je en plissant les paupières.

J’ai horriblement mal à la tête !

– Je vais prendre une douche.

Je verrouille derrière moi et me jette sous l’eau chaude.

Après plusieurs minutes, quelques coups retentissent à la porte.

– Mei ?

– Quoi ?

– Tu devrais venir à la plage avec moi, ce matin. Kyle est déjà sur le sable, la météo est excellente et… ça te ferait du bien. On pourra discuter, aussi.

Je fronce les sourcils et cesse de me shampooiner, une montagne de mousse sur la tête.

– Tom, s’il te plaît, rentre chez toi… C’est à dix mètres. Je suis crevée et j’ai la gueule de bois, je n’ai pas la force d’aller à la plage.

– Si tu viens, je t’emmène manger thaï ce soir.

Je soupire.

– Mais pourquoi tu y tiens tant ? le questionné-je en gémissant.

Le simple fait de parler suffisamment fort pour qu’il m’entende, malgré le jet d’eau et la porte fermée, m’épuise.

– On va te prendre un parasol et une grande bouteille d’eau, tu seras bien. Si tu t’ennuies, tu pourras discuter avec Kyle ! Je suis sûr que vous aurez plein de choses à vous raconter.

Kyle...

En une fraction de seconde, tout me revient en tête. Comme si un rayon de soleil perçait à travers les nuages. De gros nuages gris, épais, uniquement constitués de brumes d'alcool.

Je me souviens de tout ! Mes baisers torrides avec Tom, allongée sur son canapé. Moi, gémissant à son oreille. Et puis, cet autre moment, bien plus gênant encore. Celui où, debout au milieu de leur salon, j'ai annoncé fièrement : « Je suis d'accord pour coucher avec vous deux, on ferme les yeux et on y va ! » *Quelle horreur !*

Mon sang reflue de mon visage.

Oh non, je n'ai pas dit ça...

Si, je l'ai dit.

J'aimerais disparaître avec l'eau de cette douche, rejoindre la mer et qu'on ne me retrouve jamais.

Et ce matin, il veut qu'on fasse un saut à la plage, tranquilles. *Pour voir Kyle.*

Tout ça ne me dit rien qui vaille.

CHAPITRE 36

TOM

Bon, on fait simple. On marche droit vers Kyle, qui sera certainement en train d'exécuter des pompes devant les nanas de Huntington Beach, et je lui dis… euh… « Salut frangin ! ça va ? »

Je ne l'appelle jamais « frangin », peut-être à cause de son désir pathologique de fusionner avec moi, qui me force à prendre mes distances. Mais ça devrait aller. Mei prendra conscience de son erreur, Kyle se demandera ce qui me prend, et tout rentrera dans l'ordre. Parfait ! *Sauf si cette entrevue se termine en guerre nucléaire.*

Que se passera-t-il lorsque Mei se rendra compte qu'elle s'est trompée ? Je ne serai plus l'ami très proche, rassurant, à qui elle peut tout dire. Je serai l'homme à abattre, l'exemple qui prouvera qu'elle n'avait encore rien compris, et qu'elle échoue toujours, quoi qu'elle fasse.

Je préfère ne même pas y penser. Quoi qu'il arrive, je dois lui avouer la vérité, alors advienne que pourra.

La douche et un bon petit déjeuner semblent l'avoir requinquée.

– Tu as meilleure mine, assuré-je avec un sourire, juste avant de me garer sur le parking de la plage.

– J'ai mal au cœur…

Elle claque mollement sa portière tandis que je scrute le sable. Kyle ne doit pas être loin, il m'a confirmé par SMS qu'il se trouvait dans le coin.

– Du bon air frais te fera du bien ! Viens !

– Il fait trente-deux degrés… geint-elle.

J'ai bien conscience que les conditions ne sont pas vraiment réunies pour faire cette annonce en douceur. Gueule de bois, risques d'insolation évidents… Mais je ne peux pas supporter que la seule chose qui nous sépare soit ce quiproquo stupide. Ces baisers, ces caresses, hier, c'était incroyable, j'ai cru brûler de désir. J'ai besoin de Mei, je l'aime comme un dingue, et je ne la laisse pas indifférente non plus, apparemment. Alors virons cet obstacle de notre chemin une bonne fois pour toutes !

On rejoint l'océan. Je porte ma planche sous le bras, même si, incroyablement stressé par l'instant confession à venir, je n'ai aucune envie d'aller surfer. Je mets un moment à repérer Kyle. Il n'est pas très loin, c'est juste que… Je m'attendais à le trouver seul, du coup, j'avais ignoré ces deux silhouettes à contre-jour, en train de discuter, les pieds dans l'eau.

Un frisson me glace.

On annule. Barrons-nous d'ici tout de suite !

Mei est plantée dans le sable, hagarde.

– Tu sais quoi ? C'était une mauvaise idée, je ne les sens pas du tout, ces courants. On ferait mieux de rentrer !

– Ah bon ? Comme tu veux, répond-elle en haussant les épaules.

Parfait, dans son état d'épuisement, elle n'a pas la force de se révolter contre mes revirements intempestifs.

– Allez, à la maison !

On a à peine parcouru quelques pas qu'une voix féminine, reconnaissable entre toutes, s'élève derrière nous.

– Tom ! Eh oh !

Je ferme les yeux, tandis que Diana se rue vers nous.

CHAPITRE 37

MEI

La jeune femme arrive à notre hauteur avec un magnifique sourire. Il est raccord avec le reste, je dois dire. Grande, les cheveux auburn, elle a l'air sportive et bien dans ses baskets. C'est peut-être une surfeuse, elle aussi…

– Salut Tom ! s'exclame-t-elle, toujours en trottinant dans le sable.

– Salut, répond-il entre ses dents. Désolé mais ce n'est pas trop le bon moment… On peut se voir plus tard ?

Soudain embarrassée, elle ralentit sa course et se tourne vers moi. Son sourire se fane. Ses yeux vont et viennent entre Tom et moi, sans que je comprenne vraiment ce qui se passe.

– Oh… Je ne savais pas…

– Je suis Mei, sa voisine, indiqué-je pour détendre l'atmosphère.

– Et moi, Diana, son ex-fiancée. Il t'a sans doute parlé de moi ?

Je pivote lentement vers Tom, tandis qu'un frisson glacé dévale ma colonne vertébrale. J'ai peut-être mal compris. Après tout, je ne comprends jamais rien. Oui, ça doit être ça. Je préfère me raccrocher à n'importe quelle explication, même farfelue, pour éviter d'avoir à conclure que je suis décidément la reine des abruties.

Mon air désemparé semble la blesser profondément.

– Je vois… Je vais vous laisser, annonce-t-elle en ravalant ses larmes. Je ne voulais pas te déranger, Tom. J'espérais juste qu'on… enfin, laisse tomber.

Son regard s'embue et elle cligne frénétiquement des paupières.

– À une prochaine, Mei, achève-t-elle en me dépassant pour remonter la plage.

La politesse est un curieux réflexe. En mode automatique, je murmure « *bye* », tandis qu'elle s'éloigne.

Mes lèvres ont bougé mais mon cerveau est en plein court-circuit. Je suis toujours bloquée sur ce qui s'est dit il y a quelques secondes, et qui m'a fait l'effet d'un uppercut en plein visage.

– Ta fiancée ? répété-je d'une voix blanche.

Tom plante sa planche dans le sable et m'observe douloureusement.

– Mon ex-fiancée. On s'est séparés l'année dernière, le jour où j'ai eu mon accident.

Un gouffre est en train de s'ouvrir sous mes pieds. J'ai l'impression de voir Tom pour la première fois. Je me suis blottie dans ses bras des nuits entières, lui ai confié mes secrets les plus intimes, lui ai ouvert mon cœur ! Et pourtant, j'avais tout faux. Encore une fois, j'ai été totalement à côté de la plaque. Je voudrais m'enfuir.

– Mais…

J'ai la tête qui tourne, l'impression que la réalité tourbillonne. Ce n'est pas possible ! Je suis en train de perdre pied. Tom esquisse un pas vers moi, qui me fait immédiatement reculer.

– Mei, je ne suis pas gay.

L'air me manque, je suis en train d'étouffer. J'essaie de formuler une phrase, mais mes pensées s'entrechoquent à une telle vitesse que rien de cohérent ne parvient à sortir, à part :

– Mais si ! Tu… tu…

J'ai conscience d'être ridicule en le disant, mais je suis complètement désorientée.

– Je suis désolé, je ne voulais pas que tu l'apprennes de cette manière.

Mon regard balaie la plage jusqu'à tomber sur Kyle, qui a carrément déserté pour rejoindre le ponton. Il est en pleine discussion avec un groupe de filles, les bras croisés, un sourire charmeur sur le visage. Je l'ai vu faire des milliers de fois, lorsque je venais assister aux entraînements de Tom, mais je me disais toujours qu'il était juste… sociable.

Sociable ? Je suis vraiment la reine des connes.

La douleur me tord le ventre. Je reconnais bien cette sensation. Cet accablement, c'est le même qu'à chaque déception amoureuse. Je me fustige pour tout ce que j'ai pu penser, dire ou faire, qui m'a plongée dans cette situation affligeante.

Le monde se referme sur moi comme un trou noir. Tom avance d'un pas et essaie de me prendre dans ses bras. J'ai tellement honte que je me dégage brusquement de son étreinte.

– Pourquoi tu m'as menti ?

Il a l'air profondément choqué.

– Je ne t'aurais jamais menti ! Tout ça est un malentendu. Et c'est la première fois que quelqu'un imagine que je sors avec mon frère !

– Je crois que je vais vomir, annoncé-je en faisant quelques pas sur le côté.

Je lève les yeux vers Kyle, qui vient de tendre son téléphone à une fille pour qu'elle y entre son numéro.

Ils ont les mêmes yeux, non ? se rappelle la voix de Kitty à mon oreille.

Son frère, Mei !

Les *frères* Harper.

Tom s'approche une nouvelle fois de moi, mais je l'esquive adroitement, avant de lever un doigt accusateur vers lui. La colère m'aide à ravaler ma nausée.

– Mais comment tu as su que je… Que je me plantais ?

– C'est toi qui me l'as dit ! Pendant le strip Monopoly, hier soir. Tu étais totalement bourrée, je t'ai couchée et tu l'as marmonné avant de t'endormir.

– Et tu pensais me mener en bateau encore longtemps ? On allait se faire combien de sessions de surf, combien de nuits, enlacés, avant que tu m'avoues la vérité ?

Autour de nous, les vacanciers en train de bronzer lèvent la tête de leurs serviettes, curieux.

– Eh ! Je te ne menais pas en bateau, c'est clair ? Je t'ai traînée ici le plus vite possible pour t'amener à comprendre la vérité en douceur. Je pensais qu'en croisant Kyle… Enfin, je voulais juste rendre ma relation avec lui un peu plus explicite, mais Diana a débarqué et…

– Et le strip Monopoly, c'était l'idée de qui ? le coupé-je froidement.

Il fronce les sourcils.

– Mais on s'en cogne !

– C'était l'idée de qui ?

– La mienne ! Qu'est-ce que ça change ?

– Donc tu m'as menti. Qu'est-ce qui me prouve que tu ne le fais pas constamment ?

Tom a un mouvement de recul. Je sais que je vais trop loin, mais je serais prête à dire n'importe quoi pour me sortir de cette situation, même par la petite porte.

– Mais pour qui tu me prends ? Je t'ai menti ce matin pour te charrier ! *Breaking news*, Mei, c'est ce que je fais tout le temps ! Je te taquine, tu boudes, on rigole, on dîne et ensuite je te tiens la main comme un putain de prince charmant pendant que tu dors !

Il a l'air tellement en colère. Je le suis aussi, mais savoir qu'il m'en veut me donne envie de pleurer. Avoir l'impression d'être complètement stupide aussi. Je me sens devenir livide.

– Et toutes ces nuits où on a dormi ensemble… me rappelé-je, la lèvre inférieure tremblotant misérablement. Alors que tu n'es pas gay du tout !

– Qu'est-ce que ça change ? répond-il d'un ton adouci en tentant un nouveau pas vers moi. J'ai pris soin de toi, rien d'autre.

– Je n'aurais jamais dormi avec toi si j'avais su que… Rah !

Je me détourne, revivant toutes ces nuits où j'ai plongé dans le sommeil en me cramponnant à lui. Alors qu'il n'était pas mon meilleur ami gay, dépourvu de la moindre envie de me séduire. Il était… Qu'est-ce qu'il était, au juste ?

– Je te jure que j'ignorais que tu pensais que j'étais gay jusqu'à hier soir. Même si ça explique plein de choses…

– Ah oui ? Lesquelles ?

– Les râteaux que tu m'as mis les uns après les autres sans même t'en rendre compte, pour commencer. Ou mes allusions, que tu ne pigeais jamais, ou mes tentatives pour te faire comprendre que tu me plaisais.

– Tu n'as jamais fait de tentatives !

– Je n'ai pas arrêté mais tu ne comprenais rien !

Je jette un coup d'œil désespéré autour de nous. Notre public n'en rate pas une miette ! *Retournez vous gaver d'UV !*

– Pourquoi ne pas me l'avoir dit dès le réveil ? demandé-je un ton plus bas.

– Parce que j'avais peur que tu réagisses exactement comme maintenant. Je me suis dit que si tu me voyais explicitement traiter Kyle comme mon frère, tu ferais le lien…

Je me couvre le visage, morte de honte.

– C'est un cauchemar.

Tom tente encore de se rapprocher.

– Mei, ce n'est pas grave… On se fout de ce malentendu, ce qui compte, c'est qu'on se plaise et qu'on soit bien ensemble.

– Comment ça, « on se plaît » ? demandé-je avec une mauvaise foi ahurissante. T'es dingue ?

Il croise les bras, l'air impatient.

– Tu veux que je te rappelle ce qu'on a fait sur mon canapé hier soir ?

J'ai encore le goût de sa langue sur la mienne, malgré les stratocumulus d'alcool. Impossible de nier.

– Non, c'est bon, rétorqué-je en boudant.

Sa voix devient encore plus douce. J'ai l'impression d'être une bête sauvage dont il essaie de gagner la confiance. Mais j'ai tellement mal que je serais prête à lui donner un coup de griffe juste pour qu'il me laisse tranquille. Je le sens, c'est là, au creux de ma poitrine. Je dois me retenir pour ne pas le blesser, ce n'est pas ce que je veux. Je tiens profondément à lui, mais je nage dans le même temps dans un océan constitué de mes peurs les plus profondes. Je me noie dans ma sensation de ridicule, d'être trop perdue pour me montrer digne d'être aimée. Sous l'eau, les requins frôlent mes pieds, je ne sais pas comment m'en sortir.

– J'ai eu toute la nuit pour penser à ces deux derniers mois, murmure Tom en me saisissant la main, et je me fais violence pour ne pas la lui retirer d'un coup sec. On aurait eu mille fois l'occasion d'aborder nos vies amoureuses, mais toi comme moi, on éludait systématiquement. J'avais peur de parler de Diana parce que je me trouvais pathétique, et j'évitais le sujet Kyle parce que je manque d'assurance quand il s'agit de lui. Tu étais si sensible lorsqu'on l'évoquait, j'avais parfois l'impression qu'il te plaisait. On cachait notre passé par pudeur, et on a avancé comme ça pendant des semaines, puis des mois. Quelque chose nous retenait, mais pour moi aussi, c'était plus confortable. Je n'étais pas prêt. Mais, si tu es totalement sincère, au fond de toi, je suis sûr que tu as toujours su que j'étais hétéro.

– Absolument pas !

Tom hausse les sourcils, surpris par le ton de ma réponse.

Oui, j'essaie de l'incriminer… Même si dans le même temps, tous les avertissements de Kitty me reviennent en tête. « Il n'est pas gay. Tu t'enfonces dans le déni. Le hasard est bien fait, pile poil aux dimensions de ta phobie des relations sérieuses ! »

Elle avait raison. Et je le savais déjà, à ce moment-là… Mais c'était une pensée trop effrayante. Paralysante. Si j'avais admis la vérité, je me serais sentie obligée de fuir le plus vite possible. Exactement comme maintenant. Ce n'était que reculer pour mieux sauter.

– Je me suis défilé, reprend-il plus doucement. J'aurais pu prendre mon courage à deux mains depuis longtemps, mais j'avais peur de te perdre. T'embrasser, hier, à la soirée des anciens, est de loin la chose la plus terrifiante que j'aie jamais faite. Bien plus impressionnante qu'affronter une vague de vingt mètres, crois-moi. Ce n'est pas un hasard si je l'ai fait devant cette peste, j'étais sûr que tu n'oserais pas péter les plombs face à elle. Mais on ne va pas passer notre vie comme ça, si ?

Il me dévisage intensément. Je ne me suis jamais sentie aussi connectée à lui et, en même temps, aussi terrorisée. J'oscille dangereusement, aux prises avec mes doutes, mes peurs, mais aussi mon envie de me jeter sur lui.

– Ce n'est pas si simple… Je ne peux pas, juste comme ça, décider de…

– Bien sûr que si.

Cette fois, Tom se plante devant moi et me saisit par les épaules. Je crois que la moitié de Huntington Beach est en train de nous observer, sur le sable comme depuis le ponton.

– Mei. Je suis très am…

– Stop ! Ça va pas, non ? m'écrié-je, paniquée.

– Qu'est-ce que j'ai encore fait ?

– Ne dis pas ça ! Tout sera différent après…

– Je m'en fiche. Je suis fou amoureux de toi, et rien de ce que tu pourras dire ou faire n'y changera rien.

Mon cœur éclate, bombardé par des milliers de feux d'artifice. Mais aussitôt, je sens mes défenses se remettre en position. Il ne faut pas flancher, c'est trop dangereux. Aimer rend vulnérable, je le sais. Ouvrir son cœur, c'est tendre un poignard à l'autre et lui proposer de frapper où il veut.

– Ne raconte pas n'importe quoi, l'imploré-je en me collant une main sur le visage.

– Je t'aimerais même si tu me forçais à n'écouter que du Katy Perry jusqu'à la fin de ma vie.

– Tom…

La chanteuse me ramène à nos débats interminables sur la musique, le cinéma, et tout ce que l'on aime l'un et l'autre. Ce temps passé ensemble. Ses entraînements. Son retour à l'eau, avec moi à ses côtés.

Peut-être que je l'ai aidé. Comme il m'a aidée à surmonter les blessures que m'a laissées Lorelei.

– Je t'aimerais même si tu remplaçais mes boissons énergétiques par des bubble-teas gélatineux ! Et même si tu…

Prise d'une brusque impulsion, je me jette sur Tom pour l'embrasser. À l'instant où mes lèvres se plaquent sur les siennes, il referme sa prise autour de ma taille et me serre fermement contre lui.

Mes pieds décollent du sable. Je cherche sa langue et lorsque je la trouve, un éclair éclate à l'intérieur de moi. Plaquée contre lui, respirant son odeur, les bras enroulés autour de ses épaules, je me cramponne. Tom déclenche en moi un tourbillon d'émotions et d'appréhension, mais je ne veux plus résister. Je veux être à lui pour toujours, tant pis si j'ai une peur bleue de ce qui va nous arriver. Il sera là, on voguera ensemble au milieu de la tempête.

Tout le monde nous regarde, mais je m'en fiche. Ce baiser est parfait, mes mains glissent dans son dos, s'agrippent à ses muscles. Tom s'écarte et pose les mains dans mes cheveux pour me serrer davantage contre lui.

Le monde disparaît autour de nous. Il ne reste plus que son regard ardent, et les battements frénétiques de mon cœur qui cognent dans ma poitrine.

– Qu'est-ce qu'on fait, maintenant ? souffle-t-il.

Je réunis tout le courage dont je suis capable.

– On ferme les yeux, et on y va.

CHAPITRE 38

MEI

Tom referme sa porte d'entrée sans desceller nos lèvres, et dès qu'il le peut, m'attire contre lui. On se mord plus qu'on ne s'embrasse, laissant enfin libre cours au désir qui nous consumait jusque-là. Comment ai-je réussi à vivre sans éprouver cette douce folie ?

Je ne sais plus qui fait quoi, si c'est moi qui presse mon bassin contre le sien ou l'inverse, lui qui me dévore ou moi qui suis affamée. Nos corps s'attirent comme des aimants, et chaque mouvement qui nous éloigne l'un de l'autre est une torture.

J'ai besoin de lui pour être complète depuis que je l'ai rencontré.

Dans sa chambre, je sens le lit contre mes jambes et m'allonge instinctivement sur les draps. Tom retire son T-shirt d'un mouvement leste et le laisse tomber au sol. Ses traits se contractent. Je perçois le désir qu'il éprouve, il lit certainement l'appréhension sur mon visage, malgré mon envie de lui, quasi insoutenable.

– Tout va bien ? me demande-t-il doucement en déposant quelques baisers dans mon cou.

Je hoche la tête et saisis son visage pour ancrer mon regard dans le sien. Au fond de ses prunelles, je lis un océan d'émotions mêlées. Et au milieu d'entre elles, je reconnais notre complicité, ce lien invisible qui nous rend plus forts que tout.

Il embrasse la paume de ma main et amène mon poignet sur le matelas, au niveau de mon visage. Je suis à sa merci, et en même temps totalement en confiance. Dans cette position, mon haut remonté laisse apparaître mon nombril. Tom fronce les sourcils, peut-être sous le coup d'une nouvelle vague de désir.

Mes tétons sont deux pointes dures, je brûle de les sentir sous ses mains. Tom dépose une ligne de baisers le long de mon ventre, me faisant frissonner, avant d'embrasser le tissu fin de mon soutien-gorge. Je me cambre instinctivement, les reins en feu, et une humidité délicieuse s'insinue entre mes jambes.

Chacune de mes cellules réagit à son contact. Il tire sur le fin triangle et sa langue se met à dessiner le contour de l'aréole de mes seins, inlassablement, jusqu'à me faire pousser un gémissement. Un sourire se dessine immédiatement sur ses lèvres.

– Tu vas me rendre dingue, s'amuse-t-il.

J'ignore d'où me vient cette idée soudaine, mais je descends lentement sa braguette et entreprends de caresser la zone la plus dure de son anatomie. Je n'ai jamais fait ça avant, comme tout ce qui va se jouer à partir de maintenant, mais j'ai terriblement envie de le découvrir.

Il ferme les yeux avant de les rouvrir et de retirer vivement ma main.

– Il vaudrait mieux éviter si tu veux qu'on prenne notre temps, déclare-t-il d'un air grave.

Il plaque mon autre main près de mon visage et fond sur mes lèvres. J'entrouvre la bouche et le laisse me découvrir. Ce contact est enivrant, me perturbe et, en même temps, répond à toutes mes questions. *C'est lui. Ça a toujours été lui.*

Tom me libère et descend jusqu'à mon short. Il le déboutonne et le fait glisser doucement le long de mes cuisses. Je suis ivre de désir, à deux doigts de lui demander d'accélérer. Bien sûr, j'ai une légère appréhension, mais l'envie de le sentir en moi est dévastatrice.

Une fois qu'il m'a débarrassée de mon short, Tom s'intéresse à ma culotte. Soudain, je me sens nue et intimidée. Je me redresse légèrement et pose une main sur mon vêtement, comme pour mieux dissimuler ce qui se trouve sous le tissu.

Tom revient à ma hauteur et embrasse mes pommettes, le creux de mon cou, avant de me regarder intensément.

– Tu veux faire une pause ?

Je secoue la tête de droite à gauche. Je suis un peu stressée, mais je n'ai aucune envie d'arrêter ce qui est en train de se jouer. C'est nouveau, mais c'est réellement délicieux.

Il s'allonge à côté de moi en laissant ses mains découvrir mes courbes. Nos baisers s'éternisent, j'ai l'impression qu'il attend que je confirme que je suis prête. Et cette fois, je crois que c'est le cas.

Je l'attire contre moi et il effleure mon ventre d'une longue caresse, avant de glisser sa main sous le tissu. J'expire brusquement, étonnée mais transportée par l'idée que Tom, mon fantasme incandescent, caresse mon sexe humide.

Il dessine des mouvements circulaires qui me font perdre pied, et joue avec mes nerfs en laissant sa langue courir le long de ma nuque. J'étais déjà incroyablement excitée, je frôle désormais la combustion spontanée.

J'ouvre la bouche, mais rien de précis ne parvient à en sortir à part quelques gémissements confus. Mes seins couverts de chair de poule répondent à mon intimité détrempée. Au bout d'un moment, Tom ralentit. Perdue, je tourne la tête vers lui et halète une seconde. Je l'attire contre moi, ne sachant pas comment formuler plus clairement ce dont j'ai envie. Mais il le comprend sans que j'aie à le faire et finit de se débarrasser de ses vêtements.

Je remonte légèrement sur le matelas jusqu'à poser la tête sur l'oreiller et avale difficilement ma salive. *C'est Tom, tout va bien se passer...*

Il enfile un préservatif et s'installe au-dessus de moi. En continuant de m'embrasser, il écarte mes jambes avec le genou. Dans cette position, je me sens terriblement vulnérable, mais si heureuse de ne bientôt faire qu'un avec lui.

Curieuse, je jette un coup d'œil à son sexe dressé et relève vite les yeux, encore plus intimidée qu'avant. Il m'embrasse sur le nez et me souffle à l'oreille :

– C'est prévu pour, ne t'inquiète pas.

Je laisse échapper un semblant de rire, à mi-chemin entre l'amusement et la panique, et il m'embrasse de nouveau. *Tout va bien se passer. Notre complicité est telle que ce qui va arriver sera forcément parfait.*

– Parle-moi, OK ? On peut arrêter à tout moment.

Je hoche la tête. Sa main effleure mon sein, ma taille, mes hanches, qu'il saisit. Lorsque je le sens contre mon intimité, je sursaute. Personne avant lui n'avait jamais fait ça. Dire que c'est une formalité serait mentir, j'ai l'impression que ma vie sera différente ensuite.

On échange un long regard et, lorsque je me sens prête, j'acquiesce. Tom entre en moi doucement, avec toutes les précautions du monde. La sensation me prend au dépourvu et le tiraillement me fait plisser les yeux. Je n'ai jamais rien introduit à cet endroit, trop intimidée par ma propre anatomie et les peurs qui s'y rattachaient. Je fronce les sourcils et je vois aussitôt mon partenaire se tendre. Alors je me cramponne encore plus fort à ses bras, m'arrime à son regard pour l'inviter à continuer. La douleur disparaît, certainement parce que je me détends, et je peux enfin profiter de notre fusion.

Tom glisse une main sous ma nuque et m'embrasse ardemment. Son baiser me fait perdre la raison, détourne mon attention autant qu'il fait monter mon plaisir. Puisque tout se passe bien, il entame un va-et-vient plus décidé. Il se recule pour m'observer, et j'ai soudain l'impression d'être infiniment précieuse. Et surtout, d'être à lui.

– Vas-y, soufflé-je.

À ces mots, il prend plus d'assurance. Son souffle s'accélère et je me concentre sur son corps, pressé contre le mien, sur ce qu'il est en train de me faire. La simple idée de le savoir en moi, mes seins écrasés contre son torse, mes ongles enfoncés dans ses épaules, me fait décoller. Le plaisir me bouleverse, monte par vagues, et je me sens me resserrer autour de lui.

Il ne m'a jamais paru aussi viril qu'avec cette mâchoire tendue, ces muscles saillants, et cet air animal. D'instinct, je plie les jambes et l'invite à venir plus profondément en moi. Lorsqu'il s'avance, je pousse un léger cri de surprise. Est-ce que c'est ça ? Est-ce que j'ai joui ?

Tom effleure le contour de mes lèvres et m'arrache des gémissements essoufflés. Je grave la moindre seconde de cette étreinte dans mon esprit, je veux m'en souvenir toute ma vie.

Il m'embrasse de nouveau et s'enfonce une dernière fois en moi avant de pousser un soupir. Il reste immobile et je le serre contre moi plus fort que jamais. Je ne veux pas que cet instant se termine. J'aimerais qu'on reste ainsi pour toujours.

CHAPITRE 39

TOM

Blottie contre moi, Mei m'observe avec de grands yeux étonnés.

– À quoi tu penses ? soufflé-je.

Il règne dans la chambre un silence de cathédrale. Ce qu'on vient de vivre était si beau que j'ai du mal à m'en remettre. Elle est parfaite. Elle est magnifique, et je suis fou amoureux d'elle. Cette pensée me réconforte et me fait peur à la fois.

– Je me suis toujours demandé comment les rayons de soleil qui filtrent à travers nos volets se dessineraient sur tes muscles, annonce-t-elle finalement.

– C'est drôlement spécifique comme questionnement, m'amusé-je en rabattant précautionneusement le drap sur ses courbes.

– On a les mêmes volets, ce n'est pas surprenant que je me pose cette question.

– Un peu, quand même ! Et puis… ça veut dire que tu pensais à moi.

Cette idée est une caresse à mon *ego* et mes sentiments pour elle.

– Je dessinais ma BD, c'est tout, ronchonne-t-elle en retenant un sourire.

– En pensant à moi.

– Oui, Tom, je pense beaucoup à toi, tu es content ?

Je hausse les épaules.

– Ce n'est pas désagréable de l'apprendre.

Elle soupire en rigolant. Elle est tellement belle. Naturelle, inconsciente de l'effet ravageur qu'elle peut produire sur moi. Quoi qu'il arrive, je dois prendre soin d'elle et tout faire pour la rendre heureuse. À partir de maintenant, Mei est le centre de ma vie. À bien y réfléchir, c'est peut-être le cas depuis longtemps.

– Tu veux boire un smoothie ? demandé-je en la caressant du bout des doigts.

– Ouaip.

J'abandonne le lit et me rends au frigo.

– Je peux t'en préparer un orange-carotte, abricot-passion, ou… un truc détox aux épinards ?

– Je crois que je préfère garder mes toxines, répond-elle en riant.

Je sors les fruits du frigo, où je les conserve pour éviter qu'ils flétrissent à vitesse grand V à cause des températures de Santa Monica, et commence à découper le tout en petits carrés.

– C'est Kyle le roi de la détox qui serait content… murmure-t-elle depuis la chambre.

Je reviens, chargé de deux smoothies à l'abricot. Elle s'assied dans le lit, les joues rouges.

– Tu veux dire, Kyle, mon frère jumeau ? Oh ! Oui, il serait très heureux.

Je pense qu'il faut parler de lui tout de suite pour qu'il ne se transforme pas en sujet gênant. Elle s'est trompée, et ce n'est pas grave.

Elle pouffe de rire en se couvrant le visage, ce qui me rassure.

– Je suis vraiment dingue. Mais… vous êtes vraiment jumeaux ?

– Oui. Et assez fusionnels. Même si j'aime prétendre le contraire. Notre coloc dans le ventre de ma mère s'est un peu trop bien passée, il a eu du mal à se décoller quand on s'est retrouvés à l'air libre. Maintenant que tout est rentré dans l'ordre, je crois que je saisis pourquoi il y a pu y avoir une confusion.

– Merci, répond-elle après un silence.

– Même si ce genre d'imbroglio ne pouvait avoir lieu que dans un esprit totalement barré comme le tien, je comprends que ce soit arrivé.

– Eh ! s'écrie-t-elle en me donnant une tape sur le torse.

– Quoi ? J'ai dit que je comprenais !

– T'es infernal, rage-t-elle, le sourire aux lèvres.

Je saisis nos verres et les pose sur ma table de chevet, avant de me pencher pour l'embrasser.

À l'instant où nos bouches s'effleurent, la vague de désir que je ressens pour elle en continu depuis des semaines se réveille et menace de me submerger. Elle enroule le bras autour de mon cou et pousse un soupir qui me rend dingue.

Mes mains glissent sur la base de ses cheveux, je dévore ses lèvres comme un mort de faim. J'ai l'impression d'avoir été longtemps privé d'elle, et que je devrai désormais consacrer chaque seconde de ma vie à rattraper tout ce que j'ai manqué.

– Il y a quelque chose que je meurs d'envie de voir, avoué-je. Tu veux savoir ce que c'est ?

– Hmm… oui ? s'amuse-t-elle, tandis que je m'agenouille au bord du lit.

Elle fronce les sourcils lorsque je l'attire vers moi et lui fais poser les pieds sur le sol.

– Euh… tu as une idée en tête ? demande-t-elle avec une pointe d'appréhension.

– Plein.

Cette petite culotte blanche décorée de cœurs rouges juste sous mes yeux est à deux doigts de me rendre marteau. Mais mon érection, qui se manifeste avec force, va devoir attendre. D'abord, je voudrais voir Mei jouir. Et peut-être même une deuxième fois. Puis encore une autre, jusqu'à ce que ça devienne un bonheur simple de ma journée. Je voudrais qu'elle ait tellement de plaisir avec moi qu'elle y devienne accro. Je veux être sa came, sa dope, la dose sans laquelle elle ne peut plus vivre. Et ça commence maintenant.

Je fais glisser le sous-vêtement qu'elle a réenfilé jusqu'à ses chevilles et révèle son sexe doux et tellement attirant. Une merveille restée dissimulée trop longtemps à mon regard. Je tire Mei un peu plus à moi. Elle n'émet pas un son.

Elle me regarde quelques secondes comme un lapin pris dans des phares, avant d'acquiescer à ma question silencieuse.

Sans plus de cérémonie, je l'embrasse délicatement à cet endroit que j'ai rêvé de posséder pendant des semaines. La sensation de son sexe doux contre ma langue me rend immédiatement fou. J'en caresse tous les centimètres avant d'entamer les choses sérieuses.

Chacun de ses frémissements renforce mon désir, je sais quelle frustration je lui inflige. Je prends mon temps pour faire monter la tension.

– Tom… gémit-elle.

L'instant suivant, j'effleure délicatement son clitoris avec ma langue et la sens se tendre. Cette fois, ce n'est plus de l'appréhension, c'est du plaisir pur. Elle pousse de petits gémissements innocents et étonnés qui me font décoller.

Plus le désir monte chez elle, plus il s'intensifie chez moi. Je suis à deux doigts de poser une paume sur mon boxer pour l'accompagner, mais m'y refuse. Je suis là pour elle, et seulement pour elle.

Elle passe les doigts dans mes cheveux et m'incite à relever la tête. Ses grands yeux de biche excitent la partie de moi la plus bestiale. Elle n'a jamais fait ça avec personne. Je suis le premier à poser la langue à cet endroit et sa confusion excite mes sens au-delà de ce que j'aurais imaginé.

– Qu'est-ce que tu me fais ? souffle-t-elle.

– Je pensais que ça se voyait.

Je plaque de nouveau la langue sur son sexe et elle sursaute avant de pousser un gémissement alangui. Mon cœur se met à battre plus fort, tandis que je découvre, effleure et caresse chaque millimètre de son intimité.

Elle passe encore les mains dans mes cheveux, mais cette fois comme pour se raccrocher à quelque chose afin de ne pas basculer. Sauf que c'est justement ce que je cherche. Je veux qu'elle lâche prise et qu'elle se laisse terrasser par le plaisir.

Elle gesticule sous les assauts de ma langue, parvient à peine à retenir un cri, tant je la pousse dans ses retranchements.

Et le moment dont je rêvais arrive enfin. Son orgasme la surprend. J'aimerais tellement voir son visage à cet instant. Observer son abandon, étudier chaque muscle contracté, chaque frémissement. Est-ce qu'elle se mord les lèvres ? Est-ce que sa bouche est ouverte ?

Je passe le pouce sur mes lèvres et me réinstalle à côté d'elle. Essoufflée, battant des cils, elle se couvre la bouche à son tour, visiblement surprise par ce qui vient de se passer.

Elle a l'air épuisée, et finit par basculer contre moi. Son souffle affolé se calme. Moi, je n'ai toujours pas atterri. Je grave ses soupirs dans un coin de mon esprit, les applique comme un baume sur toutes mes blessures. Ce que j'ai entendu m'a boosté pour un siècle.

– Tout à l'heure, j'ai cru que… commence-t-elle. Mais en fait non. Alors que là… En fait, je n'avais jamais vraiment…

Je hausse les sourcils. Il me semble comprendre ce message crypté.

– Tu n'avais jamais eu d'orgasme ?

– Tu es obligé de prononcer le mot ? demande-t-elle en boudant.

– C'est comme ça que ça s'appelle. Décidément, il était temps que j'intervienne. On a des années à rattraper, des milliers d'orgasmes en retard ! On va s'y atteler dès aujourd'hui. Si tu n'as rien de spécial à faire, installe-toi, on recommence tout de suite.

Elle pouffe de rire.

– C'est ton plan ? Me donner des orgasmes pour me rendre accro ?

Je m'arrête, surpris qu'elle ait lu dans mon esprit, et caresse ses mèches étalées sur l'oreiller.

– Avoue qu'il est génial !

Elle sourit timidement et serre le drap contre elle en se mordant la lèvre. Sans me regarder, elle répond :

– Il est très bien. Mais tu sais… je suis déjà très amoureuse de toi.

Mon cœur se serre violemment.

– Maintenant, si vraiment tu insistes pour qu'on remette ça… poursuit-elle, je ne suis pas contre.

– À vos ordres, soufflé-je en la faisant basculer contre le matelas.

CHAPITRE 40

MEI

Sous ma toge de future diplômée, je transpire à grosses gouttes. Toutes les deux minutes, je rejette en arrière le pompon qui me tombe devant les yeux et lance des coups d'œil fébriles autour de moi.

– C'était vraiment une idée stupide ! Pourquoi est-ce que je les ai invités ? J'aurais dû dire la vérité à ma famille par courrier. Dans deux ans. Alors qu'on aurait été en voyage en Polynésie.

– Ça va bien se passer, me murmure Tom en essayant de me prendre dans ses bras. Ils seront fiers de toi, fais-leur confiance.

Je suis raide comme un bout de bois, stressée comme jamais je ne l'ai été dans ma vie. Autour de nous, les familles se réunissent avec le sourire, s'étreignent avec affection. La cérémonie de remise des diplômes a lieu dans le parc de la Turner Art School. Une grande estrade violette attend que l'on y défile pour récupérer notre sésame avec des sourires de bienheureux. En attendant, on fond sous un soleil de plomb.

– Et puis, ils n'ont plus de raisons d'être en colère contre toi, on s'est occupés de…

Je m'écarte brusquement de Tom.

– Je leur ai menti ! explosé-je. Pendant quatre ans ! Non mais tu te rends compte ? Ma grand-mère va me clouer au pilori. Elle a quatre-vingts ans et elle attendait que je travaille pour elle ! J'ai utilisé son argent pour autre chose que ce qui était convenu… Je suis un monstre !

– Hmm… souffle mon amoureux, circonspect. D'après ce que j'ai compris, c'est plutôt elle qui a la dent dure. Et puis, elle voulait payer tes études, c'est ce qu'elle a fait ! Si elle s'énerve, je lui raconterai un truc de surfeur pour la distraire. Ça a hyper-bien marché avec toi !

– Ma grand-mère n'est pas comme moi ! le contré-je en éclatant d'un rire incrédule. On n'a même strictement rien à voir l'une avec l'autre, si tu veux tout savoir. J'ai l'impression que tu ne te rends pas compte. Elle va me découper en rondelles !

OK, c'est la panique à bord.

– Une grand-mère, c'est une grand-mère, fait-il d'un air désabusé.

Je pousse un soupir agacé. Il ne comprend vraiment pas.

– Ferme les yeux.

Tom hausse les sourcils deux fois, l'air ravi.

– Tu vas te mettre toute nue ?

– Bien sûr, devant huit cents invités, au moment de ma remise de diplôme.

– Pourquoi pas ? Tu prends de l'assurance de jour en jour, je dois m'accrocher pour suivre !

Je soupire en riant légèrement, malgré tout.

– Ferme les yeux, je te dis !

Il s'exécute, l'air content de lui.

– Merci. Maintenant, imagine une mamie adorable, qui fait des clafoutis pour ses petits-enfants.

– Facile.

– Elle arrose ses bégonias et parle à ses fleurs pour qu'elles se sentent bien, parce que les plantes aussi ont des émotions. Elle donne toute sa monnaie aux SDF. Elle donne des bonbons aux enfants. Tu y es ?

– Oui, murmure-t-il, comme au milieu d'un rêve délicieux.

– Elle est drôle. Elle adore écouter le chant des oiseaux. Elle confectionne elle-même tous les cadeaux qu'elle offre à Noël et y brode ton prénom, pour que tu te sentes unique. Tu vois ?

– Oui !

– Bon, eh bien ma grand-mère est l'exact opposé de cette personne. C'est une vipère croisée avec un dragon. Et elle ne fait aucun cadeau à Noël, parce qu'elle estime qu'elle s'est déjà déchiré le périnée pour donner la vie à ma mère, et donc indirectement à ma sœur et moi, et que c'est déjà pas mal.

Tom rouvre les yeux et éclate de rire.

– Si je ne la séduis pas par mes bons mots, je le ferai avec mes muscles en béton.

Plein d'humilité, il dépose un baiser sur son biceps.

Rah !

– T'es un peu trop blond pour elle, à mon avis, cinglé-je.

– Allez, ne t'inquiète pas, je suis avec toi. Rien ne peut t'arriver, OK ?

Malgré ma tension, Tom me serre de nouveau contre lui et parvient à me calmer un peu. Je laisse ma joue s'écraser contre son buste et ferme les yeux.

– Je te préviens, si jamais les choses tournent mal, je te livrerai en pâture à ma famille avant de prendre la fuite, murmuré-je contre sa chemise.

Au fond, je sais très bien qu'il a raison. Mes proches vont tomber amoureux de Tom instantanément. À part ma grand-mère, évidemment, qui n'aime personne. Elle exigera seulement de savoir quand on compte se marier. Ma mère me harcèlera pour savoir s'il porte bien le talisman qu'elle se sera empressée de lui offrir, ma sœur demandera sans cesse si on a des projets en amoureux, mon père voudra avoir une conversation « d'homme à homme » avec lui, certainement pour lui parler de Steinbeck. Finalement, c'est une très bonne idée. Tom offrira une parfaite diversion à l'obtention de mon diplôme de « gribouillage ».

Kyle fend la foule compacte pour nous rejoindre. Autour de lui, les futures diplômées se dandinent.

– Désolé pour le retard. Il y a un monde de dingue ! Ça va, Mei ? Prête pour le grand jour ?

Il nous adresse un sourire lumineux.

– Oui, vraiment super, me contenté-je de couiner.

Sans hésiter, Kyle m'attrape par les épaules et me serre fermement contre lui, avant de me donner une bonne tape dans le dos. Cela ressemble aux encouragements qu'il offre à son frère avant une session de surf. La seule différence, c'est que j'ai le dos un peu moins musclé que lui. Tom le repousse en fronçant les sourcils.

– Arrête de la secouer, tu ne vois pas qu'elle est tout émue ?

– C'est pour l'encourager !

– Ouais, ben, encourage ma copine avec des mots, pas besoin de la peloter, ronchonne mon amoureux.

Kyle éclate de rire et je sens un sourire fendre mon visage. C'est idiot, mais ces sursauts de possessivité me flattent toujours.

Depuis que les choses sont rentrées dans l'ordre, je peux enfin parler avec Kyle sans souffrir d'une jalousie douloureuse, ce qui a considérablement amélioré notre relation, évidemment. Mais c'est Tom, désormais, qui est sur le qui-vive et fait la moue dès que je ris à une blague de son frère. Il va bien finir par s'habituer. Il devrait pourtant savoir qu'il n'y a que lui qui compte. C'est lui que j'aime, et même si Kyle est très attachant, il ne m'intéresse absolument pas ! Je n'ai jamais fait attention à lui, et je ne pense pas que ça puisse changer un jour.

– Vous avez vu Saul ? demande Kyle en jetant un coup d'œil à la ronde.

– C'est qui, Saul ? le questionné-je en fronçant les sourcils.

J'ignorais que ma remise de diplôme était assez intéressante pour qu'on y convie des amis que je n'ai jamais rencontrés.

– Oh ! Juste une connaissance… On fera les présentations plus tard, répond Tom, évasif.

– Tu ne le lui as pas dit ? demande Kyle en haussant les sourcils.

– Dit quoi ? ronchonné-je.

– En fait…

– On verra plus tard, le coupe Tom. Je lui ai demandé de venir au moment du cocktail.

– C'est risqué, commente Kyle en faisant la moue, si tu le colles près d'un saladier de punch, Mei va avoir du mal à en tirer quoi que ce soit.

– Mais c'est qui, ce Saul ? m'inquiété-je.

Les frères Harper se regardent fixement sans rien ajouter pendant de très longues secondes.

– Ton nouvel agent.

– J'ai dû mal comprendre, bredouillé-je, j'ai cru que tu avais dit « ton nouvel agent ».

– J'ai demandé à Kyle de te dégoter quelqu'un pour présenter ton projet dans les maisons d'édition spécialisées.

– C’est pas vraiment le même domaine, mais bon, répond Kyle d’un air dubitatif. J’ai du réseau.

– T’es dingue !

Tom me saisit les épaules à travers la toge, et ancre son regard au mien.

– Mei, tu vas obtenir un superbe diplôme, bravo, félicitations. Mais si tu t’arrêtes là, ça n’aura servi à rien. Saul va t’aider à concrétiser en te trouvant un éditeur, c’est tout.

– « C’est tout » ! répété-je, en panique. Mais je ne suis pas prête !

Un murmure s’élève près de nous, et la foule se bouscule pour laisser passer de nouveaux arrivants.

– Je ne comprends pas ! s’écrie une voix que je reconnaîtrais entre toutes, et qui me glace des pieds à la tête. Pourquoi une école de commerce ferait sa remise de diplôme ici ? Et qu’est-ce qu’ils ont, tous ces jeunes ? Ils ont l’air de vagabonds avec ces piercings et ces cheveux de toutes les couleurs !

– Mamyyyy ! râle Achariya.

– Et où est ce foutu rang 14B ? Il fait une chaleur d’enfer, je vais rendre l’âme avant de trouver ma petite-fille !

Je pivote lentement et tombe nez à nez avec ma famille. Mes parents, ma grand-mère, ma sœur, Gary et leur bébé dodu.

– Coucou ! s’exclame Acha en m’étreignant.

Elle tient Wyatt dans les bras, et lorsqu’il se retrouve en sandwich entre nous, il passe ses bras potelés autour de mon cou et s’agrippe à moi comme un petit singe. D'instinct, je le serre contre moi, tandis qu'il love son visage contre ma toge. J'ai terriblement chaud, mais ce contact avec mon être préféré me fait un bien fou.

– Mei ! s'étonne ma mère. Je ne comprends pas… Tous les panneaux indiquent « Turner Art School ».

Elle souligne ce fait étrange gentiment, le carton à la main, l'air perdu.

Mon père, tout heureux, tient le bras de son épouse. Il n'a pas l'air perturbé par ce qui arrive et se contente de m'embrasser pour me dire bonjour.

Derrière moi, Tom et Kyle se font discrets, me laissant gérer l'atterrissage de la famille Duong-Bradley comme je peux.

– Eh bien… J'ai quelque chose à vous annoncer…

L'angoisse me serre la gorge. Comment avouer à ma famille que j'ai détourné les fonds de ma grand-mère pour me payer une école d'art, alors qu'elle imaginait faire de moi un futur requin du commerce international ?

– Mamy… Papa… Maman…

Achariya dresse un discret pouce en l'air, accompagné d'un sourire crispé. Ma mâchoire se contracte, mon cœur menace d'exploser. Je prends une inspiration et, au dernier moment, j'attrape Tom et le tire brusquement vers nous. Surpris, il se plante à côté de moi.

– Euh… bonjour, lâche-t-il.

– Je vous présente Tom. C'est mon petit ami.

Silence.

J'ai bien conscience que cette annonce ne répond absolument pas à leurs interrogations. Mes parents échangent un regard étonné, ma sœur se décroche la mâchoire en examinant chaque détail de mon amoureux, Gary la regarde en plissant les yeux, et ma grand-mère ressemble de plus en plus à un bouledogue.

– Mais pour l'école ? cingle cette dernière. Qu'est-ce qu'on fait au milieu de tous ces aaaartistes ? Tu as vu celle qui a des piercings à la lèvre ?

Mince, j'espérais que Tom leur fasse à tous un effet un peu plus hypnotique que ça, et pas seulement à ma sœur. Mais rien ne saurait détourner l'attention de ma grand-mère. Rien !

Il est temps de leur dire la vérité. Je ne peux pas garder ce secret pour moi plus longtemps.

– Je suis désolée… je vous ai menti. Je n'ai jamais fait d'école de commerce. Depuis quatre ans, j'étudie ici, pour devenir dessinatrice professionnelle.

Ma grand-mère esquisse un pas en arrière, outrée.

– Comment ? Mais qu'est-ce que tu racontes ?

Mes parents cherchent leurs mots et Acha, pour qui tout ça n'est pas vraiment une surprise, continue d'admirer Tom avec de grands yeux. Je sais ce qu'elle traverse, j'ai personnellement mis des jours à me remettre de ma rencontre avec lui dans le couloir de la résidence.

– Mais tu as un petit ami ? s'écrie-t-elle finalement, aussi scandalisée que ma grand-mère. Et tu ne m'as rien dit ?

– C’est récent, avoué-je entre mes dents.

– Salut, je suis Kyle, fait le beau coach sportif en passant devant Tom et moi.

Il tend la main à ma sœur et lui offre un magnifique sourire de charmeur. Tom le tire par l’épaule avec un soupir agacé.

– Elle a un gosse, bordel !

Kyle hausse les sourcils.

– Oh ! Pardon !

Il a raison de l’évoquer, je rends Wyatt à sa mère avant que les choses ne dégénèrent et qu’il ne me serve de bouclier humain.

Cette fois, Gary a une sorte de sursaut et vient se placer face aux colosses de Huntington Beach.

– Je suis Gary, son mari, annonce-t-il d’une grosse voix en désignant sa femme du menton.

Ma sœur le regarde d’un air étonné. Ils sont tous les deux contre le mariage, cette soudaine envolée de Gary la prend au dépourvu.

Le voir jouer les gros bras me ferait mourir de rire si je n’étais pas aussi mortifiée par le regard perçant de ma grand-mère, et la confusion de mes parents.

– Pourquoi est-ce que tu ne nous as rien dit ? demande ma mère d’une petite voix.

– J’avais peur de vous décevoir… Peur que vous désapprouviez mon choix…

– Et tu as utilisé tout l’argent que je t’ai donné pour te payer des cours de dessin ? fulmine Mamy-Raksa. Tu continues de gribouiller des vaisseaux spatiaux ?

– Le travail de Mei est sensationnel, rétorque Tom, vexé pour moi.

Au fond de moi, j'espérais que l'émotion du moment puisse la convaincre que tout était pour le mieux, et que l'important, c'était que je sois heureuse. Voilà pourquoi je les ai fait venir ici plutôt que de leur annoncer la nouvelle au calme, à la maison. Je pensais que me voir en toge, les yeux brillants, accompagnée de la personne que j'aime, suffirait à faire tomber une pluie de confettis sur cette situation difficile. Au temps pour moi.

– Mamy, je suis vraiment désolée. Mais je vais tout te rembourser, j'ai fait un emprunt à la banque, Tom s'est porté caution, et tu récupéreras la somme dès demain, je te le promets. Je n'aurais pas dû te mentir, c'est juste que…

– Non mais ça ne va pas la tête ? s'écrie-t-elle.

– Je suis navrée, réellement, répété-je en me mordant la lèvre inférieure. Mais tout va s'arranger, je…

– Tu ne comptes quand même pas t'endetter de deux cent mille dollars ?

Je fronce les sourcils. Si, j'y compte bien. D'ailleurs, c'est déjà fait. Le temps que la banque déplace les fonds, et cette mascarade ne sera plus qu'un mauvais souvenir. Enfin, sauf pour moi, qui vais rembourser cet emprunt astronomique sur les vingt prochaines années.

Tom a proposé de verser le montant de mes frais de scolarité à ma grand-mère à ma place, mais c'est tout simplement hors de question. Il a beau avoir vendu la maison qu'il rénovait à Los Angeles, je ne veux pas que cette histoire s'immisce entre nous. C'est ma dette, mon choix, ce n'est pas à lui de l'assumer. J'ai néanmoins accepté qu'il se porte caution pour que je puisse me faire prêter cette somme. Je ne lui ferai jamais défaut, même si pour ça je dois tamponner des formulaires assommants le reste de ma vie. Que ça fonctionne ou pas pour moi dans l'univers de la BD, je ne regretterai jamais mon choix. J'aurai tout tenté pour être heureuse, c'est ce qui importe.

Le doyen s'approche du micro et le tapote deux fois, attirant l'attention de l'assemblée.

– Mesdames et messieurs, je vous invite à rejoindre votre place, nous allons commencer. Les futurs diplômés de la Turner Art School sont attendus aux premiers rangs !

Des applaudissements s'élèvent autour de nous. J'ai peur que ma famille profite de l'agitation générale pour décamper. Tom me fait pivoter vers lui et m'embrasse tendrement. Son contact me rassure, m'enveloppe. Il est tout ce dont j'ai besoin, mon soutien indéfectible.

– Va chercher ton diplôme, on est là, me murmure-t-il.

Son regard est intense. Je me noie dans ses prunelles, y puise la force qu'il me faut. Au fond de moi, je sens une sorte de cadenas s'ouvrir. J'ai fait le bon choix. Je n'ai certes pas accompli les choses dans les règles, mais j'ai tout entrepris pour me rattraper. Je ne dois rien regretter.

– On attend les derniers diplômés à leur place, rappelle le doyen, qui patiente sous le soleil cuisant.

– Si vous avez fini de vous peloter, tu devrais peut-être y aller, Mei, glisse Kyle, les bras croisés et l'air mutin.

Je hoche la tête et jette un dernier coup d'œil à ma famille, qui a l'air terriblement désemparée.

– À tout à l'heure, annoncé-je simplement.

Il est temps de commencer ma nouvelle vie.

Gonflée à bloc, je me détourne et file vers l'estrade.

CHAPITRE 41

TOM

Une main sur son chapeau de future diplômée pour l'empêcher de tomber, Mei se faufile le long de la rangée de chaises. Une fois dans l'allée, elle se lance dans un sprint pour rejoindre sa cohorte de camarades.

Lorsqu'elle disparaît, je me tourne vers sa grand-mère, qui la fusille du regard. Je m'apprête à l'empêcher de partir quand elle se met à râler contre un couple.

– Bon, poussez-vous ! J'ai quatre-vingts ans, vous ne voyez pas ? Il faut que je m'installe !

Elle chasse sans cérémonie les parents d'un étudiant, qui se décalent de trois places. Une seule aurait suffi, mais clairement, elle leur fait peur.

Tandis que la sœur de Mei s'assied en me détaillant toujours, je me glisse juste à côté du dragon. Kyle, qui n'est pas venu pour assister à un drame familial, mais pour se remettre de sa rupture avec

Danna, nous abandonne et se faufile au milieu du rang 21A, où une brochette de nanas bronzées font des selfies.

– Je peux m'asseoir ? demandé-je à la fameuse « Mamy-Raksa ».

– C'est déjà fait, non ? râle-t-elle.

Mei m'a parlé d'elle, mais il faut la voir en vrai pour sentir l'énergie qui émane d'elle. La grand-mère me jette un coup d'œil en biais puis observe les environs d'un air impatient.

– Me faire ça à moi ! À quatre…

– Quatre-vingts ans, on sait, achevé-je pour elle.

– Pardon ?

– Écoutez, on ne part sans doute pas sur de très bonnes bases, vous et moi, mais vous devez savoir quelque chose : votre petite-fille est quelqu'un d'extraordinaire. Elle a le cœur sur la main et…

– Vous vous moquez de moi ? Je sais tout ça ! C'est de ma petite-fille qu'il s'agit. Je la connais depuis qu'elle est née. J'ai conscience de ses qualités !

– Chut, maman ! Ça va commencer, implore la mère de Mei en fronçant les sourcils.

– Je me tairai quand j'aurai décidé de me taire ! s'agace la grand-mère.

Les familles qui nous entourent commencent à se retourner. Les gens ne sont pas là pour entendre une vieille dame râler contre tout le monde, mais pour vivre un moment émouvant dans la vie de leur enfant.

– Mei va vous rembourser, lui murmuré-je. Ne retenez pas cette erreur contre elle. Votre petite-fille a vécu des choses très dures, dont elle n'a jamais parlé à personne. Elle se bagarre depuis des années pour s'en sortir. Elle ne vous a pas menti pour vous faire du mal, seulement pour essayer de se frayer un chemin dans la vie malgré les obstacles qui auraient pu sembler infranchissables. Elle a déployé une volonté incroyable, elle a surmonté ses peurs, s'est mise en danger pour réaliser ses rêves. Elle ne cherche qu'à s'épanouir, malgré ses traumatismes, le regard de sa famille, vos attentes. Laissez-lui une chance. Votre avis compte énormément pour elle. Mei a pris de l'assurance, ces derniers temps, mais il n'y a qu'avec votre soutien à tous qu'elle parviendra à s'envoler, vous comprenez ?

La famille de Mei me regarde sans bouger, à part le bébé, qui gigote sur les genoux de sa mère, très intéressé par le chignon de la dame devant lui. La grand-mère de Mei me fixe d'un œil perçant. On dirait qu'elle est en train de décortiquer chacune de mes paroles, de les passer au crible pour décider quoi me répondre.

– Quelles choses très dures ? demande soudain le père de Mei, perturbé par mon annonce.

– Qu'est-ce qui est arrivé à notre bébé ? demande sa mère, la lèvre tremblotante.

Je me fustige intérieurement, ce n'était pas à moi de dévoiler ce pan de la vie de Mei, qu'elle dissimule comme une forcenée depuis des années.

Mais elle a besoin d'eux pour guérir. Garder ce secret tout ce temps l'a anéantie, et a provoqué tellement de malentendus au sein de sa famille que la situation en est devenue explosive.

Le calme est en train de se faire autour de nous, la cérémonie va commencer. Mais les proches de Mei, dont les yeux se sont humidifiés, m'observent intensément.

– Elle a vécu des choses difficiles, dont elle n'a jamais parlé, murmuré-je finalement. Lorsqu'elle sera prête, soyez seulement là pour elle. Écoutez-la. Elle n'a pas besoin d'argent, Mei est parfaitement capable de s'en sortir seule de ce côté-là. Elle a besoin qu'on l'écoute et qu'on la soutienne, c'est tout.

Le doyen se lance dans un discours que, dans notre rangée, personne n'écoute. Même les parents qui ont été chassés par ma voisine penchent la tête pour en savoir plus sur ce qui s'est passé dans l'existence de Mei et quels sont les traumatismes douloureux qu'elle porte en elle.

Mais nul n'ose dire quoi que ce soit. Tandis que résonnent les mots inspirants du doyen, mes paroles font leur chemin dans l'esprit de la famille de Mei, sidérée.

Je sens soudain un regard posé sur moi. C'est celui de la femme de ma vie, installée à quelques dizaines de mètres de là. Elle est la seule future diplômée à regarder derrière elle. Elle m'offre un sourire lumineux, que je lui rends.

Quoi qu'il arrive désormais, c'est elle et moi contre le reste du monde. On prendra chaque épreuve l'une après l'autre, et on la surmontera, main dans la main. Car, j'en suis plus convaincu que jamais : ensemble, on sera indestructibles.

ÉPILOGUE

MEI

Trois ans plus tard

Un bruit sourd gronde à travers les rues et nous fait sursauter. Même à deux kilomètres de la plage, les vagues qui se brisent produisent autant d'écho qu'un coup de tonnerre.

Tom, Kyle et toute l'équipe technique sont arrivés depuis dix jours à Nazaré, au Portugal, et je les ai rejoints en compagnie de ma famille il y a une semaine. Mais j'ai encore du mal à m'habituer à cette sensation lancinante que tout est sans cesse en train de s'effondrer.

Les rues sont quasiment désertes. Chacun est sur la falaise, près du phare, pour assister à un exploit qui ne se reproduira peut-être jamais.

Je déglutis difficilement, ma glace italienne fondant dans la main. Ça semblait une bonne idée d'aller faire un tour en famille pendant que Tom se concentrait sur le bord de la plage, ça m'évitait de regarder des vagues de trente mètres, de type « tsunami prêt à engloutir la ville », se fracasser trop près de nous.

Je n'arrive toujours pas à croire que, dans moins d'une heure, Tom s'élancera pour dompter ce monstre. Depuis des semaines, la presse spécialisée ne parle que de ça, avec des articles du type :

« *C'est LA news du jour qui fait froid dans le dos !*

Le rider Tom Harper s'apprête à dompter la plus grande vague du monde. Le triple champion du Big Wave Tour *écrira son nom dans l'histoire en se jetant dans la gueule du monstre. En 2020, l'Allemand Sebastian Steudtner y a décroché le record de la plus grande vague chevauchée en surfant à 26,2 mètres de haut. Demain, la vague la plus haute du monde mesurera 33 mètres, des conditions encore jamais vues ! Surfer à Nazaré représentera un véritable exploit, qui exigera du champion un sang-froid exceptionnel.* »

Mes lecteurs pensent bien faire en m'envoyant les liens de ces articles toutes les cinq minutes *via* les réseaux sociaux, et je les remercie toujours, parce que je les aime, mais bon sang, je suis déjà assez stressée comme ça ! D'autant que Márcio Freire, une des légendes du surf, a été victime d'un accident mortel sur ce même spot. Je suis dévorée par l’angoisse depuis que Tom s’est mis en tête de décrocher ce record voici quelques mois.

– Tu veux que je donne un autre coup de gong, ma chérie ? demande gentiment ma mère.

Tom a eu l’idée géniale de lui offrir un gong miniature qu’elle emporte partout. Pour la première fois de mon existence, j’accepte en hochant doucement la tête. Un peu de pensée magique fera du bien à chacun de nous aujourd’hui, surtout à moi !

Mon père, les mains dans le dos, nous contemple d’un air serein.

– Mei, tu sais, Ralph Waldo Emerson a dit un jour : « Dès qu’il y a vie, il y a danger. »

– Oui enfin, tout le monde ne surfe pas des tsunamis non plus, souligne ma sœur.

– Écoutez, je préfère qu’on retourne à la plage, j’ai besoin de voir Tom, annoncé-je finalement.

– Bien sûr, répond Acha en passant son bras sous le mien. On y va !

Si, comme moi, elle a du mal à supporter la vue de ces vagues disproportionnées, Gary et Wyatt sont restés près de l’eau pour les regarder se briser. Mon neveu s’extasie depuis des jours devant elles comme devant un long feu d’artifice.

Tom a pris Wyatt pour la première fois sur sa planche il y a quelques semaines pour le faire glisser sur des vaguelettes, c’était génial. On était tous assis sur la plage à les regarder faire, l’air béat et la bouche en cœur. Achariya espère juste qu’en grandissant, son fils choisira un sport plus classique (surtout moins dangereux), type basketball. Ou bilboquet.

J'abandonne ma glace et la famille Bradley remonte dans la Jeep que l'on a louée en arrivant. J'écrase l'accélérateur, direction Farol da Nazaré, le promontoire qui offre un panorama exceptionnel sur les vagues géantes.

En arrivant sur le parking, je donne un grand coup de frein qui soulève derrière la voiture un nuage de poussière. On descend en quatrième vitesse et je me dépêche de rejoindre la plage. Mes parents et ma sœur, eux, filent vers le phare.

Je n'aurais jamais dû m'éloigner de Tom, j'ai le cœur au bord des lèvres.

Il est la moitié de nous. La moitié de moi.

Si je lui avais demandé de renoncer, je sais qu'il l'aurait fait, parce qu'il m'aime plus que tout. Mais je ne peux pas lui enlever sa raison de vivre. Tom a besoin des vagues pour être vraiment lui-même, alors quoi qu'il arrive, je le soutiendrai toujours.

Le cordon de sécurité empêche les spectateurs d'accéder à la plage, mais les agents me reconnaissent et s'écartent à mon arrivée. Je plonge sous la rubalise et me mets à courir dans le sable.

Il y a un monde fou. Les équipes de sécurité, le staff technique, les journalistes, sans parler des pilotes de jet-ski et des mécanos, garants du parfait déroulement des événements lorsque Tom affrontera ce moment critique.

Et, au milieu de cette agitation, les frères Harper, front contre front, une main posée sur la nuque l'un de l'autre. Ils n'ont jamais semblé aussi fusionnels qu'à cet instant.

Mon amoureux a besoin de son frère pour se concentrer. Il est sa base, son ancre. Depuis trois ans, j'ai l'impression qu'il gère leur relation avec plus de sérénité, moins de réticences, et que c'est pour cette raison qu'il parvient à puiser en lui une force incroyable. Celle qui lui permet d'être au sommet et d'y rester.

Je ralentis le pas pour ne pas le perturber dans ce moment si important. Mais, comme souvent, il sent ma présence tandis que je marche vers lui. Il se redresse et se libère de la prise de son frère.

Je m'approche sans rien dire et au moment où je l'atteins, il me serre brusquement contre lui. Son cœur cogne si fort qu'il résonne dans ma propre cage thoracique.

– Tu vas y arriver, soufflé-je. Elle est à toi.

– En tout cas, elle ne sera à personne d'autre, murmure-t-il avec un sourire stressé.

Nazaré fait partie du *Big Wave Tour*, mais aucune épreuve n'est obligatoire. Les journalistes annonçaient déjà depuis plusieurs semaines que Tom serait seul sur le sable aujourd'hui, et ça se confirme.

– Bon alors, il y va, oui ou non ? Quand est-ce que ça commence ? cingle Mamy-Raksa derrière nous.

On se regarde plusieurs longues secondes, Tom et moi, avant d'éclater de rire. Sous son parasol rayé, Mamy-Raksa joue à *Candy Crush* en attendant qu'il se jette à l'eau. J'aurais dû me douter que même un moment comme celui-ci ne parviendrait pas à l'émouvoir.

Cela dit, il avait vu juste dès le départ, ma grand-mère l'adore. Excepté aujourd'hui, il a sur elle un effet quasi hypnotique, tel un charmeur de serpents. Depuis qu'il est entré dans notre vie, elle est devenue incroyablement douce et s'est vraiment mise à faire des clafoutis aux cerises. Elle ne me méprise plus, je suis même sa petite-fille préférée !

Mais non, je rigole. Elle est toujours insupportable, mais a moins de raisons de s'en prendre à moi, tout simplement. Surtout depuis que je suis mariée. Et que je n'ai plus un boulot grotesque. Enfin, techniquement, mon statut de dessinatrice demeure saugrenu à ses yeux, mais le fait que les aventures de *Soa Interstellar* se soient écoulées à sept cent mille exemplaires et qu'elles aient été traduites en seize langues aide un peu. Sa future adaptation au cinéma avec Emma Stone aussi. Et, malgré son mépris pour ce qu'elle appelle des hurluberlus siphonnés, elle a admis que ma participation à la Comic-Con de Los Angeles, pour la parution du tome 4, avait de quoi impressionner.

Elle a eu du mal à le dire et c'était en khmer, mais il me semble qu'elle a bafouillé qu'elle était fière de moi. Ou alors ma mère, qui a joué le rôle de traductrice dans cet échange, a remplacé une remarque bien sentie par un mensonge qui faisait du bien à tout le monde.

Quoi qu'il en soit, Mamy-Raksa a signalé la somme que j'ai tenté de lui virer pour rembourser mes frais de scolarité comme de l'argent frauduleux, si bien qu'elle s'est retrouvée gelée pendant trois semaines avant de m'être rendue. J'ai été convoquée par sa banque et j'ai dû répondre à un tas de questions pour prouver que ces deux cent mille dollars étaient issus d'un prêt étudiant. Mais bon. L'essentiel est qu'elle ait approuvé mon choix. Dans son langage de mégère, persister à payer mes études, c'est me soutenir. Au moins un peu. À mes yeux, ça vaut bien plus que cette montagne d'argent, que j'ai finalement rendue à la banque.

Un homme arrive vers nous en courant. Il crie dans son talkie-walkie et s'immobilise près de Tom.

– C'est maintenant !

Mon mari a un frisson. Comme nous tous, d'ailleurs. Kyle se tourne vers lui et pose une main rassurante sur son épaule.

– Tu es prêt, je le sens.

– Tu dis ça à chaque fois, rétorque mon amoureux.

– Parce que depuis trois ans, elles ont toutes ployé devant toi. Trois grands chelems de suite, trois *Big Wave Trophees*, des tonnes de records. Ça fait une semaine qu'on te balance en hélicoptère au-dessus des vagues pour les exercices de sécurité, tu descends à trente mètres de profondeur, tu tiens quatre minutes en apnée. Ta technique n'a jamais été aussi précise. Celle-ci est à toi, crois-moi.

Tom scrute son frère quelques secondes avec une pointe de surprise.

– C'est la première fois que tu as l'air aussi sûr de toi.

– C'est la première fois de ma vie que je suis aussi sûr de toi, répond Kyle d'une voix grave.

Le colosse étreint brusquement son jumeau.

– Tu peux le faire, j'en suis certain.

Tom hoche la tête sans rien dire, avant de se tourner vers moi. Il effleure ma joue avec le pouce et m'adresse un sourire tendre.

– Ça va ?

– C'est toi qui me demandes ça ? m'amusé-je.

Il allait prononcer quelque chose, lorsque ses yeux tombent sur mon T-shirt bleu marine, à l'effigie d'un super-héros qu'il reconnaît immédiatement. Il m'observe d'un air incrédule avant d'éclater de rire.

– Tu as vraiment mis ce vêtement ?

– Ça t'embête ? demandé-je en tirant sur le tissu pour le regarder.

J'adore cette édition collector, j'en ai demandé dix à mon agent, juste pour moi. Tom y apparaît en

Captain Fire, avec son costume bleu marine culte et sa cape jaune poussin.

– Non, c'est juste que…

Je pouffe de rire et l'embrasse pour l'empêcher de protester. Il sait qu'il est mon super-héros, et il le sera toujours. Et puis, les mordus de surf adorent retrouver Tom dans une BD de science-fiction. Il faut admettre qu'ils se ressemblent comme deux gouttes d'eau, je n'ai même pas pris la peine de dissimuler sa petite cicatrice au sourcil.

Oprah nous a un jour invités en couple sur le plateau de son émission, ce qui a rendu Kyle et Saul, nos agents, totalement hystériques. Je n'ai pas dormi pendant trois jours avant le tournage et j'ai perdu deux kilos à force de stresser, autant dire que ça n'a aucune chance de se reproduire.

C'est dans le calme de mon atelier que je me sens bien, à écouter Lady Gaga en dessinant des vaisseaux spatiaux. Je n'ai pas besoin qu'on crie mon nom dès que je vais acheter un *latte* en jogging au café du coin.

L'homme au talkie-walkie se rapproche de nous.

– Désolé mais… il faut vraiment y aller, là.

– OK, répond Tom sans me lâcher du regard.

Le silence entre nous fait exploser mon cœur. Je l'aime tellement. Cet amour le sauvera, il le protégera. Un peu plus et je m'abonnerais au club de la pensée magique de ma mère.

– Reviens-moi.

– Bien entendu, répond-il en me déposant un baiser sur le front.

Kyle pose une main sur mon épaule.

– Allez, on y va.

Tom se détourne et se rend à petites foulées jusqu'au jet-ski, à quelques mètres du rivage. Il se cramponne à son pilote avant de se tourner vers moi. Nos regards restent rivés l'un à l'autre jusqu'à ce que cela devienne impossible.

Son départ tire douloureusement sur le fil qui nous relie et me donne l'impression que mon cœur va s'échapper de ma poitrine.

Tout Nazaré semble retenir son souffle. Des caméras du monde entier sont braquées sur lui. Plus rien ne bouge.

Son pilote l'emmène à plus de deux kilomètres. Le temps me semble incroyablement long, j'ai l'impression qu'il lui faut vingt minutes pour atteindre le line-up. Une vague immense se fracasse devant nous. Elle me semble presque silencieuse tant mon attention est focalisée sur Tom, qui se dessine de nouveau à l'horizon lorsque la vague disparaît. Je n'ai plus conscience de rien à part lui. Mon attention est concentrée sur ce seul petit point, au milieu de cet océan redevenu calme pour quelques secondes.

Puis le monstre renaît.

J'inspire brusquement. Kyle saisit mon poignet, pour me calmer ou pour se rassurer lui-même. Au loin, le véhicule qui tracte son frère s'élance à toute vitesse, gravit la vague en formation. Il monte encore, semble ne plus jamais pouvoir s'arrêter. Au sommet, Tom rompt les liens qui le rattachent au jet-ski et se met debout en une fraction de seconde. Je lâche un faible cri avant de me coller une main sur la bouche. Mon cœur se décroche.

Et si je le perdais pour toujours ?

Au dernier moment, j'aimerais pouvoir l'empêcher d'y aller. La situation m'échappe complètement, la peur me fait presque suffoquer. Chaque seconde dure une éternité, tandis que la vie de l'homme que j'aime est suspendue à un fil.

Sur la vague déchaînée, il trace une minuscule ligne. La lèvre commence à retomber derrière lui dans un bruit de tonnerre. Ce son fera partie de chacune de nos cellules, désormais. La vague s'effondre, le prend en chasse rageusement. Tom file à toute vitesse, dessine les contours de sa légende. *Le moindre déséquilibre pourrait lui coûter la vie.*

Je ne parviens plus à respirer, l'écume jaillit, le poursuit, menace de l'engloutir.

Je n'entends plus un son. Plus un battement de cœur. Je n'ai conscience que de ce point minuscule, un mètre quatre-vingts de muscles, de technique, de précision, qui semble pourtant si fragile.

Je préfère fermer les yeux une seconde pour ne plus le voir, mais alors mon attention se focalise sur la main de Kyle qui broie mon poignet, et tous les scenarios les plus dramatiques se bousculent dans mon esprit.

Fébrile, je rouvre les paupières, mais j'ai perdu de vue Tom dans cette immensité. Ma gorge est sèche, mon cœur, prêt à exploser lorsque je retrouve la ligne rassurante que dessine sa planche. Je suis paralysée tandis que lui file contre le vent, accomplit un prodige.

Il y est presque…

Une secousse le fait décrocher de plusieurs mètres d'un coup et arrache des murmures inquiets à l'équipe technique. Kyle ne respire plus.

– Il faut qu'il ralentisse… souffle-t-il.

Les larmes me voilent la vue, je serre les poings.

La lèvre tombe derrière lui, le dissimule un instant, avant qu'il réapparaisse, propulsé par le courant. L'émotion me frappe comme un coup de tonnerre, me fait trembler de la tête aux pieds.

Au bout de la vague, après un *ride* incroyable, Tom achève sa course dans les airs, propulsé par son élan, avant de retomber de l'autre côté. Le monstre a encore des remous violents, avant de disparaître au milieu de l'océan, vaincu.

– Il l'a fait… murmure Kyle, sous le choc, en posant une main sur sa casquette retournée.

Il déclenche chez moi un hurlement intérieur.

Il l'a fait !

Je me précipite dans les bras de Kyle et sens les larmes me monter aux yeux. Un deuxième jet-ski fend l'océan pour aller récupérer Tom, avant qu'une nouvelle vague ne se forme. Rapide et concentré malgré l'effort, il s'arrime au véhicule et, dans un long arc de cercle, le duo fend les vagues pour revenir sur la plage.

Je fonce vers l'océan bien avant que le jet-ski n'arrive et trépigne, les pieds dans l'eau. Tom en descend et je me jette dans ses bras. Mes jambes entourent sa taille et il me serre contre lui de toutes ses forces. Nos retrouvailles sont presque violentes, je m'agrippe à lui avec l'énergie d'une forcenée. Je l'embrasse, le dévore.

J'ai tellement besoin de lui.

Mon amoureux est trempé et glissant, et mes mains tentent de saisir chaque particule de son être pour ne plus jamais le laisser partir.

– Je t'avais dit que je reviendrais, s'amuse-t-il, essoufflé et épuisé.

Il glisse une main contre ma joue et m'embrasse passionnément.

Il vient de décrocher un record du monde et désormais, il est là. À moi, pour toujours.

REMERCIEMENTS

J'espère plus que tout que cette histoire vous a fait vibrer !

J'ai passé des mois à me documenter sur le *big wave surfing*, je me suis complètement immergée dans cet univers, et une chose est sûre, je compte bien voir les vagues de Nazaré un jour de mes propres yeux ! (#PassionTsunamis).

J'espère que je vous en ai donné envie aussi. Si vous avez un peu de temps, tapez Pipeline, Teahupoo, Mavericks ou Nazaré sur Google, sensations garanties !

Encore une fois, un immense merci à Maëva, mon booster de confiance, ma coach, mon phare dans la nuit. Cette histoire n'aurait jamais vu le jour sans tes retours précieux. Un jour tu nous épateras avec tes propres romances, je le sais.

Merci à Esther, Grégory et Angèle, qui m'écoutent toujours avec patience et bienveillance parler de mon histoire, juste avant que je ne change d'avis et écrive totalement autre chose que ce qui était prévu.

Et bien sûr, merci à Marine, ma merveilleuse éditrice, qui m'a aidée à faire de ce roman ce qu'il est aujourd'hui.

Pour suivre toutes mes aventures, rendez-vous sur Instagram : @rosemia.autrice

À très bientôt !

Composition et mise en pages
Nord Compo à Villeneuve-d'Ascq